JN245092

翰林書房

正宗白鳥論◎目次

序章……5
第一章　正宗白鳥と短歌……23
第二章　〈書けない〉小説家――正宗白鳥の明治四十年代……47
第三章　書くことへの自意識――正宗白鳥と石川啄木……69
第四章　正宗白鳥と政治――文学者の政治参加と〈大逆〉……93
第五章　自然主義と〈狂気〉――「半生を顧みて」の位置……119
第六章　「入江のほとり」の言語論――「英語」が編制する「世界」……141

第七章　モダニスト正宗白鳥――「人生の幸福」をめぐって……165
第八章　「文藝時評」における書くこと――青野季吉との論争を中心に……189
第九章　戦後文壇と『自然主義盛衰史』――回帰する描写の時代……211
終章……235
あとがき　250
初出一覧　254
人名索引　260

凡例

・本書における正宗白鳥の引用は、特に断りのない場合は福武書店版『正宗白鳥全集』（一九八三〜一九八六）による。
・ルビは必要と思われる場合を除いて省略した。
・引用文中の傍点、傍線は特に断りのない場合は引用者（吉田）による。
・年号の表記については原則として和暦を用いた。戦後の二次文献については西暦で記した。

序章

1

明治・大正・昭和の長きに渡って正宗白鳥は作家活動を続けた。白鳥によって書かれた作品評や回想は、研究や批評において今なおしばしば引かれる。同時代評をこれだけ多く残したということからわかるように、多少の浮き沈みはあれども、およそ常に文壇の最前線に白鳥はあり続けた。大正十五年以降「文藝時評」の筆を執った白鳥は、永井荷風、佐藤春夫、谷崎潤一郎ら、[*1]多くの文学者と論争をした。言論のレベルばかりでなく、よく知られているように、実生活のレベルでも白鳥は多くの文学者と関わりがあった。

明治三十九年、夏目漱石を読売新聞専属の寄稿者として招聘するため、主筆・竹越三叉の命で漱石宅を訪問したのは白鳥だ。[*2]その白鳥を漱石は「白鳥はチヨツカイを出す事を家業にしてゐる。云ふ事は二三行だ。夫で人を馬鹿にして自分がエラサウな事ばかり云ふ。厄介な男だ」(森田草平宛書簡、明三九・一一・六)と述べていた。[*3]森鷗外は上田敏宛の書簡(明四三・三・一六)で、白鳥の『読売新聞』退社を嘆くようなことを記していた。[*4]

芥川龍之介とは銀座の風月堂で折々食事を交わす間柄で、芥川の死について白鳥は「親しく接触したことがあつたので、感慨も一層濃厚なのであつた」と回想している(「死んだ人々——現代つれづれ草(八)」『文學界』昭三一・一二)。

太宰治「斜陽」(昭二二)のモデル・太田静子と白鳥夫妻は東京・洗足で近隣に住まっていたため、特につね夫人は太田と親しく交際していた。「斜陽」に「藝術院とかの会員」で「六十すぎた独身のおぢいさん」が、かず子(=太田静子)に結婚を申し込むというエピソードがある。白鳥は自分のことを踏まえて書かれていると思い(もちろん白鳥が太田に求婚したなどという事実はないだろうが)、[*5]その作中の老作家の言動を「作者の筆の間抜けのしるし」とし、「小汚さを侮蔑したくなる」と怒りを露にしている(白鳥「人間嫌ひ」『人間』昭二四・一〜六)。ちなみに、白鳥は「人間嫌ひ」で「藝術院とかの会員だとか何とか、さういふ大師匠のMが」と『斜陽』から引用しているが、太宰の原文には「さういふ大師匠のひとが」としか書いていない。この箇所については怒りや動揺の余り白鳥が誤読・誤記したのかもしれない。

大江健三郎は白鳥の死（昭三七）に触れて、白鳥に会った際、大学生作家である大江の生活ぶりについて「大学は何時間いるか、本郷のどういう喫茶店に行くかというような、いわばぼくの観察力をお伝えするとき、興味をもって聞かれました」と述べている。[*6]……自然主義系の文学者を除いていわゆる〝有名どころ〟を並べてみたが、こうしたエピソードは枚挙にいとまはない。明治から昭和に至る白鳥と諸作家との交流史、という一冊ができそうだ。それはともかく、このように白鳥の生涯は近代文学の歩みと重なっている。白鳥を軸にして近代文学を振り返る、ということも可能ではないか。

それにしても白鳥に対するこれまでの言及は、同時代評や回想に偏りすぎている。諸作家との交流を述懐した白鳥の回想文は確かに興味深い。白鳥が書いた作品評も引用したくなるような力を持っているのは間違いない。しかし言うなれば、白鳥とは同時代評や回想の生産者としてしか認識されていないかのようだ。白鳥は短歌に始まり、評論、小説、戯曲と多ジャンルに渡って活動を続けてきたにもかかわらず。その時白鳥は何を問題としていたか、他にどのようなものを書いていたのか、こうしたことは改めて考察する余地がある。

二〇一二年、正宗白鳥没後五十年を迎えた。以降、『文壇五十年』（中公文庫、二〇一三）、『白鳥随筆』（講談社文芸文庫、二〇一五）、『白鳥評論』（講談社文芸文庫、二〇一五）と矢継ぎ早に白鳥の著作が文庫本で刊行された。いずれも小説ではなく、回想や評論というわけだが、それはともかく『白鳥評論』の「解説」で坪内祐三が「一般に白鳥を評論で論じる場合、二つの大きなポイントがある」とし、「一つはキリスト教との関係」、「もう一つのポイント」は「正宗白鳥と小林秀雄だ」としている。確かに文庫本の解説など、多少啓蒙的な役割を持つべき文章においては、必ずこの二つの論点について触れられるといってよい。

白鳥とキリスト教という問題について、多くの論者はそこに「魂の問題」、「クリスチャン白鳥の生き方」、日本人にとっての信仰のあり方という問題をみている。[*7] この論点について坪内は「そもそも正宗白鳥が最後までキリスト教徒であったか否かは批評家白鳥の評価と無関係だと思う」と喝破している。白鳥が死の直前、かつて棄教したキリスト教に回帰したというエピソードは、当時話題になった。[*8] しかしその後そのエピソード自体を否定する証言が現れる。[*9] 白鳥がキリスト教に回帰したか否か、そのことを厳密に考察しようとしても、およそ水掛け論の様相を呈するだろう。本書ではこの問題を採り上げない。白鳥の「魂」「生き方」を推量する前に、まず白鳥の書き残した言葉を読むべきではないかと考えるからだ。

小林秀雄との「思想と実生活論争」(昭一一)もよく言及されるが、この論争が白鳥の解説において取り上げられるのは、一つには小林の知名度によって白鳥の存在感を照らし出すという目的があるのだろう。小林が終生その存在を気にした白鳥、ということを示すために、である。この論争については「結局両方で同じ現実を逆の理論から討論した」[*10]、「同類が同類に対して最も過敏に反応」[*11] したなどと述べられているが、「実生活」を遊離した「思想」に力はないという点で、小林と白鳥の意見に顕著な違いはなかった。後年小林は白鳥との対談で「僕は今にしてあの時の論戦の意味がよくわかるんですよ。といふのは、あの時あなたのおつしやつた実生活といふものは、一つの言葉、思想なんですな」(「大作家論」『光』昭二三・一二)と発言しているように、両者が問題設定を同じくしていることを小林が確認している。[*12] 結局論争がもたらした影響についてみると、白鳥の側においてそれほど顕著な変化は認められないように思う。

トルストイほどの大文学者であっても「ヒステリー」の夫人には勝てず、「野垂れ死した」という末路に対し「悲壮でもあり滑稽でもあり、人生の真相を鏡に掛けて見る如くである」とし、「あゝ、我が敬愛するトルストイ翁！」（「トルストイについて」『読売新聞』昭一一・一・一一、一二）と慨嘆した件は、この論争について言及される際、必ずといっていいほど引用される。一方白鳥は論争中、以下のような発言をしており、このことはこれまで注目されてこなかった。「他人に見せない筈の日記まで書いて、自分の周囲の嫌厭すべき実相を再現し、自分の心境を再現しないではゐられないのによつても、翁の文学者的再現欲の如何に強烈であつたかゞ察せられるではないか」というように、老いてなおトルストイが文学への熱意、書くことへの執念を残し続けていることに驚嘆の声を上げていたことである（「思想と新生活」『中央公論』昭一一・五）。この点について小林は論点として取り上げることはなかった。すなわち〈書くこと〉という問題である。

「一ツの脳髄」（大一三）など小林秀雄の初期創作を論じて細谷博は、志賀直哉「和解」（大六）からの影響を表すものとして、両者において「書くことの危機」「〈書けない〉ということ自体が書かれようとする」という共通性があると指摘している。[*13]「思想と実生活論争」で小林と白鳥とのやり取りは、表層においてはスレ違いに終わった。しかし小林と白鳥との間で共有しえた問題とは、実はこうした書くことの不可能性、言葉の限界という問題ではなかったかと考えられる。

こうした問題に白鳥が直面したのは、明治四十年代、自然主義全盛期においてであった。そのとき直面した問題は、以降の作家活動においても消えることなく、様々な形で展開されていった。ところが白鳥と自然主義との関係については、意外にというべきか、これまでの研究でそれほど重要視されてこなかった。

2

キリスト教や小林秀雄との関係の他に、これまでの正宗白鳥研究において論じられてきた時期やモチーフは、およそ以下の通りである。内村鑑三受容とその内村観の変遷、明治四十年前後の自然主義隆盛期との関連、大正四、五年頃の文学的成熟期と大正六年以降の執筆難……といったところであった。そのような中、明治四十年前後における白鳥の文学活動をめぐる研究が、最も盛んである。第一創作集『紅塵』（明四〇）収録の諸作品についての論及、そして「何処へ」（明四一）についての作品論などが、最も多く存在する。

「何処へ」執筆の前後において、注目したいのは以下のことである。周知のように『早稲田文学』明治四十一年四月号の「何処へ」末尾には、「この作、二月号から既に興も失せて、とても書く気になれなかつたのを、途中切れては無責任と存じ、茲まで書いてきましたが、今月号は殊に勇気衰へ無為を欲するの念のみ盛んで、筆が運びません」と、〈書きたくない〉あるいは〈書けない〉という白鳥の断り書きがそえられている。「何処へ」執筆の前後には、「之れまで書く時に、思ふやうに書けぬ故でもあらうが、愉快に筆を執つた事はない。何時でも多少の苦痛と努力とは伴つて居る」（白鳥「仕方なしに書く」『新潮』明四一・九）などというような、〈書けない〉という表白がしきりになされている。「何処へ」を中心として、この時期を対象とした論は多数あるが、同時期、白鳥が〈書けない〉という言葉を頻発していたという事態を、正面から問題化した論はこれまでなかった。

「何処へ」については、日露戦後という〈時代閉塞〉の状況下において、青年達に共有された「幻滅や生への倦怠」[*14]の行く末が、結局解決を見出せず「健次の精神の無方向性を描くにとどま」り、それが作品構造としても「構造的非発展性」[*15]を呈するに至っていると論じられている。[*16]また主人公・菅沼健次に、幻滅ばかりでなく強烈な現実脱却を希求する「ロマンチシズム」を認めるという論点もみられる。例えば相馬庸郎は「健次の言動を心の深層でつきうごかしているものこそ、激越なロマンチシズムの心と言いかえても、決して過言ではない」と述べている。[*17]自然主義文学の代表例の一つとして挙げられる「何処へ」だが、そこに底流しているのは現実脱却志向、ロマンチシズムであったというのである。逆に越智治雄は「何処へ」に「浪漫主義の文学に対する痛烈な皮肉」があることを読み取っている。[18] 最近の研究をみれば、明治四十年代という時代相に「何処へ」を置くという視点によって同作品は論じられている。例えば木村洋は、当時の若者たちが白鳥に寄せた共感の所以について、桂田博士に代表されるような「青年たちに向けて武士道や愛国心の貴さを倦むことなく説」く教育者たちの「画一的で観念的な言葉」に対する「青年層の不服」を組み込んでいるからだと指摘している。[19]

「何処へ」という小説の読解について、上記の論に何か付け加えることは現時点ではできない。しかし同時期に伏流していた事態、つまり白鳥がしきりに発していた〈書けない〉〈知りえない〉という一連の言表、その頻出という事態そのものは、研究において殆ど主題化・問題化されてこなかったということは指摘できる。

「何処へ」執筆時を含む明治四十年代、いわゆる自然主義全盛期の白鳥については、「白鳥の病弱であったことの意味」を「白鳥の文学を解明する、やはり最大の契機なのである」とし、その「病弱」は「単に肉体の場をこえて、常に精神の場において病みつづけていたのである」というように、白鳥の「羸弱」に作品世界の所以を求める考察が長くされてきた。[20]『読売新聞』記者時代の記事にもある「辛辣な嘲罵」「毒舌」[21]や、「妖怪画」（明四〇）に始まるいわゆる〈狂気もの〉と呼ばれる一連の作品に対しても、白鳥自身の身体的虚弱をコードにして読解されてきた。同時期白鳥は〈書けない〉〈知りえない〉としきりに述べていたが、こうした読解はそれを覆い隠してしまった。

そういった趨勢にあって、明治四十年代の白鳥の作品は同時代言説への批評であったと論じ、〈作家白鳥〉の気質・性質に作品の解釈を収斂させなかったという点において画期的であったのは、山本芳明の諸論である。白鳥の言葉を同時代の言説状況に置き、作品に潜む〈戦略〉を読み解いた。

山本は「独立心」（明四〇）という作品に注目し、同時代の言説と白鳥の言説との相互関係を明らかにした。この小説は「人物設定、ストーリーの展開からいって、二葉亭四迷の『浮雲』のパロディーになって」いる。そればかりではなく「立身出世」といった「旧世代のパラダイム、〈言説〉」に対するパロディーになっており、旧世代を批判する言説戦略としてそのような手法が採用された。ところが「何処へ」では「新しいパラダイム、新たに健次が自己を委ねるべき〈言説〉を何一つ生み出していない、その契機すらも見出せない」という事態に逢着し、結果として執筆・連載の放棄につながった、と論じている。[*22] 先行する言説の引用、という視点において白鳥の作品を捉えることで、先に言葉ありき、という白鳥の姿勢を浮き彫りにした。

「現実」は〈書けない〉〈知りえない〉など、自然主義文学の通念を「相対化」するような発言を白鳥は繰り返し述べていたのにもかかわらず、それはこれまで「十分に汲み取られ」てこなかった。このことについて山本は、「何処へ」から「微光」（明四三）を経て「泥人形」（明四四）へという「白鳥の軌跡が、「自然主義」作家としての「成熟」として評価」されたからであり、「それを相対化する視点を我々が持ち合わせていないからである」と述べている。[*23]「成熟」という「強力な呪縛力を持つ〈物語〉」、そのフィルターを外すことで「白鳥の作品が提起しているはずの問題」を見出すことができる、という指摘もきわめて重要である。

しかし「独立心」「何処へ」を論じた「「空想ニ煩悶」する青年」（前掲）における「作品の仕掛け」、「微光」（明四三）などを論じた「白鳥の軌跡」（前掲）における「相対化」、「妖怪画」や「地獄」（明四二）などいわゆる〈狂気もの〉を論じた「逸脱者たちへのまなざし」における「〈狂気〉をめぐる言説戦略」[*24]……などといった用語・分析装置からわかるように、当時の白鳥の作品を、「仕掛け」「相対化」「言説戦略」といった、意図的で操作的な書記行為の結果としてみていることについては、検討の余地が残る。そのようにみれば、白鳥が当時抱いた言葉や理性への疑念、疎外感が覆い隠されることになるのではないか。第二章で詳しく論じる。

言葉という観点を主題にした論として、佐々木雅發の「何処へ」論も目を引く。「人がまさに人生の意味（無意味）を振り返る時、そしてそれは言葉でしか振り返ることが出来ない以上、（略）必然的、直線的に、さらにいえば前後一貫した明快な〈物語〉を紡ぐしかない以上、人はおのずからなにかを〈少し胡麻化して〉いるといわざるをえない」。言葉にすること、人にそれを伝えるとはどういうことか。それは「胡麻化」しなしにはできないというのである。「人生の意味（無意味）を問う」菅沼健次だが、「言葉にはならない懐疑、それへの苛立ちと嗟嘆を」募らせていると述べている。[*25]佐々木論でも同時期における白鳥の〈書けない〉という一連の言表、その頻出という事態への目配せはない。しかし、人間は言葉によってしか想起、思考しえず、そのため健次は常に、言葉から漏れ出る、言葉にならない「意味」に苛まれている、という指摘は示唆に富む。

3

第二章で論じるが、白鳥が言葉を意識することになった契機、書くことや知ることを自明視できなくなった契機は、明治四十年代における自然主義受容にあったと考えられる。白鳥と自然主義という論点について先行研究を振り返ってみると、ある傾向に気付かされる。例えば吉田精一『自然主義の研究』には、明治四十年前後の白鳥について「彼が激しいパッションをもつ一面、極めて冷静な観察者であり、人生に対して傍観的態度を持さうとしてゐるおもむきが観取される。この冷静とパッションとの複合調和が辛辣な嘲罵となり毒舌となつたのである」とある。[*26]このように、非・自然主義者的な存在として白鳥を見なすという評価こそが、むしろ主流をなしている。白鳥は「冷静な観察者」であるばかりではない。一面「激しいパッション」を持した人物でもある、というようにだ。ちなみに吉田の『自然主義の研究』を読んだ白鳥は、興味深い読後感を残している。同書で紹介されている白鳥作品に対する当時の世評を読み「自分の作品がはじめから陰惨であるとされ、それが私の特色とされてゐる事」を知らされる。しかし「衆評一致らしいから、それは当を得てゐるのであらうが、私には腑に落ちない」と、当時の評に首を傾げる。なぜなら「製作に当つて陰惨な気持で筆を採つたのではなかつた」からだ。思いと言葉、それに対する解釈との間のギャップに思い至り「自分の作品が自分で自由にならないのである」という感想を漏らしている（「読書への愛着」『読売新聞』昭三三・一一・二五夕刊）。

　自然主義と白鳥という議論で多くみられる傾向としては、以下のようなものもある。白鳥の言葉「私は、はじめから、自然主義の態度で筆を採つたのではなかつた。自ら自然主義作家をもつて任じたことはなかつた」（『自然主義盛衰史』六興出版部、昭二三）などを論拠とし、ニヒリズム、懐疑の精神、死の不可避性がもたらす生の虚妄……など、白鳥の気質や元来持っていた問題意識が、たまたま流行の自然主義に合致した、という評価である。例えば兵藤正之助は「彼にとって自然主義は、彼の生についてののっぴきならぬ問題意識の中に、すでに包含されていたものだった」[*27]と述べているが、このように白鳥にとって自然主義の影響とは本質的なものではなかったという指摘も多い。

　家族との関係についての詳細な推察に始まり、学生時代にどのような知的雰囲気の中に生き、それらが白鳥の文学にどのように影響していったかが活写され、最新にして、かつ行き届いた入門書となっている大嶋仁の著作でも「多くの文学史家は彼の文学を「自然主義」の仲間に入れて満足している。見当違いであるが[*28]」と述べられている。白鳥はいわゆる自然主義者ではない、白鳥の真価は自然主義とは無縁のところにある、というのだ。

　こうした評価が多いことの理由としては、「自然主義」という言葉が特に敗戦以降、マイナスワードとして流通してきたからだと考えられる。「自然主義」ではない、「自然主義」は重要ではないという言い方によって、白鳥を肯定的に評価しているのである。このことを言い換えると「自然主義」がその内実を問われないまま仮想敵と化してきたということにもなる[*29]。そうした「自然主義」とは全く別に、白鳥にとって自然主義の影響の大きさは看過できない。老年の白鳥が「日本の近代文学史に於いては、自然主義文学運動は意味深いものであると新たに思ひ直した」（「寂寥無限」『明治大正文学研究』（一）昭二四・六）とまで述べていたことは、重くみるべきではないか。

そのような中、高橋英夫の論は、自然主義の影響という問題と真正面から向き合っている点で貴重だ。白鳥と島崎藤村、田山花袋ら他の自然主義文学者らとの年齢差に高橋は注目し、そこに自然主義受容の差異があることを指摘する。文学技法上のみならず、近代的な「思想」として自然主義を受け止めたところに白鳥ら若い世代の特徴がある。「近代の自然科学と合理主義精神」を根幹とする自然主義文学が、「神秘」を「解釈説明」していく。その過程に心惹かれた白鳥が、「自らの選択によって、思想的に自然主義」に加わり、「謎が解決する」「快感」を覚えたと論じている。[*30] 自然主義の影響を受けた後、白鳥はどのように書くことに向かっていったのか、書くことをめぐる苦闘とはどのようなものであったのか、その点についてまでは論が及んでいない。そういった問題については本書で論じていくが、高橋の指摘で重要なのは、白鳥が自然主義から受けた影響を、理性中心主義、理性万能主義という観点で捉えていることだ。自然主義に抱いた期待とは、理性によって全てを解き明かすことができるという期待であった。しかしそうした期待は幻滅にすぐ反転する。その結果〈書けない〉〈知りえない〉という自身の限界をいう言葉の頻発につながっていった。高橋の指摘を敷衍すると、以上のように考えることができる。

4

白鳥が繰り返し述べてきたといわれる〈虚無的、厭世的〉な言辞は、大正期以降その頻度が減少する。大正期、白鳥に限らない自然主義作家ら各々の小説作法の技巧は、その時期に円熟、完成をみたと、これまで多く指摘されてきた。[*31] 例えば臼井吉見は「正宗白鳥も、大正四、五年のころに、その文学の完成期に達したのは、花袋、秋聲とまた同様である」と述べ、具体例として「入江のほとり」（大四）、「牛部屋の臭ひ」（大五）、「死者生者」（大五）を挙げている。[*32] このように大正四、五年頃に白鳥の文学の成熟・完成をみるという構図は定説となっている。[*33] 確かに大正四、五年頃に白鳥が後に残るような小説を発表し続けたことは間違いない。しかし技巧の〈成熟・完成〉という構図をそこにみるに留まるならば、明治四十年代から伏流していた問題の行く末を、小説技巧上の巧拙という点だけに収斂してしまうことになる。

明治四十年代に遭遇した書くことと認識することをめぐる問題は〈成熟〉によって乗り越えられることはなく、大正期以降の白鳥の言説にも持続し、展開していく。その軌跡を捉えることが本書の主題である。短歌には挫折し、散文にも疎外感を覚える白鳥。しかし白鳥がユニークなのは、そこで対面した不可能性の問題、書きたいことと書くことの乖離という問題を根本において、その著述を続けてきたことだと考えられる。

大嶋仁は自身の白鳥評を総括して以下のように述べている。「この世のすべてが相対化されるような「あの世」の基準」、誰にとっても謎である「死」という観点から「物事の判断」をしており、それがあらゆることを「懐疑」し「相対化」する精神、「公平無私の批評精神」に結実している、と。[*34]「白鳥に関する既存の研究論文の類は、ほとんどこれを参考にしなかった」と大嶋はいうが、こうした指摘は図らずもこれまでの白鳥論のエッセンスともなっている。しかし書くことという問題が度外視されていることには不満が残る。同書においては、白鳥が晩年の講演で述べた「ほんたうに自分で自信のあるものを書けなかつた」「自分の書くことに、人生の真相、動かないものをとらへたやうなこともなく、つまり、一生をいたづらに送つた」（「文学生活の六十年」『中央公論』昭三七・一二）という言葉に対し「自身の力量を客観的に述べた言葉」とコメントするのみである。ことは白鳥一人の「力量」に還元される問題ではないのではないか。

書きたいことと書くことの間の齟齬、ギャップを白鳥は言い続けていた。そこに、ミソロゴス（言葉ぎらい）という状態に陥った白鳥の姿を見出すことができる。表現という行為が言葉への不信を呼ぶという関係は、古くから知られた問題である。ギリシア哲学研究の藤澤令夫は、自分が見、感じたこと、感動や感慨を「正確に、そのまま描写して伝えたいという衝動にかられたとしたら」（傍点原文、以下同）どうなるか、そうすれば言葉と表現したい事象との間に「距離とギャップ」を見出すことになるだろう、と述べている。言葉にしたいという思いが切実であればあるほど、その距離とギャップはより深い、埋めがたいものに感じられる。そのような言葉の限界ゆえ古代ギリシアのクラテュロスは、沈黙し、ただ事物を指差したのだという。しかし「味や臭い」は、「心のなかの微妙な感情の動き」は、ただ指差すだけで伝わりはしない。言葉と、言葉にしたい事象との間の距離とギャップを切実に感じた時、つまり言葉への不信に直面した時、人はミソロゴス（言葉ぎらい）に至り、ただ沈黙する。[*35] ありのままに、正確にあまねく言葉にしようとすること。それが言葉への不信を自覚させ「言葉ぎらい」に至るという経緯。それは自然主義文学の当為――ありのまま見、ありのままを書く――を真正面から受け止めた白鳥が〈書けない〉と連呼していく、その流れと重なるのである。

以下本書の概要を記しておく。白鳥がしばしば述べていたのは、言葉の限界、書きたいことと書くことの間の断絶についてであった。若き日の白鳥は、短歌に挫折した。歌いたいという思いはあるが、後に歌人になる弟・敦夫のようには、うまく歌を作ることはできなかった。言葉にしたい思い、情感は置き去りのまま、白鳥は新聞記者、小説家となり、散文を書くことに従事する。自然主義全盛期にあって、ありのままに見、書くというモットーに共感するが、まさに〈ありのまま〉という問題にこだわるがゆえに、言葉や認識の限界に突き当たる。書こうとしても書けず、宙づりのまま懐疑に苛まれ、挙句自身の認識や理性を不確かなものとしてしか捉えられなくなる、そのような事態は白鳥の作品にしばしば登場する。言語化できないものを見出し、自身の理性の限界を知らされる。そうした危機を白鳥は小説にした。

その後、大正期以降白鳥は言葉や認識の不可能性を出発点として、作品世界を展開していく。言葉と認識の相互関係によって〈狂気〉を捉える。あるいは英語の独学という他者と共有しえない〈言葉〉にこだわる人間を描く。

こうした作品によって、言葉と理性の相互関係とその不確かさや、言葉が言葉であるとはどういうことかを浮き彫りにさせる。言葉や認識の不確かさ、理性への疑念という問題は、大正期の戯曲にも底流しており、それら実験的な作品はモダニズムの影響にある若い文学者たちの共感を呼んだ。

またその評論活動においては、大正初期、現実の変革を主張する言説に対して、その現実なるものへの認識の安直さを批判する。ありのままに現実を見、書くことの不可能性に直面した白鳥ならではの観点であった。大正末期から昭和期にかけて、〈プロレタリア文学者〉も〈ブルジョワ文学者〉も、書くことを問題として発見できていないことに対し、苦言を呈する。第二次世界大戦後も書くことを自明なものとして通過している言説を暗に批判する。結局のところ白鳥が言葉や認識、理性を自明のものとみなすことができなくなった端緒は、自然主義全盛期のありのままに見、書けという当為であった。そのことに老年の白鳥は改めて気づかされることになる。

注

＊1　荷風、佐藤らとの論争は『現代日本文学論争史』上巻（平野謙・小田切秀雄・山本健吉編、未来社、一九五六）に収録されている。千葉俊二は、谷崎と芥川龍之介の論争に隠れる形になっているが、昭和二年、尾上菊五郎の評価に端を発して互いの藝術観に触れるような論争が白鳥と谷崎との間に交わされていたことに注目している（『饒舌録』雑感――もうひとつの論争」『解釈と鑑賞』二〇〇一・六）

＊2　白鳥「文壇的自叙伝」（『中央公論』昭一三・二〜七）など参照。

＊3　白鳥と漱石の関わりについては奥野政元「正宗白鳥」（原武哲・石田忠彦・海老井英次編『夏目漱石周辺人物事典』笠間書院、二〇一四）を参照。

＊4　白鳥、＊2と同。「文壇的自叙伝」には、自身の退社を鷗外が「小気味よさげに知らせている」とある。しかし

鷗外の書簡には「調子の整ひゐたる読売はなくなるならんか」（引用は『鷗外全集』第三十六巻、岩波書店、一九七五）とあり、後藤亮が述べるように「むしろ白鳥の存在価値を認めている」書き方になっている（『正宗白鳥文学と生涯』思潮社、一九七〇）

＊5 太田静子の日記（『斜陽日記』石狩書房、一九四八）にも、白鳥夫妻との交流は書かれているが、白鳥からそのような申し出があったことは書かれていない。

＊6 高見順・大江健三郎「対談 新しい小説・新しい批評」（『文學界』昭三八・一）

＊7 山本健吉『正宗白鳥――その底にあるもの――』（文藝春秋、一九七五）。なお山本のこの白鳥論も、講談文芸文庫から白鳥没後五十年を目前にした二〇一一年に再刊された。

＊8 例えば、白鳥追悼特集の組まれた『文藝』（昭三八・一）をみれば、白鳥への追悼文の大半はこの話題に触れている。

＊9 田邊園子「作家の死 正宗白鳥とつね夫人」（『女の夢 男の夢』作品社、一九九二）

＊10 河上徹太郎「正宗白鳥」（『人間』昭二二・四）

＊11 高橋英夫『異郷に死す 正宗白鳥論』（福武書店、一九八六）

＊12 星加輝光『小林秀雄ノオト』（梓書院、二〇〇二）は、この小林の発言の重要性を指摘している。

＊13 細谷博『小林秀雄――人と文学』（勉誠出版、二〇〇五）

＊14 平岡敏夫は「正宗白鳥『何処へ』」（『日露戦後文学の研究』上巻、有精堂出版、一九八五）で、石川啄木ら日露戦後の青年達の動向をからめて「何処へ」を位置づけている。

＊15 猪野謙二「白鳥と泡鳴」（『明治の作家』岩波書店、一九六六）

＊16 瓜生清「「何処へ」論――白鳥と「時代精神」――」（『北九州大学文学部紀要』27、一九八一・七）

＊17　相馬庸郎「正宗白鳥――白鳥文学の批評精神――」（『日本自然主義再考』八木書店、一九八一）

＊18　越智治雄「正宗白鳥」（『鑑賞と研究　現代日本文学講座　小説2』三省堂、一九六二）

＊19　木村洋『文学熱の時代――慷慨から煩悶へ』（名古屋大学出版会、二〇一五）

＊20　佐々木雅發「小説家白鳥の誕生――第一創作集『紅塵』を中心に――」（『日本近代文学』第3集、一九六五・一一）

＊21　吉田精一『自然主義の研究』上巻（東京堂、一九五五）

＊22　山本芳明「「空想ニ煩悶」する青年――「独立心」・「何処へ」を軸として　正宗白鳥ノート1――」（『学習院大学文学部研究年報』33、一九八七・三）。なお連載中絶について佐久間保明は、健次という人物像の「創出の一端」となった、シェンケーヴィッチ作「クォーヴァディス」の「邦訳の出現とその好評が」白鳥に「意欲喪失」をもたらし、連載中絶の「外部的な要因」となったと考察している（「『何処へ』の行程――菅沼健次の系譜――」『日本近代文学』第36号、一九八七・五）

＊23　山本芳明「白鳥の軌跡――「空想ニ煩悶」する青年から「自然主義作家」へ　正宗白鳥ノート2――」（『学習院大学文学部研究年報』35、一九八九・三）

＊24　山本芳明「逸脱者たちへのまなざし――正宗白鳥ノート3――」（『学習院大学文学部研究年報』37、一九九一・三）

＊25　佐々木雅發「「何処へ」――白鳥の彷徨――」（『早稲田大学大学院文学研究科紀要　第三分冊』第46輯、二〇〇一・二）

＊26　吉田精一、＊21と同。

＊27　兵藤正之助『正宗白鳥論』（勁草書房、一九六八）。同書は、明治期から敗戦後にかけて、白鳥を「ニヒリスト」

視してきた、膨大な数の言説を紹介しているが、それと裏腹に非・ニヒリスト、「ロマンチスト」「理想家」として白鳥を評している言説もまた多くあることを指摘し、詳細に紹介している。なお兵藤もまた白鳥を「その底には、強烈なロマンティシズムがひそんでいた」と評している。

＊28　大嶋仁『正宗白鳥――何云つてやがるんだ――』（ミネルヴァ書房、二〇〇四）

＊29　「自然主義」という言葉がある種の負の符丁と化してきたことについては大杉重男「私小説、そして／あるいは自然主義、この呪われた文学」（『日本近代文学』第59集、一九九八・一〇）を参照。

＊30　高橋英夫「思想としての自然主義　正宗白鳥論」（『海燕』一九八三・七）

＊31　和田謹吾は「運動としての自然主義衰退期が、作品としての自然主義成熟期であるということは一体どういう意味なのであるか」と疑問を呈している（「大正期の自然主義」『文学』一九六四・一一）

＊32　臼井吉見「大正」（『現代日本文学全集』別巻1、筑摩書房、一九五九）

＊33　大正四、五年頃を白鳥文学の完成期とみる多数の論については、大本泉が「大正五年の正宗白鳥――『牛部屋の臭ひ』『死者生者』をめぐって」（『目白近代文学』第5号、一九八四・一〇）で列挙している。大本が挙げたほかには、「牛部屋の臭ひ」などを「白鳥文学の成熟」の「ピークを迎えた」作品であるとし、「入江のほとり」はその「一頂点」の「前夜」にあたる作品であると位置づけた「「入江のほとり」試論」（『福岡教育大学紀要　第一分冊文科編』第37号、一九八八・二）など瓜生清の一連の論が挙げられる。

＊34　大嶋仁、＊28と同。

＊35　藤澤令夫「イデアと世界」（『藤沢令夫著作集』Ⅱ、岩波書店、二〇〇〇）

第一章

正宗白鳥と短歌

1

評論にはじまり、小説、戯曲と多様なジャンルに渡る文学活動を続けてきた正宗白鳥だが、しかし一方、彼がほとんど物することのなかった分野がある。短歌、俳句をはじめとした詩に連なるジャンルである。

谷崎潤一郎や芥川龍之介などが有名だが、日本近代の多くの小説家たちは短歌創作の履歴を持っている。例えば田山花袋はその文学的活動の出発期において、桂園派の歌人松浦辰男に師事したことはよく知られており、『花袋歌集』（春陽堂、大七）も刊行している。*1 しかし白鳥はどうであろうか。「小説の外に評論と戯曲と、私も多方面に文筆を揮つた訳だが、詩人らしい天分は全く欠けてゐるのか、和歌俳句の類では人真似も出来なかつた」（「文壇的自叙伝」『中央公論』昭一三・二～七）と自ら述べているように、およそ詩的なものと無縁な存在とみなされているし、そして白鳥と短歌というテーマはこれまでの研究において問題とされてこなかった。

そこで『正宗白鳥全集』（福武書店、一九八三～一九八六）にも収録されていない、正宗白鳥作の短歌二首を紹介する。白鳥の文業においても短歌とはきわめて珍しいものではないかと考えられるからだ。

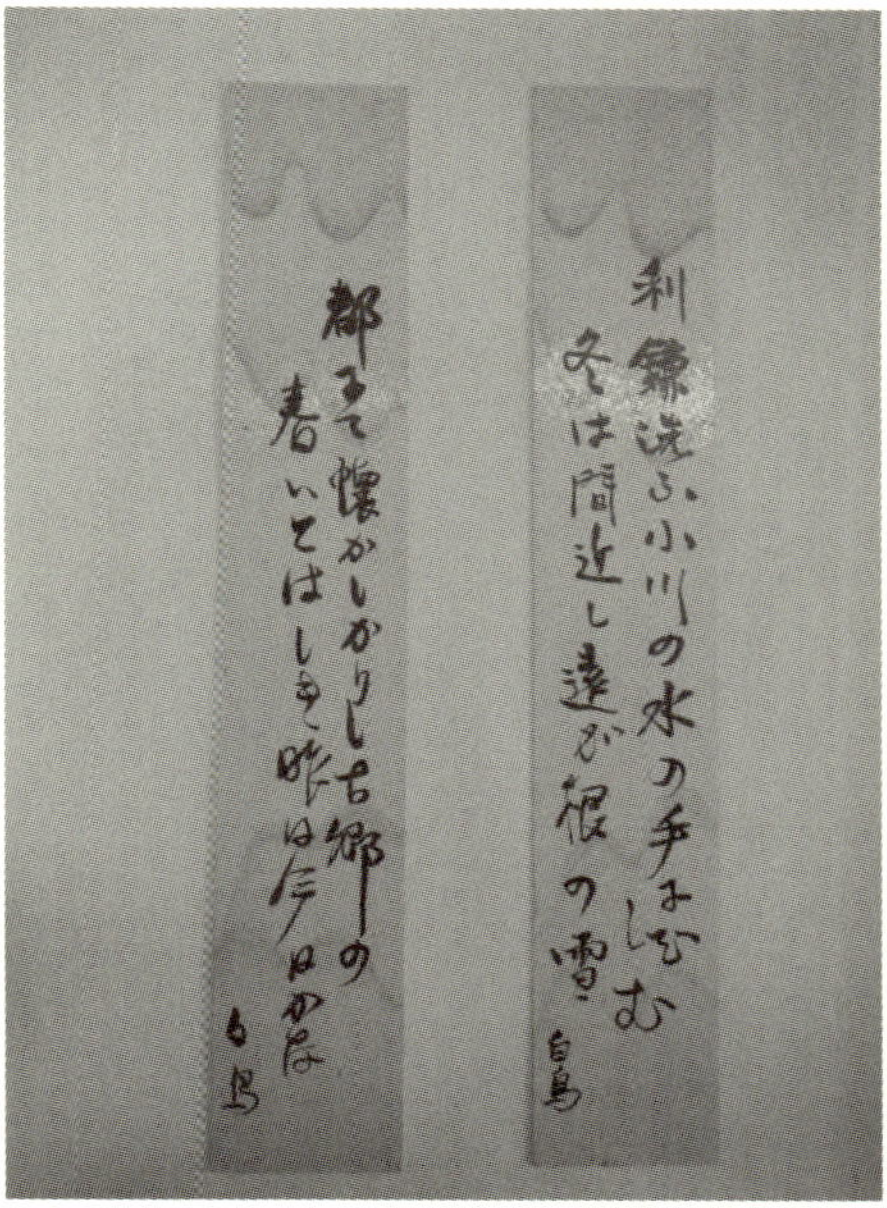

利鎌洗ふ小川の水の手にぞしむ
　冬は間近し遠が根の雪
　　　　　　　　白鳥

都にて懐かしかりし古郷の
　春いとはしき昨日今日かな
　　　　　　　　白鳥

それぞれ、雲形模様が入った短冊（一枚横6センチ×縦36・2センチ。雲は上が青色、下が赤色）に墨書されている。短冊を白鳥より受け取ったのは小野田多久造。小野田とこの短冊をめぐって、以下の通り令孫からお話を伺うことができた。

短冊を白鳥から受け取った年・月は定かではないが、太久造の子息が小学校に入る前のことであり、おそらく昭和十一年前後のことと思われる。自宅で遊んでいた折、見知らぬ人が縁側に座っていたという。当初は「浮浪者」と思い父親の太久造にそれを伝えるが、その人物は旧知の正宗白鳥であった。二人はしばし会話し、その後に白鳥が短冊に書いて子息に手渡したのが先の短歌であった。

小野田多久造は明治十六年生まれ。白鳥より四歳年下ということになる。現在の片上小学校を卒業後、閑谷黌を経て現在の早稲田大学へ進学した。すなわち白鳥と同じ学歴をたどっている。『片上小学校百年誌』[*2]に掲載されている「高等科卒業生名簿について」を見ると、「明治25年」の卒業生として正宗忠夫（白鳥の本名）が、「明治28年」には正宗家次男の敦夫が、「明治31年」には三男・得三郎、「明治33年」には四男・律四の名が載っている。得三郎と律四をはさんで「明治32年」に太久造の名が載っている。つまり正宗家の兄弟たちと同時期に同じ小学校に通っていたということである。また、自宅は岡山県和気郡和気町清水で、当時の国鉄和気駅への経路でもあり、こうした経緯から白鳥はじめ正宗家の人々との交流が始まったのではないかと、令孫は推測している。

太久造は和気に帰郷し、農業に従事した。そして奇しくも白鳥と同じ昭和三十七年に逝去している。和歌をたしなみ、自宅を会場に近隣の人々としばしば歌会など催していた。多数の短冊が残っており、その中に白鳥の件の短冊があったということである。白鳥の詠んだ短歌に太久造が添削を加えたこともあったというエピソードを、令孫は父から聞いている。

続けて、短歌の内容について検討してみたい。「都にて……」の歌の季節は「春」だが、「利鎌……」の方は「冬は間近し」とあるように秋の終わりを詠んだものであろう。令孫によれば短冊は白鳥から同時に受け取ったようで、そうだとすればこの二首の間の季節の違いがまずは気にかかる。どちらかはあらかじめ準備したものか、現在から振り返って過去の時期を歌にしたものかと推測できる。

「利鎌……」の方は、冬を間近にした農村の情景を詠んだ、およそ素直な歌と考えられる。「都にて……」の方だが、なぜ懐かしいはずの「古郷」の「春」が「いとはし」いものと感じられるのか。短歌を詠んだ時期が昭和十一年前後ということを踏まえると、まず浮かぶのが、昭和九年四月の父・浦二の死との関わりである。父の臨終を素材にした小説が白鳥にはいくつかある。「陳腐なる浮世」（『中央公論』昭九・九）には、父の臨終に立ち会うため帰省している一郎が、郷里に汽車が通るという噂を聞き「幾十日間か憂鬱の連続であつた彼れの心も、その噂によつて、稍々晴々した」とある。「今年の春」（『早稲田文学』昭九・六）には「旧家の老主人は、中風に罹つてから、なほ十年の歳を保つてゐた。時々身体の何処かに変調があつても、素質が強靭であるためか、いつも持ち直した」とあるが、この作品より約十年前に発表された小説「父子兄弟」（『新潮』大一五・三）に、郷里の弟から父が卒倒し半身不随になったという知らせを受けた「私」が、「つひに来る時が来た」と思い、さらに「故郷のこと」が「心の中の煩ひ」

になり、そして「幽鬱」に思えるといった様が描かれている。「父子兄弟」の「私」と「陳腐なる浮世」「今年の春」の一郎に白鳥その人の投影をみるなら、白鳥はおよそ十年間故郷を厭わしく、気がかりなものと思い続けたということになろう。

あるいは父の死後、家督相続をめぐって白鳥は、郷里に残って生家を切り盛りしてきた次弟敦夫と葛藤があった可能性があるが、この問題との関わりも考えられる。もっとも兄弟間の葛藤について後藤亮は、白鳥は東京遊学と引き換えに家督相続を放棄しており、敦夫との間に軋轢はなかったと論じている。*3 しかし松本鶴雄は、白鳥の「田園風景」(『群像』昭二一・一〇)という小説に注目し、そこで引かれている旧約聖書の「エサウの羹」のエピソードが、家督権を「危うく失うところだった者の物語」の比喩になっており、この小説は白鳥に代わって家督を相続しようとした「弟への憤懣、抗議の書」として読めると論じている。*4 松本説に従うなら、その兄弟間の葛藤も、白鳥の故郷を思う気持ちに陰りをもたらしていると考えられよう。

2

もちろん以上のような短歌についての解釈は、あくまで推測の域を出ない。ここでとりわけ注目したいことは、白鳥が短歌を残していたという事実、あるいは白鳥その人が短冊を差し出されて、すぐにこの歌を詠み上げた、詠むことができたということだ。

白鳥は最晩年の昭和三十七年に宮中歌会始の陪聴をしているが、その際の感想「『歌会始め』陪聴記」において「和歌については何も知らない」(『読売新聞』昭三七・一・一三夕刊)と記している。そしてこの文章で自身の少年時代を振り返って「頼山陽などの漢詩を朗吟するばかりでなく、自分で人まねに漢詩を作つたりしてゐたが、和歌をつくつたことはなかつた。和歌よりも漢詩の方が好きであつた」と述べている。しかし「和歌をつくつたことはなかつた」という晩年の白鳥の回想は、事実を逸している。

よく知られているように、白鳥の先祖、近親者には和歌に親しんだ者が多い。曽祖父雅敦、雅敦の弟直胤はそれぞれ歌人。曾祖母鹿野も歌を詠んでいる。こうした人々の影響からか、白鳥の生まれた村は和歌や狂歌が盛んな土地柄であった。[*5]白鳥自身「村全体に歌読みが随分多く、祖母は勿論親戚や出入りの知人は大概歌を読んだものだ、僕も亦その一人であつた」(「或る意味に於て『二階の窓』」『秀才文壇』明四二・八)と回想している。「歌読みが随分多」いという環境のもと、白鳥もまた作歌していたというのである。さらにいえば白鳥の従弟岡田眞(母の生家の当主となる)もまた中村憲吉、土屋文明らに師事した歌人であった。そして白鳥の二歳下の弟、正宗敦夫である。

白鳥は明治二十九年、十七歳にして上京し東京専門学校に通うが、その後郷里に残る敦夫に宛て多くの手紙を書いており、『正宗白鳥全集』第三十巻(福武書店、一九八六)などに収められている。これらの書簡からは、後に歌人となる敦夫のみならず、白鳥においても短歌に対し並々ならぬ関心があった様子がうかがえる。

明治三十二年一月一日の敦夫宛書簡で白鳥は「てにをはの誤り、語調のとゝのはざるあらば御報知を乞」としつつ、「近作」として例えば「田家烟」と題して「立のぼる煙にすらも知られけり鄙の住居の長閑けかるとは」など、自作の短歌を十一首したためている。[*6]これら書簡中の短歌を引いて後藤亮は「白鳥の歌も、桂園派の流れを汲んでいる」[*7]とコメントしているが、白鳥と短歌というテーマについては後藤もそれ以上は踏み込んでいない。

白鳥の短歌でユニークなものとしては「おちこちのたつきも知らぬ世の中に、泣きてぞ求む神の御光。」というように句読点を用いつつ(この句読点は後藤亮の引用では省略されている)、キリスト教への信仰を詠んだものもある。[*8]また「拙吟」に挟んで「此二首最感ぜし者」として香川景樹の歌を二首引いている。同日の書簡で「先日植村先生と談じける際先生は御身の歌を何か(新世紀?)にて読みしとて大いに感じ居られ、景樹の面影あり中々巧なり」というように、白鳥のキリスト教における師植村正久が、敦夫の短歌を香川景樹風だとして褒めていたことを伝える記述もある。先に引いたが「てにをはの誤り、語調のと、のはざるあらば御報知を乞」とあるように、この時点においてすでに白鳥は、短歌の実力では敦夫には及ばないと考えている様が認められる。だからかどうか明治三十三年三月八日の敦夫宛書簡には「予は歌は作れず又作りたくなし／暇あらば芝居の脚本を書かんと心がまへなり」（「／」は改行を示す）と言い放ってもいる。白鳥と短歌というテーマ、あるいは白鳥における〈歌のわかれ〉ということを考えるにあたって、敦夫との関係はとりわけ注意すべきことではないか。

明治三十二年十月八日敦夫宛書簡に興味深い箇所がある。白鳥が松浦辰男のもとを訪問、そこで交わされた談話が書きとられているのである。[*9] 松浦の発言の中には、門下生の中では「田山花袋が男子では一番です、もう卒業位まで行きました」としている箇所が目を引く。また同じ桂園派で御歌所所長まで登りつめた高崎正風を「あれも景樹派ですが、どーも感心しませんナ。全体高い位地に立つと知ら（ぬ）者が雷同して、奉つて仕まふから、自分も満足して進まぬ様になります」などと批判している。近代短歌研究の松澤俊二は「実作者・研究者の興味が一八九〇年代に相次いで登場した与謝野鉄幹、正岡子規ら「新派」歌人たちに引き付けられ」た結果、高崎正風ら「旧派」は「論・作ともに超克されたと考えられ（略）周縁化されてきた」[*10]と述べているが、確かに「旧派」の一人である松浦辰男についても、近代文学研究においては花袋や柳田國男との関係で名があげられる程度にとどまっている。近代文学における松浦の影響という問題については今後も検討する余地があろう。

ともあれ、右に挙げた松浦の発言からは、自らもいわゆる「旧派」でありながら、「旧派」に対する批判的な見解もまたうかがわれる。「新派」の代表格たる正岡子規は「只自己が美と感じたる趣味を成るべく善く分るやうに現すが本来の主意に御座候。故に俗語を用ゐたる方其美感を現すに適せりと思はゞ雅語を捨て、俗語を用ゐ可」（「十たび歌よみに与ふる書」『日本』明三一・三・四）などと述べているが、そうした主張と以下の松浦の発言を比べてみると、両者は通底することを述べていることがわかる。

> そふです、歌は心の誠から出る物で、仮りにも偽は許しませぬ、自分の思ふまゝです。若い物は若い物の様に、女は女の様に皆心底から吐かねばいけません、其を歌人が、昔の歌書を読み、此が名句だ、美しいつて、窃んだり、真似たりし。（略）仮令地方地方で方言訛などが交るもあれど其は成丈許します、方言などの交れるは、誠のある証拠ですからね、九州の人は九州の人らしく東北の人は又東北の人らしくするのが当然です、今の新聞とか雑誌とかにあるのは皆うそを装つた物計りです。
>
> （明治三十二年十月八日敦夫宛書簡）

和歌伝統の語彙に拘泥することなく、時には方言といった俗語を歌に取り入れることも良しとし、そうすることで思うことをありのままに表現することを目指せというのである。高弟であった田山花袋が「私の藝術の Realistic tendency その大部分は、実に先生の歌論から得たと言つて差支ない」（『東京の三十年』博文館、大六）とまで述べているように、〈ありのまま〉に書くという自然主義的当為の淵源の一つとして、松浦の歌論を数えることができようし[*11]、白鳥においてもそれは例外ではなかった。

> 偽を廃し正実を尚ぶ所、尋常の歌人とは等を異にする様に候、先日坪内先生の宅に会し文学の談ありし時、先生は文学の美句金章にあらで、真心もて温き同情もて人間の大門（ママ）題に対するを説かれ候が、松浦氏のも、日本の大批評家たる坪内氏の言に似たる所有之候。（略）兎に角松浦の考は嘉みす可し。
>
> （明治三十二年十月八日敦夫宛書簡）

このように白鳥は坪内逍遥の主張するリアリズムと引き比べる形で、先の松浦の言葉を評価しているのである。以上のように、この時期の敦夫宛書簡からは、例えば敦夫の師である井上通泰を「あの人も若いのに似合はぬ偏狭なことを云ふ人だ」とし、敦夫に「歌も景樹以上にならねば駄目だよ」（明三四・二、日付不明）と進言するなど、短歌に積極的に言及する白鳥の姿が浮かび上がる。そして不思議なことに、「寂寞」（『新小説』明三七・一一）以来、文壇デビュー後の白鳥の創作に短歌に言及したような作品は見当たらない。このことは逆にこの問題の重要性を物語っているように思われる。

白鳥の初期創作には、〈故郷もの〉と呼ばれる一連の作品がある。そこに描かれている世界とは、和歌が（ほとんど巧妙に、といっていいほどに）取り除けられた世界である。

その中の一つ「故郷より」（『太陽』明四一・九）は、瀬戸内海沿岸とおぼしき故郷に帰省している「僕」から、友人「H君」に宛てて発信された書簡という体裁になっている小説である。実家に着いた「僕」は幼少期を過ごした書斎に入り、「民友社本や帝国文庫や文学界や、少年園や、昔の雑著が乱雑に押し込められてゐる」文庫の奥から、かつて自らが書いた「日記帖や文集」を探し出す。

根気よく書いてゐたものだ。小学時代の八犬伝模倣の美文調から、民友社張りの感想録。華やかな夢を楽んだ時から、病苦の為に夢は破れて、現実の痛苦に指を染める変遷は、既に二十歳以前に辿ることが出来る。「睡眠不足」「頭重し」「食物を吐き戻す」等の記事が日記中に散見する。そして運動嫌ひ外出嫌ひの僕が、棍棒を揮つたり山へ上つたり、努力して面白くもない運動を勉めてゐたことも記されてゐる。引き籠つて読書にのみ耽つてゐた僕も、詮方なく山や海に親しまねばならぬやうになつたのだ。直ぐ後の南画風の山へ日課のやうにして登つた。遥かに四国小豆島を望んで、身の羸弱を歎じてゐたのだ。

（「故郷より」）

こうした光景を思い浮かべ「僕の頭は少年時代に舞ひ戻つた気がした」のだが、彼を少年時代へと引き戻すのは「八犬伝」などの散文であり、幼少の彼が内面を仮託していたと描かれるのは短歌ではなく「八犬伝模倣の美文調から、民友社張りの感想録」とあるように、やはり散文なのである。そして他の家族を見渡せば、二番目の妹は小説を「夢中で読んで」おり、「東京へ行つたらいろんな小説が読めるから、東京へ行きたい」と「僕」に話す。憧れの的はここでも散文なのだ。短歌のない世界、短歌が詠まれることのない世界としてこの「故郷」はある。

白鳥は『読売新聞』記者時代に「田舎の醜悪の方面を挙ぐれば数限りのない程ある」にもかかわらず、しかし「山水明媚にて住民は淳樸」だというようなステレオタイプ、偏見があると指摘していた。そして「歌人や新体詩人は」そのようなステレオタイプに則って「いろんなひねくつた言葉で」田舎を「褒めそやし」していると批判していた（「田舎」『読売新聞』明三七・一二・九）[*12]。佐々木雅發は、こうした白鳥の発言の延長線上に一連の〈故郷もの〉を配置し、その時の白鳥は「〈田舎の醜悪の方面〉を、都会よりも〈遥かに貪欲で淫乱で無慈悲な〉田舎を、剔抉すべき根源のものとして、〈もつと書いて見たい〉」と考えていたと述べている[*13]。「歌人」は田舎（故郷）を美化し、あるいは既存の言葉で糊塗する。しかし小説家白鳥は、田舎の光景を美しい言葉で覆うのではなく、ありのままを描き、写し、現前させようという方向性にあったのである。

その一方、短歌（とその創作経験）をあたかも無き者にするかのような叙述からは、むしろ短歌への強い疎外感が逆説的に浮かび上がってくる。

白鳥にとっての〈歌のわかれ〉とは、いついかなる形で訪れたのであろうか。

3

弟の正宗敦夫は備前の生家にとどまって作歌を続ける。第三高等学校医学部（後の岡山医学専門学校）教授で桂園派の歌人である井上通泰を通じ、松浦辰男からも短歌の添削を受けるようになる。そうして敦夫は、井上の弟であり松浦の門下生である柳田國男とも短歌を通じて知り合う。柳田は旅行の際、備前に敦夫を訪ねたりもしている。明治四十年に敦夫が主宰する雑誌『国歌』に、偶然にも井上と松浦とが双方を批判しているかと捉えられるような文章が同時に掲載される。このことで井上と松浦との確執に敦夫も巻き込まれてしまう。*14 逆にいえばこのエピソードは、敦夫が短歌の世界に浸りきっていく過程を物語っている。一方で白鳥の言説からは、短歌への積極的な言及が消えていく。

柳田國男との出会いを回想して、白鳥は次のように述べている。

> 柳田國男氏にはじめて会つた時は、私はまだ早稲田の学生であつた。私の弟が、当時岡山の医学校の教授であつた井上通泰先生に和歌を学んでゐたので、その関係から、私は弟に頼まれて、國男氏に、誰かの短冊を貰ひに行つたのであつた。（略）短冊については、私に興味がなかつたので、その時の和歌の話は記憶に残つてゐないが、西洋文学について、彼此と、興に乗つて語られたことは、今なほ懐しく思ひ出されるのである。
>
> （「柳田氏について」『現代日本文学全集』十二巻、月報、筑摩書房、昭三〇）

西洋文学については「興に乗つて」語り合い、そのことは「今なほ懐しく思ひ出される」というが、一方「和歌の話は記憶に残つてゐない」というように、七十歳代の半ばを越えようとする白鳥にとって、短歌への回想は幾分素気ない。

白鳥と短歌というテーマを考えるにあたって重要と思われる作品は「田園風景」(『群像』昭二一・一〇)である。少年期の回想から始まり、父の死後、弟との家督相続をめぐるやりとりにまで及ぶ小説であり、後藤亮や松本鶴雄らがこの小説に注目した。それは先に触れたように、主に家督相続をめぐる敦夫との確執を探るという観点においてである。しかしこの小説では、そうした弟との確執の記述に先立って、〈歌のわかれ〉が描かれていた。このことに注意したい。

幼少の「私」は二歳違いの弟Aと二人、郷里の裏山に登り、互いに和歌を作ろうと誘う。

> 私は、目に映る山海の眺めや花鳥の姿に一理屈ある観察を下して、三十一文字で言ひ現さんと努力したのであつたが、それはいかにも無風流で、歌らしい味ひのないものと、幼な心にも思はれた。これに反してAの方は、雑作なく、二つ三つと、歌らしい歌を作つて、調子をつけて口ずさんだ。「誰かに聞いた歌ぢやないのか。」と、私は詰問した。Aにそんな才能があらうとは信じられなかつたのだ。「誰れにも聞きやせん。今わしが作つたんぢや。」と答へて、Aは興に乗つてゐたやうであつた。読書好きで、本の上の知識は年齢不相応に有つてゐた私も、和歌のやうなものを作るとなると、Aに及ばないことを、その日はじめて知つたのだが、それは、弟から重要な事を教へられたやうなものであつた。「本の知識だけでは歌は作れない。」(「田園風景」)

小説家としての出発期にある白鳥が少年時代を回想した「故郷より」(前掲)では、山頂から眺める場面は短歌とは断絶して描かれていた。すなわち右に引用したような〈歌のわかれ〉を描くまでに、白鳥は実に四十年近くの歳月を要したのだともいえる。

年齢不相応な読書量を誇り、長男として「惣領としての特権」を無意識に感じてきた「私」だが、Aとの間の短歌をめぐる実力差を通じて、自らの優位性が揺らぐ。そして「私の家では曽祖父の頃から、封建時代程度の風雅の道に入つてゐて、家族近親が甚だ低調な和歌や狂歌を楽んでゐ」たが、「Aにもさういふ祖先の遺伝でおのづから歌心を具へてゐたのであらうか」と「私」は考えるようになる。祖先伝来の正当な後継者は「私」ではなく「歌心を具へ」たAであり、その姿はやがて家督相続をめぐってライバルとして「私」の前に浮上するAを先取りしていたのである。一族が詠んできた短歌を「甚だ低調」と述べているが、これは謙遜というよりは負け惜しみのようなものと解せる。

あるいは、この場面から端的に想起されるのは小説「入江のほとり」（『太陽』大四・四）にある以下の場面ではないか。「入江のほとり」の主人公辰男は地方の旧家に住まいつつ「世間には通用しさうでない」英語の独学に耽っている。そこへ長兄栄一が帰郷し、辰男を誘って裏山へ散歩に出かける。辰男は山頂から村と海を見渡すが、彼の目には世界は次のように映っている。

目の下の墓地も、海を渡つてゐる鳥の群も、辰男には皆英文の課題としてのみ目に触れ心に映つた。飛んでゐる五六羽の鳥は鳶だか雁だか彼れの智識では識別けられなかつたが、「ブラツクバード」と名づけただけで彼れは満足した。

「辰は英語を勉強してどうするつもりなのだ。目的があるのかい。」冬枯の山々を見渡してゐた栄一は、ふと弟を顧みて訊いた。

ブラックバーヅの後を目送しながら、「飛ぶ」に相当する動詞を案じてゐた辰男は、どんよりした目を瞬きさせた。直ぐには返事が出来なかつた。

(「入江のほとり」)

「田園風景」の「私」が、目に映る「山海の眺めや花鳥の姿」を「三十一文字で言ひ現さんと努力」しているように、「入江のほとり」の辰男は「目の下の墓地」や「海を渡つてゐる鳥の群」を英文によって「言ひ現さんと努力」している。山頂から眺めつつ行われる二人の営為は、既知の言葉で世界を翻訳するという点で共通している。つまり和歌を詠むことと英作文を作ることを、アナロジーの関係で捉えることができる。

「入江のほとり」で栄一が辰男に「娯楽にやるのなら何でもい丶訳だが、それにしても、和歌とか発句とか田舎にゐてもやれて、下手なら下手なりに人に見せられるやうな者をやつた方が面白からうぢやないか。他人には全で分からない英文を作つたつて何にもならんと思ふが、お前はあれが他人に通用するとでも思つてるのかい」と詰問しているが、辰男の英語を論難するに際して「和歌とか発句」を引き合いに出していることは、きわめて象徴的だ。「私」の和歌が「無風流で、歌らしい味ひのないもの」、歌の格好をした歌たらざるものであることと相即して、辰男の英文は「他人には全く通用しさうでないもの」、英語たらざる英語であった。そのことをまざまざと知らしめるのは「私」にとっても辰男にとっても、それぞれの弟／兄なのである。

ある表現手段を手放さざるをえなかった彼らは今後どうなるのか。辰男のその後は作中に書かれていない。一方「私」はどうか。以下の記述に手がかりがある。

私は古い広い家のあちらこちらの部屋に古机を据ゑて読書に没頭してゐたが、兄弟で机を並べるやうなことはなかつた。一人で一つの部屋を占領してゐた。そして、読んだ小説や歴史や伝記の話を、AやTなどに話して聞かせた。自分で読んで楽むだけでは物足りなく、弟たちに話して聞かせて、彼等がそれを面白がつて聞くのを喜んでゐた。

（「田園風景」）

書斎のごとき空間で小説・歴史・伝記――すなわち散文――を読み、それを再構成して弟たちに聞かせること。そしてそこに喜びを見出すこと。ここに「私」の一つの表現行為の始まりが描かれている。言い換えると詩的なものに見切りをつけ、散文家、物語作者として生きていくであろう「私」の姿が暗示されているのである。

4

若き日の白鳥は短歌における敦夫との実力差を自覚し、やがて短歌から離れていく。六十二歳になる白鳥が帰省した際、「窯を築いて瀬戸物を焼いてゐる」甥に「焼物に字を書いて呉れ」と頼まれる。白鳥は「彼れの焼物にいやく\〱ながら下手な字を書いた。かういふ場合に、和歌や発句を作る習慣を私は憎悪する」（「晩春日記」『新潮』昭一六・六）と述べているが、こういったエピソードからも、短歌への強烈な苦手意識を長年抱き続けたことがわかる。

第二次世界大戦後のインタビューで白鳥は「詩」について聞かれ「誰でも年取つたら歌を作るとか俳句を作るとかするやうだが、僕は歌や俳句を作る気にはならん。出来もしないだらう」と答えている。この中で「歌の方はとにかく……わかりやすい」と述べていることも目を引く。「専門家でない普通の人でも……子を失ひ妻を失ふと歌を作る」し、それは「日本人の趣味であるかも知れないが、僕には出来ない。詩情といふものが欠乏してゐるのか」とも述べている（「文藝雑談」『文学季刊』昭二二・一〇）。つまり短歌とはわかりやすく、（自分はできないが、しかし）日本人ならば誰でも詠める、あるいは詠みたくなるものだとしている。確かに短歌とは多くの一般人（非専門家）によって創作・享受されるジャンルであり、近代短歌研究の篠弘はその史的な様相を「無名者の世紀」と名付けている。[15]

一方で白鳥のこの発言は、短歌というジャンルを手軽で大衆的なものだとして軽視しているようにも取れる。桑原武夫の「第二藝術」(『世界』昭二一・一一)などにある、俳句や短歌など「誰にも安易に生産されるジャンル」は、藝術未満の「第二藝術」と見なすべきであるというような議論とも、あたかも通じている。しかし短歌に対する白鳥の見方は否定一辺倒というものではなかった。

「私小説の魅力」(『文藝春秋』昭二二・一一)には以下のようにある。澎湃として巻き起こっていた「第二藝術」論について白鳥は「和歌や俳句の文学価値が疑問となり、第一流の藝術ではないやうに云ふ論者が出現して問題になつて」いるが、もし「伝統に捉れないで、思ふ存分和歌俳句の藝術味を検討したら面白いだらう」というように、「和歌俳句」の藝術性、その可能性を否定していない。しかし白鳥は続けて、「和歌俳句」の芸術性を検討することについて「これはなか〳〵六ケしからう」というコメントを付け加えている。なぜならば、文化を異にする「局外者」にしてみれば「これ等日本特有の短詩の持つてゐる不思議な妙味は会得されないだらうし」、「局内者」すなわち日本文化の内側にいる者においては「はじめから化かされてゐるのだから、公平なる批判は出来ない」からだ。白鳥自身は「日本の伝統的悪習たる色紙や短冊への揮毫の要求がある時、止むを得ず、その時に考へ出した三十一字か十七字かを書きなぐることがあるが、こんな者は専門家が見たら、俳句でも和歌でも無いにちがひない」と、やはり自嘲的に述べている。「和歌俳句については毫も創作意欲が起らない」のだが、しかし短歌などの魅力に「化かされてゐる」一人だとも述べている。「私なども自分で創作する気持にはなれなくつても名歌名句には日本人並におのづから感動されるのだから為方がない」というのである。

そして「短くて形に捉れてゐる和歌などで、複雑な感情が歌ひ切れるものでないと云はれて、西洋の詩に習つた新体詩が明治の初年に起つたのであつたが、いくら傑れた新しい詩が出て来たにしても、和歌や俳句がそのために衰へることはあるまい」と述べている。西洋近代に範を取った新体詩は今日では見る影もないが、短歌や俳句は未だ生き続けているではないか、というのである。[*16] 私小説がそうであるように「日本人の柄に相当した」短歌や俳句は滅びないのではないかと論じている。

このように敗戦後の白鳥は、「第二藝術」論や私小説否定論などといった近代主義的な議論に触発された形ではあるが、およそ〈素直〉に短歌への〈愛〉を述べている。また一方で、先のインタビューで「誰でも」できることが「出来ない」と言い放っているところからは、短歌からの疎外感を変わらず抱いている様もうかがえる。

老年の白鳥は短歌に対する愛着を否定できないでいる一方、創作者としてはそれを忌避したいという気持ちをしばしば言明している。では彼の短歌への苦手意識とはどこから生まれたものなのか。例えば弟敦夫との短歌における実力の違いとはどこに由来するのか。言い換えると、白鳥は短歌についてどのようなことが視野に入っていなかったのか。それは先に引用した松浦辰男の談話筆記とそれに対する白鳥の感想、そこに現れた関心の所在に答えがある。

白鳥は松浦を評価して「偽を廃し正実を尚ぶ所、尋常の歌人とは等を異にする様に候」と述べている。こうした観点によって松浦を評価する白鳥だが、これは「吾人は小説に関する見解で最も意義あり、明治文学史発展の上に忘るべからざる者は、『小説神髄』以来では小杉天外氏の写実主義（初姿？　の巻頭にあつた自然は善でもない悪でもない、だから有のまゝに描けばそれでいゝと云つた説。）と花袋氏が『野の花』の序文以来頻りに説いた議論だと思ふ」（「『蒲団』合評」『早稲田文学』明四〇・一〇）といったような、坪内逍遥や、小杉天外、田山花袋らの主張に対して示した白鳥の共感と相即している。

一方で白鳥が書きとった松浦の発言には「調ですか、此は中々云難ひ者で、よ程深入して心得のある人でなくては分りません。マア、心の香とでも云ますか、例へて見れば下宿屋で下女が返事をしても、其ハイと云ふ一言が調子次第で、心持よくも、聞苦しくも、あるのですナ」という箇所がある。「調」つまり韻律や音調の難しさということを松浦は述べている。ところが白鳥の感想からはこの観点への言及が抜け落ちている。それは「田園風景」でAが和歌を「調子をつけて口ずさんだ」ことによって、自らの「歌」の貧しさを思い知らされたこととつながるのではないか。

柳田國男は、松浦から受けた教えについて「先生は何べんも吟じてみて、その上で落ち着く所があると信じられていた。かりそめにも天分というものは信ぜず、印象をうけて直ぐ歌となるという風ではなく、吟じている中に自づから調のできるものと考えられていた」と追懐している。[*17] 松浦は吟じることの大切さを日頃語っており、それは柳田の記憶に深く留められていたようだ。それに対して逍遥を読むように松浦の発言を読む白鳥は、なるほど「歌」というものから疎外された人であったかもしれない。

ここでもう一度、最晩年の白鳥の歌会始を陪聴しての感想（「「歌会始め」陪聴記」、前掲）に触れたい。「この会で朗詠だけ聞いてゐると言葉の意味はよくわからない」のだが、それでも和歌というものは「詞句の意味だけでなく、詞句が音楽化して人の心を動かすことになるのであらう」と述べている。そして「石川啄木の和歌などは文字から伝はる意味だけのものである」というように、歌会始の「音楽化」された歌と、〈詠む〉のではなく〈読む〉〈書く〉ものとしてある啄木の短歌を対比させている。分かち書きや字余りなども推奨したことからわかるように（「歌のいろ〳〵」『東京朝日新聞』明四三・一二・一〇～二〇）、啄木は、詠むことから書くことへと短歌表現の志向性を変えていった。第三章で述べるが、白鳥と啄木は書くことという問題においては、問題意識に共通性があったと考えられる。こうした問題を述べるにあたって晩年の白鳥が、啄木の短歌を想起し言及していることは興味深い。

ともあれ、これらの白鳥の発言は、短歌における音調の重要さを自覚していると同時に、「意味」を表す手段としての短歌の限界を語っている。さらに白鳥は続けて「会場は寂としてゐた。身に染み心に染みてあの朗詠に感歎してゐたのであらうか。宮中における古典的歌謡曲として、ひそかに退屈しながら、つくられたる謹聴をあへてしたのであらうか」というように、歌会の「退屈」さをほのめかしている。もはや晩年の白鳥において短歌にまつわる劣等感は、過去のものとなっていたのだろう。

しかしそれでもなお、短歌に対する白鳥の思いとは、否定的なものばかりではない、アンビヴァレントなものとして彼の中で存在し続けたのかもしれない。最初に紹介した短冊は昭和十一年ころ揮毫したものと考えられるが、その前後の白鳥は積極的に旅行に出歩いている。昭和十年に北海道・樺太に旅行した際、樺太で先住民族の民謡の日本語訳を読み「万葉集に収めても見劣りしないやうな素朴な詩趣を具へてゐるのではあるまいか」（「北遊記」『中央公論』昭一〇・八）という感想を洩らし、人種を問わず誰もが歌を詠むということに思いをはせている。

また『文壇五十年』（河出書房、昭二九）で白鳥は『愛国百人一首』（昭一六）を回想し、『百首』中の幾首かの短歌を揮毫するよう文学報国会のメンバーから求められ、それに応じたという挿話を紹介している。白鳥は「私は、和歌の心得はないのであるが」と、ここでもまたいいつつも「日本の歌人は昔から戦好きではなかつたか」と述べている。確かに『百首』は「天皇への「忠誠」や死を顧みない勇ましさといったテーマのもとに[*18]」編まれたものだが、白鳥は『百首』の回顧に端を発し「日本人は辞世の和歌を残すことが好きであつたが、人類全体の辞世の詩を、だれか傑れた詩人が作り出すかも知れない」と夢想し「その最後の詩篇の内容を妄想してゐると、現在私が辛うじて持つてゐる文学魂か詩心の躍動を覚えるのである」とまで述べている。戦争あるいは死と密接に関連する短歌。それへの追想から死や滅亡への思いに至る記述が直線的につながっている。人類滅亡前夜の詩を夢想し、心の「躍動」を感じている。そして、時にこうした情動にかられたとしても、白鳥はそれを言葉にすることはできず「だれか傑れた詩人」を待つより他ない。書きたいこと＝パトス（情動）と、書くこと＝ロゴス（言葉）の乖離を、白鳥はまざまざと意識する。

小説「田園風景」の中で、第二次世界大戦中「わが故郷の海岸一帯は軍用品の工場地となつてゐて、石炭の煙が藻塩焼く煙のかはりに、濛々と空に張つてゐた」というように、故郷が大きく変貌を遂げている様を描いている。それも「石炭の煙が藻塩焼く煙のかはりに」なった、といった比喩を用いてである。そして「「賤が伏屋」「蜑の小舟」「藻塩焼く煙」など、昔の和歌の常套語は、今の故郷の風景には当て嵌らない死語となつてゐるのである」と述べている。これは「和歌の常套語」によっては覆うべくもない流動する現実を述べ、歌の限界を述べていると同時に、「和歌の常套語」を「死語」たらしめた現実を嘆いている。言い換えると、現実と遊離し、言葉が「死語」となっていく様相、言葉と現実の不釣り合い、乖離の様相を見て取ってもいる。

短歌とは白鳥にとって表現への躓きのはじまりであったが、同時に表現のはじまりを標すものでもあった。短歌に挫折した白鳥は散文へ向かうが、しかし、だからといってその後の創作活動は順風満帆なものではありえなかった。言い表したいことと言葉との乖離は、終生白鳥を捉えて離さなかった問題であった。

注

＊1　花袋と短歌、師の松浦辰男や同門の柳田国男との関係については、丸山幸子「花袋と短歌――師松浦辰男と仲間たち」(『文豪　田山花袋――近代の小説を模索した日々――』群馬県立土屋文明記念文学館、二〇一四)など、氏の諸論に詳しい。花袋が生涯詠んだ短歌は、実に四千七百首を超えるのだという。

＊2　『片上小学校百年誌』(片上小学校創立100年記念事業実行委員会、一九七二)

＊3　後藤亮『正宗白鳥　文学と生涯』(思潮社、一九七〇)

＊4　松本鶴雄『ふるさと幻想の彼方――白鳥の世界』(勉誠社、一九九六)

＊5　こういった白鳥の先祖にあたる人々については、磯佳和『伝記考証　若き日の正宗白鳥――岡山編――』(三弥

生書店、一九九八）などを参照。

＊6 以下白鳥の書簡の引用は『正宗白鳥全集』第三十巻（福武書店、一九八六）による。

＊7 後藤亮、＊3と同。

＊8 この歌は『古今和歌集』（巻第一　春歌上）の「をちこちのたづきも知らぬ山中におぼつかなくも呼子鳥かな」を踏まえている。当時白鳥が傾倒していた香川景樹は『古今和歌集』研究でも知られており、この点からも景樹の影響をうかがうことができるのではないか。近世文学研究の篗田将樹氏より教示を得た。

＊9 佐久間保明「個人全集編纂に望みたいこと　福武版『正宗白鳥全集』について」（『日本古書通信』一九八七・九）では、この松浦の発言は「弟敦夫にあてた、松浦辰男の手紙の一部」が、新潮社版全集編纂の折「混入」したものではないかと推測している。松浦の発言の中には「……其はいかにも左様で」「……調ですか」「……高崎ですか」といった記述があるが、これは白鳥の問いかけに対する受け答えの書き取り、または再現であると考えられる。ゆえにこの箇所を白鳥による筆録として本稿では扱う。松浦の発言（の引用）の直後に、松浦宅のたたずまいについての記述や「凡一時間計話し候ひしが案外考の高尚なるに感じ候」といった記述が続いていることもその傍証となる。なお兼清正徳『桂園派最後の歌人　松浦辰男の生涯』（作品社、一九九四）でも、白鳥が「その歌論を聞き」、「書翰で敦夫に報らせている」ものだとしている。

＊10 松澤俊二『「よむ」ことの近代――和歌・短歌の政治学』（青弓社、二〇一四）

＊11 丸山幸子（＊1）は「虚偽、作為を嫌う師の教えは、花袋ら若い文学青年にはなんと新鮮に響いたことであろう。桂園派の歌論は、奇しくも花袋が自然主義の標榜に掲げたスローガンと同じではないか」と述べている。

＊12 勝呂奏は「都会生活を送る者の中に、田舎を憧憬する〈帰去来情緒〉を抱く者が多く、文学者にも〈田園生活論〉が口にされていた」という時代状況の中で、こうした批評や〈故郷もの〉は書かれており、「そうした思いに

捕らわれた人々にとってみると、冷や水を浴びせられるような皮肉な異見が含まれている」と指摘している（『正宗白鳥　明治世紀末の青春』右文書院、一九九六）

＊13　佐々木雅發「「五月幟」の系譜──白鳥の主軸──」（『早稲田大学大学院文学研究科紀要　第三分冊』第44輯、一九九九・二）

＊14　敦夫と松浦らとをめぐる関係については吉崎志保子『階上階下すべて書にして　正宗敦夫の世界』（吉崎一弘、一九八九）、兼清正徳『桂園派最後の歌人　松浦辰男の生涯』（＊9）、赤羽淑『正宗敦夫をめぐる文雅の交流』（和泉書院、一九九五）を参照。

＊15　篠弘『近代短歌史──無名者の世紀』（三一書房、一九七四）

＊16　戦前の文章でも白鳥は「数十年前に一時流行してゐた「新体詩」といはれてゐた種類のものも、次第に衰微して、俳句、和歌で足れりとするやうになつた」と述べている（「詩吟時代」『経済往来』昭一〇・六）

＊17　柳田國男「旧派歌がたり」（『季刊　柳田国男研究』8、一九七五・四。引用は『柳田國男全集』34、筑摩書房、二〇一四による）

＊18　松澤俊二、＊10と同。

第二章

〈書けない〉小説家——正宗白鳥の明治四十年代

1

例えば、以下のような発言に注目してみたい。

私などは現実に対して書くと云ふ点から、全く絶望してしまふ。ほんたうに書かうと思つて見ると人生の真相は何が何やら少しも分らない。結局描写の腕が勝れて居て、「いかにもさうだ。」と思はせるやうに描く、要するにそれだけではないか。真の現実のまちがひのない姿などはとても書けるものではないのではないか。

（正宗白鳥「藝術上の懐疑」『早稲田文学』明四四・二）

このような発言が、「生え抜きの自然主義者」などといった言葉に代表されるような、冷酷に「現実」を〈ありのまま〉に記述してきたとみなされている正宗白鳥によってなされたということは注意すべきではないか。しかも明治四十年代、白鳥は執拗なまでにこのように〈書けない〉〈知りえない〉と述べている。その一部を列挙してみる。

「自然主義を奉ずる人々の作にも人間の真相を描き尽してゐない、間違ひが多いと非難する者があるが、尤もな事だ、さう容易に人間や宇宙が知り尽される筈がない」（「随感録」『読売新聞』明四〇・一二・八）、「之れまで書く時に、思ふやうに書けぬ故でもあらうが、愉快に筆を執つた事はない。何時でも多少の苦痛と努力とは伴つて居る」（「仕方なしに書く」『新潮』明四一・九）、「どうせ想像である。女が自分のことを書かない以上、誰れが書いたのだつて皆想像だ。男が書いても、女が女を書いても、自分以外のことは皆想像ぢやないか。／吾以外のものは、然う思ふだけで、果して何れが真であるか分らない」(「自己以外は想像のみ」『新潮』明四二・四、「／」は改行を示す)……。

このような同時期の〈書けない〉〈知りえない〉といった白鳥の一連の言述は、『読売新聞』の「随感録」などを除けば、雑誌の「特集」という要請のもとに発せられたものだ。つまり特集の編集という〈問い〉に対する〈応答〉としてそれらはある。「何故に小説を書くか」(『新潮』明四一・九)、「観察と描写」(『文章世界』明四一・一〇)、「女性を真に見、真に描き得べき乎」(『新潮』明四二・四)……それらは、なぜ書くか、如何に見るか、如何に書くか、という、作家としての日常的な書くことそのもの、認識することそのものに対する、即物的な、あからさまな問いであり、そのような根本的な、暴力的ですらある問いが、『新潮』『文章世界』といった文藝誌において頻繁に問われる時代だった。

それでは、そのような問いかけに他の作家はどのように応答したのか。「事実と想像」という特集(『新潮』明四二・七)において、白鳥「事実より出づる想像に意味あり」の他に、永井荷風「作品の性質に依り何れにても可也」、泉鏡花「事実の根底、想像の潤色」と、それぞれ回答を寄せている。

白鳥は同特集で次のように答えている。

> 私自身の作物には、単に事実だけを書いたものは一篇もない。然うかと云つて、全然事実に根も葉もないやうなものを書きはしない。何かモデルとなるべき事件なり、人物なりを捉へて書くとする、所が、その事件、その人物を、そのままに書き出すと云ふことは出来ない。必ず想像の分子が加つて来る。
>
> (白鳥「事実より出づる想像に意味あり」)

事実を書こうとしてもなしえない。たとえ「モデル」があったとしても、それを書けば必ず「想像の分子」が入り込む。「そのままに」は書けないのだと、やはりここでも述べている。それに対して荷風は「私の考へでは、充分読んで見た上で、それが事実らしく、感興を殺がない限りは、その作品の内容は、事実でも、或は想像でも、作者の随意であると思ふ」と述べているが、「読んで見た上で」というように、〈書き手〉の立場からは発言していない。突き放すように、あるいは生身の〈書く〉現場から退いて発言している。そして「事実」と「空想」を「随意」に、つまり意図的・操作的に分けて書きうるものであるということを前提としている。

一方鏡花が「果して事実ありの侭を描き得られるものか何うかを疑ふ。私は、例へ事実を書くとしても、厳密な意味から云つて、必ず作家の想像が加はるものと思ふ」というように、白鳥と近しいことを述べているのが注目される。つまり鏡花は「事実」を「ありの侭」に書くということへの疑念、不可能性を述べており、同特集における白鳥の「必ず想像の分子が加わつて来る」という言葉と通底している。しかし鏡花は「事実ばかりでは作品は書けない。事実と想像とをうまく混ぜ合はして、それを傑れたアートに依つて書き現はしたのが作品である」と続けており、もとより事実の再現という問題設定にない。「事実と想像とをうまく混ぜ合はし」た「立派な作品」を積極的に目指すことを言明している。あるいは〈書くこと〉を「アート」=技術の問題に還元している。白鳥の同文中にある「私には出来ない」「私には事実が事実のまゝに書けない」という、書き手としての主体的な不可能性の連呼と、「余儀なく想像が加つて来る」という受動性の言明において、荷風とは勿論、鏡花との差異は際立っている。

さらに、他のいわゆる自然主義作家と比較してもいい。例えば徳田秋聲は「予の描かんと欲する作品」という問いに「私自身から云ふと今の所、写実に血と肉とを交へて、何処までも事実は事実として書いて、それに依つて作家の心持ちを見せて居るやうな書方」をしていると答えている(「求めつゝあるもの未だ与へられず」『新潮』明四二・二)。このように秋聲も、〈書くこと〉そのものを問うパラダイムのうちにあった。しかし「事実は事実として」書ける、ということを言明している点では白鳥と大きく異なっている。

白鳥における〈書けない〉〈知りえない〉という連呼、それは書くこと、認識することからの疎外とでも名付けられるのに相応しい事態である。こうした一連の言説は、「人間」「真相」「考へ」「事実」「現実」——一言でいえば外部——と、それを言表することとの乖離、不可能性を述べているものとして捉えられる。逆にいえば、言葉にしようとした結果、それら外部が不可解で不確かなものとして眼前に浮上してきた、ともいえる。しかしこのような文壇における問い、及びそれらへの応答としてある、〈書けない〉〈知りえない〉という白鳥の執拗なまでの言明は、これまで充分に問題化されてこなかったのではないか。そのかわりに「これよりさきに白鳥の病弱であったことの意味を述べなければならない。それは白鳥の文学を解明する、やはり重要な契機なのである」[*1]というような白鳥自身の同時期の身体虚弱を重視する論点、あるいは「明治四〇年前後の作品群の中には、(略)悪意や底意地の悪さを内蔵した、人非人的な冷酷さとでも言うしかない筆致の作品が幾つも目立つ」[*2]というように人格像に解釈を収斂する論点によって、明治四十年代の白鳥は語られてきた。

白鳥研究においては、明治四十年代をめぐる研究が最も盛んであるが、白鳥がしきりに〈書けない〉〈知りえない〉と言いつのってきたという事実、つまり認識—言表にまつわる齟齬や疎外をしきりに述べてきたという事実は、「病弱」「冷酷」というイメージによって糊塗されてきた。しかし同時期の最もよく言及される作品である「何処へ」(『早稲田文学』明四一・一〜四)は周知のように「殊に勇気衰へ無為を欲するの念のみ盛んで、筆が運びません」というように、〈書けない〉という断り書きによって連載が中断されている。さらに作中においても白鳥は、主人公・菅沼健次に「小説家が有りつ丈の拵へ事を書き並べて長くするから、矢鱈に面倒になるんですが、世の中の事はさう誂へ向きに出来てやしないでせう」と、〈書くこと〉と記述対象(「世の中」)の乖離を表明させていたのである。

そのような研究の趨勢にあって山本芳明は、先に引用した「藝術上の懐疑」などの白鳥の発言に注目し[*3]、「白鳥は、多くの自然主義作家といわれる人々が金科玉条のように信奉していた「現実」とか「事実」といったことに常に懐疑的であった(略)。自然主義文学の基本的な〈パラダイム〉が定着していく中で、白鳥はその動向を相対化するような発言を繰り返しているのである」と述べている。[*4] 確かに「生え抜きの自然主義者」などといったイメージは一般的に流通しており、それらを相対化する上で山本の問題提起は示唆に富む。[*5] しかし山本のいうように「現実」とか「事実」といったことに常に懐疑的であった」のか、この点については疑問が残る。むしろ白鳥は「自然主義文学の基本的な〈パラダイム〉」に苛まれ、強固にこだわっていた。自然主義文学を「相対化」するような言明の頻発は、そのこだわりの帰結であるとみるべきなのではないか。白鳥は先験的に「自然主義文学の基本的な〈パラダイム〉」を「懐疑」していたのではない。つまり自然主義を「相対化」するような発言に至るまでには径庭があるということが確認できる。

本章では白鳥の自然主義的問題圏に対する親和から不和への移り変わり、そしてその不和を対象化したと考えられる「盲目」という小説を分析する。そのような試みによって「ニヒリスト」「厭世家」などといったイメージに留まらない、つまり白鳥とは書記行為に対し実は自覚的な作家であったのだ、という裏面を浮き彫りにしたい。

2

白鳥が自然主義というパラダイムにいかに囚われていたか。それは以下の田山花袋「蒲団」に対する批評をみれば明らかである。「蒲団」評にある〈熱狂〉と、その後頻発される〈幻滅〉の交点に、まずは注目したい。

吾人は小説に関する見解で最も意義あり、明治文学史発展の上に忘るべからざる者は、『小説神髄』以来では小杉天外氏の写実主義（初姿？　の巻頭にあつた自然は善でもない悪でもない、だから有のまゝに描けばそれでい、と云つた説。）と花袋氏が『野の花』の序文以来頻りに説いた議論だと思ふ。（略）『少女病』と『蒲団』は氏近来の佳作であらう。思ひ切つて突込んで書いてある。飾りつ気なく腹の中を見せてあるし、作中の人物が如何にも実際に有りさうで、外国小説からの借り物らしくもないのは、この作者の創作に一進歩をした証とするに足る。

（白鳥「『蒲団』合評」『早稲田文学』明四〇・一〇）

「初姿？」とあるが「自然は善でもない悪でもない」という件があるのは「はやり唄」（明三五）の序文である。それはともかく、かつて白鳥は花袋の「野の花」を評して、「作者は頻りに心理的解剖をつとめてゐるにかゝはらず未だ性格描写は巧みであると許せない」（ママ）と述べていたが（「花袋作『野の花』」『読売新聞』明三四・七・一）、ここにおいて白鳥は花袋の作を「有のまゝ」であるとみなしている。「蒲団」発表当時、白鳥は「有のまゝ」な描写の達成として「蒲団」を評価したのである。そして「飾りつ気なく腹の中を見せてある」というように、〈告白〉の機制において「蒲団」にリアリティーをみている。「『蒲団』を読んで、作家として最感心するのは、材料が事実であると否とは兎に角、作者の心的閲歴または情生涯をいつはらず飾らず告白し発表し得られたと云ふ態度である」（小栗風葉「『蒲団』合評」『早稲田文学』前掲）というような評価と、その地盤を同じくしている。

つまり登場人物竹中時雄を前景化し、そして陰微なうちに作家花袋と時雄を同定し、そこにリアルな再現を見出している。しかし当時「蒲団」評価における対立点は、どの登場人物を焦点にして読むか、時雄の造形について当然問題化されるが、一方の他の登場人物達の造形はどうなっているか、という点にあった。

例えば『明星』（明四〇・一〇）の「蒲団」合評をみれば、時雄以外の他の登場人物達の心情・人物像が描き切れてないという観点において、否定的に評価されていることがわかる。与謝野寛は「主人公たる小説家」について

「実に人情の自然を捉へて居ると感服した」が、「併し、副主人公たる芳子や、情夫や、芳子の父などには、まだまだ自然に描写が出来て居ない、斯う云ふ人間が実際に有り得べきやうにはどうも受取れない」と評している。他にも「作者の五官及び理性は作中の諸の人物に対して、其主人公に払つた丈の観察と同情とを払つて無い」（太田正雄）というように、主人公時雄の造形には一定の評価を示すが、他の登場人物達には存在感やリアリティーが感じられないと指摘し、否定へと至っている。

花袋がとった方法に照らせば、上記のような否定的な評価は、むしろ的確な指摘であるといえる。逆に白鳥らのような「飾りつ気なく腹の中を見せてある」といった評価、「蒲団」を〈告白〉の機制で捉えてしまうような読解と、花袋の〈意図〉とは大きく隔たったものであったのではないか。近年の研究が明らかにしているように「蒲団」は、滑稽なまでに時雄を極端に描くこと、つまり語り手と時雄の距離を遠ざけ、客体化しようという志向性が読み取れる。永井聖剛は、作中人物の心情や詠嘆を相対化し、引用したものが「小説」なのだという認識を花袋は持っており、「蒲団」では語り手によって作中人物の「「センチメンタリズム」を「誇張」し、滑稽化するという方法」「パロディ的な様式化の試み」がとられていると指摘している。結果的に「こうした認識は、一人称的あるいは私小説的なものとは対照的なものというべきであり、いわゆる三人称的な語りの枠組みについて花袋が意識的であったことを示して」いるとする。[*6] 片上天弦は『早稲田文学』の合評で「作者は作中の人物悉くを三人称によって描きながら、主人公を表面にして、その他の人物事件は殆んど主人公の眼に映り、主人公の感情を浴びたものとして現はしてゐる」という点を指摘している。「人物事件」は主人公の認識のフィルターを通して描かれており、客観的な語りになっていないというのである。このように「形の上には客観的描写式」でありながら実質的には「主人公の主観的説話式」になっているという点を批判している。[*7]「蒲団」に対する同時代評に横たわっていることとは、三人称で書かれているにもかかわらず、主に竹中時雄に内的焦点化された語りへの不足と不満であった。そのような語りにより他の人物が充分に表象されていないことが、否定的な評価へとつながっている。

しかし白鳥は「人称」という問題（つまり人物をいかに書くか、あるいは書かないかという問題）を共有していない。「蒲団」に「有のまゝ」な記述、〈書くこと〉の成就をみて〈熱狂〉した一人だったのである。少なくとも「蒲団」合評時において白鳥は、書き手と登場人物の距離を取ろうという花袋の志向性や、三人称という叙法に自覚的であった花袋がそれを実践しようとしたという文脈がみえていなかった。

日比嘉高が論じているように「蒲団」など「〈自己表象テクスト〉」は「作家たちに小説の書き易さを示唆し」、白鳥もまた「この表象法」に「魅力」を感じていた一人であった。*8 しかしその〈熱狂〉はすぐ消え失せる。先述したような「蒲団」への否定的評価、つまり竹中時雄以外の登場人物達の内面が現前していないと言いつのる言説は、白鳥にも影を落とす。三人称客観の叙法において語り手は、全知全能の視点、いわば〈神の視点〉に立つことになり、簡略化していえば語り手にとって表象不可能な他者（登場人物）は存立しえない。つまり三人称客観の語り手は、どんな登場人物の内面にも分け入らなくてはならない。「人称」をめぐる問題に立てば、〈書くこと〉〈知ること〉の可能性と不可能性をめぐる問題に逢着せざるをえない。先に引用したような、白鳥の〈書けない〉〈知りえない〉という執拗なまでの連呼には、〈書くこと〉〈知ること〉の成就を求める志向性と、その蹉跌を読み取ることができるのではないか。そして〈書けない〉〈知りえない〉という言表は「蒲団」合評以前には存在しないことも注目に値する。

そのような文脈を踏まえると、「こんな一日」（『学生文藝』明四三・九）という小説にひとまず注目できる。同時代評には、「神経衰弱の小説家の日記である。白鳥氏を崇拝する人が読めば面白いかも知れないが、普通の読者にはまことに迷惑なものである。少し露骨な語を用ひれば愚作である」（無署名「最近文藝概観」『帝国文学』明四三・一〇）といった否定的な評価が存在し、またこれまでの研究においても、とくに注目されてこなかった作品である。

この小説は題名にあるように、小説家とおぼしき「私」の一日を描いたものだが、「私は心を凝らして原稿紙を見詰めたが、落すべき一字をも思ひつかぬ。頭の中も白紙のやうで、悲しい事も悦ばしい事も憤る事もなかつた」というように書こうとしている原稿が書けない人物として設定されている。「私」は外出し「書くべき事を捜す気で往来を見てゐた」が、そんな眺めも「私の胸に何の感興をも起さな」い。帰宅し、物憂い気持ちにある「私」のもとへ友人の山村が訪ねてくる。「面白い話」はないかと求める「私」に山村は「人殺しでもやつちやどうです」と笑って答え、それに「私」は賛同する。山村は答える。


「剣呑な思想ですね。」

「しかしそんな事を空想してる奴には却つて実行出来やしないから。」

「実行されなくつて安心だ。今の自然主義者だつて口ばかりで実行して呉れんから天下泰平なんですよ。」

「さうだとも、赤裸々になれつたつて、我々裸で戸外へ出られないしね、矢張り十人並の事をやつて日を送るより外仕方がないだ。」

山村の例の洒落まじりの軽口の話でも聞いて、弛んだ心を引き立てようとしたのに、話は味のない理屈に落ちてしまつた。


二人の会話で、自然主義を揶揄するような発言をさせている点が注目される。「実行」を高言する「自然主義者」への皮肉、あるいは白鳥自らもその圏内にあった、「此の一篇は肉の人、赤裸々の人間の大胆なる懺悔録である」（島村抱月「『蒲団』合評」『早稲田文学』前掲）といった「蒲団」をめぐる言説において存した「有のまゝ」という機制がここでは相対化されている。しかし「私」にとってこのような揶揄・相対化自体も、もはや「味のない理屈」としか感じられなくなっている。〈書くこと〉の可能性を信じるという熱狂の醒めた後、「頭の中も白紙のやうで、悲しい事も悦ばしい事も憤る事もなかつた」「私」の〈書くこと〉は、「机の上の紙はまだ白く残つてゐる」という小説の末尾へと帰結する他ない。

3

白鳥が〈書くこと〉〈知ること〉の不可能性をしきりに述べていること、その頻出において際立っている。それを自然主義文学における自明なものを意識的、あるいは超越的に「相対化」（山本芳明、前掲）しようとしている、そのように捉えるべきではないと考えられる。先に引用した「自然主義を奉ずる人々の作にも人間の真相を描き尽くしてゐない、間違いが多いと非難する者があるが、尤もな事だ、さう容易に人間や宇宙が知り尽くされる筈がない」（「随感録」）という文は次のように続いている。「但し少しも彼等はその真相を見んと努力してゐる、他の初めから真などはどうでもよいと澄ましてゐる者と異つてる所は此点だ」。つまり〈書けない〉〈知りえない〉という連呼は、〈書かねばならぬ〉〈知らねばならぬ〉という自然主義的な当為と表裏一体、不可分のものなのである。

しかし注意したいことは、しきりに〈書けない〉〈知りえない〉といっていた白鳥の明治四十年代とは、「何処へ」「微光」など、世評の高い作品を多々発表していた時期でもあり、極言すればこの時期の白鳥は〈流行作家〉であったとまでいえる。ならば〈書けない〉〈知りえない〉という言明の頻発は、ポーズであり、レトリックにすぎないものであったのか。それとも作品を多々発表しているその背後に、認識—言表の不可能性、疎外を意識しつつ、〈書けない〉〈知りえない〉という事態をどこかで対象化していたのか。そのことを考察するために「盲目」という小説に注目してみたい。

「盲目」（『早稲田文学』明四三・一〇）は、「傑作」との世評をえた「微光」（『中央公論』）と同年同月に発表された。同時代評をみれば、ある程度問題にされた作品であることがわかる。しかも単行本『白鳥小品』（春陽堂、大一）では巻頭に収録されている。「静かな湿ひのある心持で、様々な追懐をしたり景色や人間を書き生かしたりする遣り方が非常に面白く読まれた。「微光」の如く努めて小説らしうせずに、断片の寄せ集めのやうにしたのが却つて趣があつた」というように、「微光」以上に高く評価している評家もいた（中村星湖「十月の小説界」『早稲田文学』明四三・一一）。[*9] また、「「何処へ」「落日」の主人公が青年ならば「盲目」の主人公は大人であるといふ感がする（略）。「何処へ」や「落日」のそれと比べてどことなくその世相味、人間味に於て真率な味ひがよく多く[ママ]味はれる」と、「何処へ」などの発展として評されてもいる（本間久雄「正宗白鳥氏の「白鳥小品」」『文章世界』大一・一一）。

しかし「盲目」は同年同月発表の「微光」に隠れるかたちで、これまでの研究ではあまり注目されてこなかった。例えば瓜生清はこの作品について「「微光」読解のストレートな補助線であると強調したい訳ではない」という留保をつけつつも、「「微光」の世界に対して、「盲目」はそれを反転させた陰画の関係にあると考えたい」と述べているように、「微光」に対し相補的関係にあると捉えている。[*10] しかし同時期に白鳥が〈書けない〉〈知りえない〉という言述を頻出させていたという事態を踏まえるならば、この作品は「微光」に対する読解の手掛かりを与えている作品である、という位置づけには留まらない、さらなる重要性が潜んでいるのではないか。

「盲目」は以下のような端書きからはじまる。

> これは稲毛のK館に滞在してゐた客の徒然のあまりの無駄書きである。鉛筆で書いた所もあれば筆で書いた所もある。前後接続しない所もある。「盲目」と題したのは「予は盲目なり」と、太い字で感慨めかして書いてゐて、それが訳ありさうに思はれたからである。

この端書きによれば、宿に残された「客の」備忘録にあった「予は盲目なり」という字句が、「訳ありさうに思はれ」、「「盲目」と題し」て紹介したのが本作である、ということになる。この小説は、備忘録の語り手である「自分」が稲毛の宿に滞在し、その間の光景や、妹の死の知らせ、病気の記憶、少年時代の追憶、過去出会った女性の回想、見合いの光景などが、「前後接続しない所もある」と端書きにあるように、断片的に綴られている。

ここで注意したいことは作中の「自分」に〈書けない〉〈知りえない〉としきりに語らせているということだ。

（その三）

「僕はお前に惚れてるよ。」自分は或る女に云つた。

「悦しいわねえ、片思ひぢやなくつて。」その女が応じた。

こんな不完全な言葉で互ひの腹の中が分るものか。自分は人間の言葉の浅薄なのを思つた。百万言を重ねたつて、古今の名家の名文句を並べたつて、他人の心は明らかに読めやしない。

「惚れてるよ」という問いかけと「悦しいわねえ、片思ひぢやなくつて」という応答、ここには一見コミュニケーションが成立しているかにみえる。しかし「自分」はそこに不足と不満だけを見出す。どれだけ言葉を費やしても、「他人の心」という核心を捉えるには至らず、いたずらに空転し、外れていく「言葉」と、そこから謎のまま取り残される「他人の心」を問題としているのである。さらに〈知りえない〉のは「他人」に限らない。

自分は今確かに稲毛に居る。目の前に枝を開いてゐる墨絵のやうな松の樹も、障子に差した月の光も定かに目に見える。右手の離家から聞えるのは琴の音だ、海の方から聞えて来るのは漁夫の唄だ。他の人と同じやうに見もし聞きもしゝてゐると思ふけれど、それが疑はれないでもない。他の人のやうには見えてゐるのぢやな

い、聞えてゐるのぢやないとも思はれる。外界の種々相がそのまゝの姿で目に映らなくなつたのぢやあるまいか。（その二）

見ているもの、聞いているものが、他者と共有していないのではないかという疑念に「自分」は苛まれる。通常誰も「外界」に見える事物が「そのまゝ」であるか否かなどは疑わない。もし疑ったなら、それは日常生活をすら困難に陥れる、つまり〈狂気〉の状態と紙一重になる。「自分」は自らの認識をも自明のものとすることができないという危機に瀕している。

そしてこの小説はこう閉じられる。

今夜も月が照つてゐる。海は何時も静かだ。舟遊びをするとかで、隣りの離れの人が、賑やかに下りて行つた。自分は又も誰れに見せるともない無駄書きを始めたが、それも気が進まなくなつた。

最後に自分の心の底からの真の感じを一言書いて見ようと思つたが、自分はその言葉の選択にも迷つた。（その七）

これまで、見ること、知ることからの疎外に苛まれてきた「自分」は、「最後に」「心の底からの真の感じ」を書こうと試みる。しかし書こうとしても、「その言葉の選択にも迷」い、その行方は不明のまま小説は閉じられる。「言葉の選択」とあるのが示唆的である。〈文〉を書くこととは、ある可能的な語彙から一つの言葉を選別することでしかなしえない。つまり〈書くこと〉とは、記述対象を一つの既存の言葉によって代理―代行させる行為である。「真の感じ」と〈書くこと〉を漸近させようとしても、「底」「真の」という志向性を強固に志向すればするほど、る。

〈書くこと〉は難渋してしまうことになる。書記行為そのものにつきまとう困難の表明によって小説は終わってい

知ろうとしても知りえない、書こうとしても困難に陥るという様態を描いた「盲目」だが、同時代評には以下のようにある。「これは微光ほどの出来ではない。自分といふ者を判然と書き出すことは仲々困難だと見える」（無署名「最近文藝概観」『帝国文学』明四三・一一）、「その人生の攫み方が手ぬるい。まるで無駄書を並べたとしか思はれないほど手ぬるい。活きた現実が逃げて、乾からびた作者の眼脂だけしか残つて居ない」（相馬御風「「白鳥小品」を読む」『読売新聞』大一・九・二二）。……「攫み」たくとも逃れていく「自分」「活きた現実」を、「判然と」捉えようという志向性とその「困難」を描いたことに、これらの評は触れているのである。

しかし残された問題がある。それは、なぜ「客の徒然のあまりの無駄書きである」などというような端書きから小説がはじめられているのか、ということだ。「鉛筆で書いた所もあれば筆で書いた所もある。前後接続しない所もある」とあるように、なぜ殊更に不統一な点があるということがあらかじめ強調されているのか。同時代では「正宗白鳥の「盲目」は、何でもないことを有りの儘に書いたものだ。それでも面白い。（略）単なるスケツチのやうな物にでも、その背景には白鳥と云ふ人の動かぬ主観なり、背景なりが潜んで居る」と評されている（無署名「十月の重なる雑誌」『新潮』明四三・一一）。また瓜生清は「病臥体験から、十二、三歳の時の淫らな女への嫌悪を覚える体験等、現在と過去との往還を繰り返しながら、冒頭の虚無的な人生観想へと戻り、円環を閉じる構成になっている」と指摘しつつ「かなり虚構化の弱いエッセイ風の作品である」とも評している。[*11] この作品を作者の体験のダイレクトな表出と捉えるにしても、あるいは断片的といいつつも実は「円環」構造になっていると捉えるにしても、不安定な叙述がなされているという端書きがなぜ付されているのか、このような疑問は残る。その不安定、不統一が意味することとは何か。

この小説には奇妙な点がある。全体的に「自分」の一人称で小説は語られているのだが、「その四」の途中、見合いの様子を描いた一節で、一行空きの後「その時の光景(ありさま)――」以下の一節だけ三人称の語りになっている。見合いの片方である「自分」は、この箇所でだけ「男客」などと呼称されている。この箇所は「庭には赤い花や白い花が咲いてゐて、雨後の湿つた地面からは水気が立つてゐる」というようにその場の情景から書き出され、そして「客の目も皆その方へ向つた。縁側に胡坐を掻いて煙草を吸つてゐる若い男の目も、菓子皿を間にして、男客と差向ひで坐つて居る二人の女の目も」と、そこにいる全ての人物を外側から見る視点によって書き出されているのである。

この箇所で「自分」は「男客」として呼称、あるいは対象化され、その心情は書き出されない。このように一旦は「自分」を遠ざけて語るが、しかし見合いが進行するに従い、次第に語りは「男客」=「自分」に内的焦点化されていく。見合いの相手の所作から見て、相手も男客との縁談を進めたがっているはずだ、という「細君」の言葉に「そんなに単純によく物事が解釈出来ること、男客は怪しんだ。かうしたら何と思つてゐるの、あゝ云つたからどうだのと、手易く物事を判断する人が多いけれど、自分には一葉の枯葉の落ちて来るその訳も分からないと、そゝゝゝの男は思ひながら」……というように、形式の上では三人称を保持しているが、実質的には殆ど一人称的な語りと変わらない。なぜなら、内的焦点化されるのはこの箇所においても「男客」だけだからだ。そして小説は、再び一行空きの後に一人称「自分」の語りへと回帰する。「自分」は見合いの相手の意向を知りえぬまま、稲毛にやってきた。そして「真の心は互ひに分りもしないのに、言葉や文字や、目顔素振を通して、喜んだり、悲んだり、離れたり、会つたりしてゐる我等人間仲間の惨めさ淋しさを思つた」と「自分」に語らせている。

つまり、ある一部の場面でのみ、一人称を遠ざけ、全ての登場人物の言動や所作だけを語る〈語り〉を採用したその直後、「言葉や文字や、目顔、素振」で「手易く物事を判断する」こと、つまり「互ひ」の「真の心」を言語、表情、身振りのみで推し量らざるをえない「人間」の条件に対する「男客」＝「自分」の不足と不満が書きつけられている。このような語りの偏差、不統一という〈手法〉によって、「自分」以外の登場人物の内面を表象しえないということが、一層強調されているのである。

さらに「自分」は、自身の認識すらも決して自明のものとすることはできない。「自分」は「外界の種々相がそのまゝの姿で目に映らなくなつたのぢやあるまいか」という疑念に苛まれ、かつて病に臥せていた頃を思い出す。「あの病床に長く臥してゐたときから三年五年は、常に物の形が異つて見えたり、不意に幻を見ることがあつた」。

「貴君は選ばれた人です。病気も信者に取つては神に近づく一階段ともなるんです。」と、髪の毛が薄く、目鼻立ちの不恰好な、しかし柔和な相をしてゐる牧師が、病気見舞ひに来て云つたが、その選ばれたる人の目には、その頃から世界が不秩序猥雑に見え出したのだ。目は以前の視力を失つてしまつたのかも知れぬ。

（その二）

三人称客観の叙法において語り手は、全知全能の視点、いわば〈神の視点〉に立つことになると先に述べた。牧師は「病気も」「神に近づく一階段」になると「自分」に語りかける。しかし「自分」は「病気」になって、かえって認識―言表の危機に瀕する。つまり〈神の視点〉から一層遠ざかってしまう。

「盲目」という題名を持つこの小説は、全知全能の視点、いわば〈神の視点〉の不可能性、何人たりとも〈書けない〉〈知りえない〉という事態を、小説の構造自体でもって体現しているのではないか。ならば、以下の文章は不統一で断片的なものである、という冒頭の端書きは、全体を統御する首尾一貫した〈神〉の立場を志向することの放棄、断念の告知として読めるのである。

4

田山花袋は「蒲団」発表の後、「客観の事象に対しても少しもその内部に立ち入らず、又人物の内部精神にも立ち入らず、たゞ見たまゝ聴いたまゝ触れたまゝの現象をさながらに描く」と述べている（「『生』に於ける試み」『早稲田文学』明四一・九）。もちろん「現象」を「見たまゝ聴いたまゝ触れたまゝ」に書くことも不可能ではあるが、ここで注目したいことは、人物の内面を描くことからの撤退をはっきり述べているということだ。書けないのだから、むしろ積極的に、倫理的な態度において書かないのだ、そのように捉えられる。一方白鳥は「作家は会話以上にその取り扱ふ人物の腹の中を描かねばならぬ。只純客観的に人物の会話と表面の行動とを描叙したゞけでは、如何に繊細でも如何に筆が巧みでも、此頃の吾人に飽き足らぬ気がする」（「随感録」『読売新聞』明四一・一一・二）というように、「人物の腹の中」を描くことに対するこだわりを未だ捨てきれないでいる。そのようなこだわりが「人物の腹の中」を〈知ること〉〈書くこと〉への熱意と挫折という往還を生じさせ、その運動を対象化した「盲目」へと結実する。白鳥が「盲目」において試みた認識―言表の不可能性の対象化、構造化とは、〈書かねばならぬ〉〈知らねばならぬ〉という志向性とその挫折を対象化したものであり、かつ白鳥は以降も執拗にこの問題を取り上げている。その意味で、花袋とは大きく異なった軌跡を白鳥は描いていく。

大正期には、白鳥の言説から〈書けない〉〈知りえない〉という言明は一見消失している。それは明治四十年代、文藝誌上で頻発された〈書くこと〉そのものをめぐる〈問い〉は、もはや文壇において問われなくなったことに起因する。第四章で詳述するが、例えば、「諸家の新技巧」という連載（『新潮』）は大正二年四月号を最後に閉じられ、かわりに「実社会に対する我等の態度」（『早稲田文学』大三・六）、「欧洲戦争観」（『文章世界』大三・九）というような

〈問い〉が問われるようになる。もはや「文」を問うこと、つまり外部をいかに記述するかという問題設定は消えてしまった。そのような問いが問われないのだから、白鳥において〈書けない〉〈知りえない〉という言明が一見〈消失〉したかにみえるのである。

しかし、言語的了解を失っていく過程として〈狂気〉を捉えた「半生を顧みて」(『中央公論』大二・九)や、社会的交換の不可能な「独勝手な」英語の独学に耽る人物を造形した「入江のほとり」(『太陽』大四・四)などにみられるように、白鳥は依然〈書けない〉〈知りえない〉という事態を不可避の条件とし、その対象化を試みている。そしてこうした発想は、大正期の戯曲や昭和期の文藝評論にまで持続しており、白鳥の文学に底流する、隠れた、しかし重要な特色になっている。

注

＊1　佐々木雅發「小説家白鳥の誕生――第一創作集『紅塵』を中心に――」(『日本近代文学』第3集、一九六五・一一)

＊2　松本鶴雄『ふるさと幻想の彼方――白鳥の世界』(勉誠社、一九九六)

＊3　大本泉はこの「藝術上の懐疑」の「真の現実のまちがひのない姿などはとても書けるものではない」という白鳥の言について、「とすれば、白鳥は文学に何を求めたのか。それは〈隠された真の現実〉〈隠された人生の真実〉に他ならない」と述べている(「正宗白鳥の方法――『徒労』を視点として――」『目白近代文学』第7号、一九八八・三)

＊4　山本芳明「白鳥の軌跡――「空想ニ煩悶」する青年から「自然主義作家」へ　正宗白鳥ノート2――」(『学習院大学文学部研究年報』35、一九八九・三)

＊5　ただし山本の述べるような非・自然主義者的人物としての白鳥という論点はこれまで何度か指摘されてきた。例えば「自然主義の諸大家、ことに藤村、花袋、秋聲等にくらべて彼は最も「虚構」によりかかる本格的な小説家であつた。少くとも藤村、花袋によつて最も鮮かに示される「告白」的な作風とは、一番遠い存在だつた」とする吉田精一（『自然主義の研究』下巻、東京堂、一九五八）などがある。むしろ「自然主義」の問題圏に白鳥もあったのだ、という論点こそ改めて検討されなければならないのではないか。

＊6　永井聖剛『自然主義のレトリック』（双文社出版、二〇〇八）

＊7　「蒲団」の同時代評において、「〈客観小説〉としての完成度」をめぐって議論が多くなされていたことについては大東和重『文学の誕生　藤村から漱石へ』（講談社、二〇〇六）で明快な整理がなされている。

＊8　日比嘉高『〈自己表象〉の文学史――自分を書く小説の登場――』（翰林書房、二〇〇二）

＊9　徳田秋聲も「正宗君の作では『名残』『盲目』などが最も面白い。『動揺』以降の作には一体に円熟した技巧の光が添つて来た」（「小説の持てなかつた年」『新潮』明四三・一二）と、「微光」以上に高く評価している。

＊10　瓜生清「「微光」論」（『福岡教育大学紀要　第一分冊文科編』第42号、一九九三・二）

＊11　瓜生清、＊10と同。

第三章

書くことへの自意識

——正宗白鳥と石川啄木

1

第一章で短歌と正宗白鳥の関係をみてきたが、白鳥が高く評価している近代の歌人の一人は石川啄木である。例えば「啄木の和歌は面白い。在来の和歌のもつてゐるやうな気取りがない」と述べている。ところが同文は以下のように続く。「しかし、人生観的な感想は、有難味をつけて見れば、大概は意味深く思はれるので、啄木の感想だつて、彼れが非凡な才を抱きながら不遇に死んだために、価値がついたのである。彼れの云つたやうなことは今日の同人雑誌の文学青年だつて云つてゐるのだ」（「追憶」『読売新聞』昭二・六・一七）[*1]。啄木の短歌に白鳥は素直に兜を脱ぐ。先に引いたが「石川啄木の和歌などは文字から伝はる意味だけのものである」（「歌会始め」陪聴記」『読売新聞』夕刊、昭三七・一・一三）というように、白鳥は啄木の短歌をみていた。〈歌〉から疎外された白鳥にとって、啄木の短歌はあり得たかもしれない、自身の〈歌〉――詠むものではなく、読み、書くものとしての――を示唆するものであったのかもしれない。しかしそんな白鳥も啄木の散文についてはおよそ否定的にみており、そうした感想をしばしば述べている。正岡子規について「私は和歌俳句よりも、先づその随筆が読みたかつた」とし、その散文に興味を示している一方、子規の短歌・俳句については「他日暇の多い時に研究したい」（「子規について」『文藝評論』改造社、昭二）というように、それほど興味を示していないことと対照をなしている。

一方啄木の白鳥への評価はどのようなものであったか。両者の交流史と各々に対する言及については齋藤三郎が整理している[*2]。上田博は両者の小説などを詳細に比較検討し、啄木はニヒリスティックに物事を眺めるだけに終わる「白鳥文学あるいは白鳥的人間像を批判的に対象化した」と結論する[*3]。両者の関係についてのこれまでの言及をまとめれば以下の通りとなろう。啄木は当初一読者として、さらには小説家志望として白鳥に親近性を感じる。しかし「時代閉塞」に対し冷笑的に振る舞うことに終始する〈消極的な白鳥〉に飽き足らない〈積極的な啄木〉は、やがて白鳥の影響圏から脱していった。[*4]

〈消極的な白鳥〉〈積極的な啄木〉という対比は自明なようであり、これ以上の検討は必要ないものと一見とれる。しかし白鳥と啄木は言葉への自意識という観点において、問題意識を共有していると考えられる。それればかりか時に白鳥は言葉をめぐる問題については、啄木の先を行っていた節すらある。本章では白鳥と啄木を対照させることで、自然主義がもたらした影響、とりわけ言葉をめぐる問題とその同時代的な射程について確認する。

まずは啄木と白鳥のはじめての関わりからみていきたい。明治四十年前後、当時の若い読者に「我々を知る者は我々と同じ若さの人でなければ駄目だ、つまり花袋君や藤村君よりも、白鳥君の方が我々に切実だ」（「緩調急調」『新声』明四〇・一二）などといった発言が多くみられることに山本芳明は着目し、白鳥が若者の「代弁者となっていた」と指摘している。[*5] そのような若者の一人に啄木を数えることができるかもしれない。明治四十年代において正宗白鳥は〈流行作家〉といってもいい存在であった。『正宗白鳥全集』第三十巻（福武書店、一九八六）の「作品目録」によれば、小説作品だけで明治四十年には十四作品、四十一年にも十四作品が『太陽』『中央公論』などといった有力誌に掲載されている（「何処へ」など連載ものは一作品と数える）。四十二年の新年号には実に五誌に小説を寄稿している。そして四十年九月、第一創作集『紅塵』を刊行して後、矢継ぎ早に小説集を上梓している。

啄木の日記に「正宗白鳥君の短編小説集「紅塵」を読み深更にいたる。感慨深し、我が心泣かむとす。予は何の日に到らば心静かに筆を執るを得む」（明四〇・一二・二八）[*6] とあるが、啄木のいう「感慨」の内容は簡単なものではなさそうだ。一読者として自らの心情を代弁してくれることへの感慨とも読めるが、「予は何の日に到らば心静かに筆を執るを得む」というように、小説家として名を上げつつある白鳥に自らを比して感慨にふけっているとも読める。このように啄木は書簡や日記でしばしば白鳥について言及しており、かつ数度白鳥の元を訪問している。

興味深いことは白鳥と啄木がはじめて関わりを持った以下のエピソードである。啄木らが明治三十七年十二月に刊行した『白百合』に対し、白鳥が同誌所収の啄木の詩「天火蓋」を批判した。

石川啄木の天火蓋を読むに、吾人何等の美をも感ずる能はず。用語とても甚だ厭ふべきを見る。「恋は天照る日輪のみづから焼けし蝋涙や、こぼれて、地に盲ひし子が冷に閉ぢける胸の戸の夢の隙より入りしもの」の如き、あまりひねくり廻した比喩にて、お説の通りと感服も仕兼ねるなり。詩は必ずしも一読して直に感ずべき者のみならず、難句に満つとも又可なるべきも、この詩句のやうにては、考ふれば考ふる程、馬鹿らしくなる也。（「新刊雑誌評」『読売新聞』明三七・一二・九）*7

白鳥は啄木の詩を、美辞麗句を並べただけで何者も伝えない、自己目的化した〈詩〉だと批判している。それに抗議するべく啄木は「過日所用の序でに日就社を訪ひ、評者正宗白鳥と会見」する。白鳥は「我は詩を評するの心なし、今の時、詩人を訓ふべきは克く詩に通ずるの人のみなるべき也、我の如きたゞ新聞記者たる責任に迫られて止むなく筆を取れるのみ」と答えただけといい、その言動に対する無責任さに啄木は失望をおぼえる（以上、姉崎嘲風宛書簡、明三七・一二・一四）。この啄木の抗議について白鳥側からの言及はないが、白鳥が啄木に述べたという言葉は先の「新刊雑誌評」の内容と重なる。「今の時、詩人を訓ふべきは克く詩に通ずるの人のみ」という白鳥の発言は、啄木がそう受け取ったように、詩についての無知を弁明しているばかりではない。「今日の新体詩は専門外の味ふに足る価値なき」（「新刊雑誌評」）というように、新体詩が閉じたサークル内でしか通用しない代物と化しており、「専門外」の人間にとっては何の価値もないものだ、という批判の言い換えでもあるのだ。

大げさな「ひねくり廻した比喩」を羅列しただけで、読者に喚起させるものがないという批判も、両者の関係を考える上で注目される。啄木は自身の〈新体詩人〉時代を回顧し「空地を広野にし、木を大木にし、日を朝日か夕日にし、のみならず、それを見た自分自身を、詩人にし、旅人にし、若き愁ひある人にした上でなければ、其感じが当時の詩の調子に合はず、又自分でも満足することが出来なかつた」などというように、大げさな言葉を用いることが詩作だと考えていたという（「弓町より　食ふべき詩」『東京毎日新聞』明四二・一一・三〇〜一二・七）。白鳥が展開していた新体詩への批判とは、後年啄木が記した自己批判を、実は先取りしていたのである。

白鳥と啄木の最初の出会いから読み取れることは、一見スレ違いのようでありながら、書くという行為への意識、書かれたものがどのように流通し、効力を発揮していくのかということを両者とも問題として抱えていく、その出発点として重なっているということではないか。言い換えると、例えば田山花袋が「露骨なる描写」を唱え（明三七）、書くことへの参入に人々を誘う一方、書くことに苛まれる人々をまた同時に生み出す時代を、共に生きた者として二人を捉える視点をもたらす。〈消極的な白鳥〉〈積極的な啄木〉という対立図式は、そのような両者の重なりを見えにくくするのである。

2

啄木も白鳥も新聞記者であったという履歴を有するが、両者の小説に新聞社を舞台にしたものが多くある。

> 「原稿出切」と二面の編輯者は叫んで、両手を伸し息を吐き、やがてゆらり〳〵と、ストーブの側へ寄つた。炎々たる火焔の悪どく暑くるしいストーブを煙草の煙で取り捲いて、破れ椅子に座してゐるもの、外套のまゝで立つてゐるもの、議会の問題や情夫殺しの消息、明日の雑報の註釈説明批評で賑つてゐる。

「築島君、その女は美人かね。」編輯の岸上が一座の中へ割り込んで問ひを発した。
「実際い、女ですよ、青ざめて沈んでる所は可憐です。僕はあんな女にならば殺されても遺憾なしですね、裁判官たるもの宜しく刑一等を減ずべしだ。」三面の外勤築島は、煤けた顔に愛嬌笑ひをして、表情的に云ふ。

これは白鳥「塵埃」(『趣味』明四〇・二)の冒頭であるが、啄木の小説「菊池君」(明四一・五稿)の中にも「『原稿出切。』と呼ぶ。ト、八戸君も小松君も、卓子から離れて各々自分の椅子を引ずつて暖炉の周匝に集る」という箇所がある。右記は些末な例だが、啄木「我等の一団と彼」(明四三・五稿)は、「私」が「一体に自分に関した話は成るべく避けてしない」謎めいた存在である高橋へ興味を抱くことから物語を進展させるという構図となっており、白鳥「塵埃」における構図――新聞社内において周囲からあたかも超然と距離を置いている存在である小野に対し「予」が興味を抱く――と共通している。

啄木は日記や書簡の中で白鳥について肯定的に言及しているが、その中で「うまい」(日記、明四一・七・二)、「正宗真山二氏のはドノ号のもうまい。描写の技倆に於ては、青果氏は当代一、そして正宗氏のに至つては、更に何者か人生のかくれたる消息を伝へてゐる」(日記、明四二・一・七)などというように、技巧の観点を含めてしばしば称賛している。啄木の小説作法に白鳥からの影響も認められよう。

上田博は「我等の一団と彼」について「(引用者…ニヒリストである)高橋は、視点人物(亀山)によってたえず相対化させられ、しかも〈我等の一団〉との議論の場に引き摺り出されることによって、思想的特質がたえず発かれていく」という「仕掛け」を指摘し、ここに白鳥的ニヒリズムとの際だった差異があると論じている。[*8] 確かに啄木はやがて「白鳥氏の作物から享ける感銘」が「薄くなつた」といっているように、白鳥への関心をなくしていくが(「暗い穴の中へ」明四三・秋稿)、まずは白鳥「塵埃」「世間並」を例に、白鳥と啄木の差異と相同性を考察していきたい。

「塵埃」は、現在の境遇に不平を抱きつつも、将来への希望を糧に校正係の日々を過ごしている青年「予」を視点人物として、新聞社内の光景と、うだつの上がらない老校正係を描いている。先に引用した冒頭部分で「破れ椅子に座してゐるもの」とあるが、後にある「この籐椅子の網が尻ですり切れるまで、この渦巻く編輯局の塵埃を吸はねばならぬと、天命の定つてゐるとすれば、未練はない。今日此処で舌を噛んで死んで見せる」という「予」の慷慨と対応している。このように「予」にとって他の登場人物達は、愚の極みとしか映らない。

しかし老校正記者の小野は、実はそのような見方では説明しつくせない内面を抱えている人物であることに「予」は気付かされる。「神経は無くなつたのであらうか、感覚は消滅したのであらうか」というようにあたかも願望や葛藤がないかのようにイメージしていた小野が、「よく原稿にある文句だが、碌々として老ゆるつていふのは先づ私達の事でせう、一体碌々といふ文字は、先生方はどんな意味で遣つてるんか知りませんがね、私は「碌々」の中にはいろんなつらい思ひが打ち込まれてるんだと、独り定めにしてるんです。碌々として老ゆるつて、決して呑気にぼんやりして老ゆるんぢやない」というように、「碌々」という一言で表象されてしまうことへの違和感や不満、憤りを述べている。また彼が謡曲や能を嗜むことを知り、「予」は驚く。

さらに「予」以外の登場人物の発話からは、「無駄話に笑ひ興じて」でしか生き続けざるをえない者達の、諦めと自嘲もまた読み取れる。冒頭引用部に続く箇所で、編集者の一人岸上は「まあお互ひに銀座のほこりを毎日吸つて、ほこりの中の黴菌に生血が吸はれつちまふまで生きているんさ」と述べる。「予」もまた「銀座のほこり」を吸って生きざるをえない者である。「予」は「明年を思ひ明後年を考へれば、想像の糸は己れを中心に、幾百の豊かなる絵画や小説を織り出す。艶麗な景も浮べば、勇壮な潮も湧く」と空想しているが、大本泉が正しく述べているように「〈夢〉と実生活とを相関させることなく、夢想世界に沈潜したままの「予」にも、批判すべき対象として白鳥のまなざしは注がれている」[*9]のである。「予も又一日を校正に過さねばならぬ。已れには将来があると、心で慰めながら」という言葉でこの小説は締めくくられる。塵埃にまみれた日常生活を送る編集者たちを軽蔑し高みから見下ろしているつもりの「予」も、結局は彼らと同じように、「已れには将来がある」と自らを慰め、ごまかしながら、埃まみれの生活を生きるしかない者として自覚しつつあることを示している。

啄木は「時代閉塞の現状」(明四三・八稿)で「我々青年を囲繞する空気は、今やもう少しも流動しなくなつた」と述べているが、「塵埃」という作品空間もまた〈少しも流動しない空気〉に覆われている。編集者は原稿を完成させ「両手を伸し」ホッと「息を吐」いてストーブにあたりに行くが、ストーブはただ暖かいのではなく「悪どく暑くるしい」。そしてその周りを「煙草の煙」が滞留し続ける。一見活気あるこの社内風景も、「予」にとっては、よどんだ、停滞した空気が充満する空間として捉えられている。編集者の築島を描く「煤けた顔」という言葉は、理想を諦め無駄話に憂き身をやつす日々を送る者を描く隠喩でもあろうし、文字通り「塵埃」まみれの顔を現す直喩的な表現とも取りうる。呼吸をしなければ生きられないように、「予」もこの「塵埃」にまみれた空気の中から抜け出すことはできない、という暗示でこの小説は終えられている。啄木の小説の草稿「島田君の書簡」(明四二・三稿)に、砲兵工廠から吐き出される黒煙を見た主人公が「劇しい煙毒の為に生物の健康が害はれ、如何なる健者でも其区域に住んで半年経てば、顔に自ずと血の気が失せて妙に青黒くなり、目が凹んでドンヨリする」などと妄想する場面があり、人間の未来を阻害するものとして黒煙=塵埃が表象されている。[*10]白鳥も啄木も、汚れ、淀んだ同時代の空気を感知し、未来を阻むものとして表象しているのである。

3

啄木の岩崎正宛書簡に「五日には正宗白鳥君を訪問した。頗るブッキラ棒な人間で虚礼といふものを一切用ゐない。僕は大すきだ、この大将、箱崎町へ淫売を買ひに頻々行くといふので猶更面白い。今月の趣味の「世間並」にその事が書いてある。あの妙な主人公が正宗君の性格そのまんまだ」（明四一・七・七）とある。啄木が読んだという白鳥の小説「世間並」（『趣味』明四一・七）では、「新奇」な女性だけを求め女郎屋通いをし、ある友人との付き合いに飽くと、また別の友人との付き合いを復活させる、そのような日常を生きている「私」が描かれている。「私」の友人の一人である豊島は「うんにや僕はもう方針を変へた、どんな卑屈な真似をしても金を儲けるつもりだ、世の中は俗物ばかりだから、これまでのやうにしちや馬鹿を見るからな、もう主義変更だ」と述べている。しかし豊島はそういった矢先に「筆を剣にして口から焔を吐いて、惰眠を貪つてる今の社会を震動さすんだ」と気炎を上げる。それに対して「私」は「少し矛盾だね、さつきにや金儲けの計画をしたぢやないか」と揶揄するが、豊島は「馬鹿云ふな、僕等はこんな薄のろい世に我慢出来んのだ」と答える。またある日に豊島は「僕あ食へなけりや放浪する」と言ったり、泥酔して「汗臭い労働者の腕を握り、その硬張つた手の掌に熱涙を濯ぎ、「僕は君の兄弟だ。」と叫んで、周囲の客を驚か」したりもする。しかし豊島は「敢へてその好きな放浪無宿の人ともならぬ。手に鶴嘴を持たうともせぬ」。そして「私の家によく寝て、よく飲みよく食つてゐる」だけである。

山本芳明は白鳥の小説「独立心」（『新小説』明四〇・五）、「何処へ」（『早稲田文学』明四一・一〜四）と白鳥の初期評論を論じて、「旧世代の人々のパラダイム、「武士道」「仏教」「基督教」によって自己と世界の安定した関係性を得られぬ青年たちが、新たなパラダイム、新たなアイデンティティの確立を求めて彷徨（或は咆哮）している状態として「空想ニ煩悶」する青年たちの姿をとらえている」と述べている。*11「世間並」の若者達もまさに「彷徨」している人物である。さらに彼らは「新たなパラダイム」として「金を儲ける」ことに加えて、岩野泡鳴的な「放浪」や、社会主義を見出している。しかし豊島も「私」も結局はそのような「新たなパラダイム」に参入しない。

豊島にしろ「私」にしろ、彼らの言動は、後に啄木が展開した批判の射程に入っていることに注目したい。啄木は「時代閉塞の現状」で、「正義だの、人道だのといふ事にはお構ひなしに一生懸命儲けなければならぬ。国の為なんて考へる暇があるものか！」といった「実業界などに志す一部の青年」の言い草を採り上げて「それは一見彼の強権を敵としてゐるやうであるけれども、さうではない。（略）強権の存在に対しても亦全く没交渉なのである」とする。啄木は岩野泡鳴が缶詰工場を作るため樺太へ渡ったこと（明四二）について「「高い処から跳下りる気持」と言つた泡鳴氏に対する、強い同感の念」を覚え、同時に「その時から、私が白鳥氏の作物から享ける感銘の薄くなつた事」が「著しく感じられた」という（「暗い穴の中へ」前掲）。しかしそのような泡鳴の「実行」とて、資本主義に繰り込まれることに他ならない。「暗い穴の中へ」では泡鳴への「同感の念」を、あくまで過去のものであったと語っていることに注意しておきたい。

また「時代閉塞の現状」で「今日の小説や詩や歌の殆どすべてが女郎買、淫売買、乃至野合、姦通の記録であるのは決して偶然ではない」と述べている。啄木がいうように、そのほとんどが「国法によつて公認、若くは半ば公認されてゐる」のだから、「女郎買」云々は一見既存の道徳に対する「反抗」であるようでありながら、既成の枠組みを出るものではない。言い換えると「金を儲ける」ことも「女郎買」も国家のイデオロギー装置の一部であり、知らぬうちに「世間並」の豊島も「私」も、あるいは泡鳴の振る舞いも、制度の延命に寄与しているということになる。

では「世間並」の結末はどうなるか。豊島にも飽いた「私」はまた別の友人との付き合いを復活させるが、その友人にも飽き、そしてこの小説は「只一図に豊島に会ひたくなつた。彼れの濡んだ目を見たい、彼れの情熱の言葉を聞きたい」と結ばれる。「新奇」を求め続ける「私」は、このような円環を出ることはできないということが暗示されているのである。啄木は先に引いた書簡で「あの妙な主人公が正宗君の性格そのまんまだ」と述べているが、小山内薫は「作中に現はれて居る所の人生観は、正宗氏自身の人生観ではあるが、それが作者の人生観とならず、うまく客観化されて、真実に作中人物の人生観と思へる」と述べている（「最近の小説壇」『新潮』明四一・八）。啄木は「私」＝白鳥と読んでいるが、小山内は、「新奇」を求めるという堂々巡りを知らぬうちにしている「私」が、作中では作者によって相対化されているという様相を捉えているといえる。啄木の読みは素朴に過ぎよう。

しかし興味深いことは、「只「珍しいの」「新奇なの」を待ち設けては、乾き行く心を湿ほさうとするに過ぎぬ」、「凡てが煩はしい」、「明日の私はどうなるか、今の私はこんな風で死運の来るまで生きてゐる」……そんな〈少しも流動しない空気〉の中を生きる「私」が見た夢だ。

兄は被頬して汗ばんだ手で畑を耕し、私は弟と紙鳶を飛ばした。風箏が静かな空に気持よく鳴つて、赤い絵具で塗つた紙鳶の影は小さくなる。私は興に乗つて畑を踏み丘へ上り四方へ駆り廻ると、弟は後から喘ぎ〳〵追うて来る。やがて私は手に纏うた糸を有る限り手繰り出したが、運悪く糸は木の枝に引掛つて如何にするも離れない。その間に紙鳶は糸を切つてフワ〳〵空を飛んで行く。私も弟も兄も仰向いてその行衛を眺めた。

それは日常生活に倦み疲れた少年に「見よ、今日も、かの蒼空に／飛行機の高く飛べるを。」（「飛行機」明四四・六）と呼びかけている、啄木の詩をあたかも先取りしている。「世間並」の「私」もこの停滞する空気からの飛翔を夢見ているのである。

あたりを漂う〈塵埃〉が〈薄のろく〉停滞しているように、少しも流動しない現実への違和と、そこからの脱却への希求が啄木と白鳥の言説から見て取れる。白鳥の小説においては、停滞する現実から脱却しようとし、次々と「新奇」なものを追い求め続けることとは、結局は閉じられた円環を生きることに他ならない、ということを描いている。啄木は「硝子窓」（『新小説』明四三・六）で「「何か面白い事は無いか。」さう言つて街々を的もなく探し廻る代りに、私はこれから、「何うしたら面白くなるだらう。」といふ事を、真面目に考へて見たいと思ふ」と述べている。この言は特に白鳥を名指ししたものではないが、上田博は「「何か面白い事」にぶつかるべく、「街々を的もなく探し廻る」若い文学者の一人に、白鳥は確実に加わっていなければならない」と考察し、啄木の批判の標的に白鳥も含まれているとしている。[*12] しかし白鳥の小説とは「「何か面白い事は無いか。」さう言つて街々を的もなく探し廻る」者を批判的なまなざしで捉えた小説であり、むしろ啄木と問題設定を共有しているといえる。ただしその先の「何うしたら面白くなる」か、その解答までは白鳥は示していない。

一方、啄木の言説からも「何うしたら面白くなる」か、という具体的な方途は（彼の早世ゆえに）見出し難い。[*13] ただいえるのは、「何うしたら面白くなる」か、この停滞した現実を如何に生きるべきかという問いに対して、同時代的に流通した〈解答〉への根底的な批判が「時代閉塞の現状」など、彼の言説から読み取れるということだ。

周知のように「時代閉塞の現状」は、魚住折蘆「自己主張の思想としての自然主義」（『東京朝日新聞』明四三・八・二二―二三）に触発された形で書かれたものである。折蘆は「オーソリテイ」に対抗するために「一種の自己主張」という二律背反するものが自然主義という名の下に結合したのだとしている。折蘆の所説に対して啄木は、自然主義を唱える誰もが「オーソリテイ」「国家」を敵としてみなしたことはないと指摘する。「観照」を旨とする自然主義がやがて「実行」をいいだし、その結果理論としての整合性を失った。にもかかわらず、自然主義という理論の内実は問われずに「「自然主義」といふ名」が「最初から余りにオオソライズして考へ」られていることが問題だとしている。つまり自然主義というタームが、ただ標語として流通しているのみだという現状を批判している。

啄木はかつて自然主義を評して以下のように述べていた。

議論の時代は既に過ぎた、これからは実行の時代であるといふやうな議論は、凡て物を速断して後で言ひ直す人の口か、然らずば既に思想上の行き詰まりに達して更に一躍する必要を感ぜずにゐる一種の落伍者の口からのみ出るべきものである。又世には、自然主義が衰微しかけたとか、非自然主義の議論はすべて時代遅れだとかいふ風な事を公言する人もあるが、我々は決してさういふ膚浅、且つ不謹慎、且つ不聡明な言に耳を仮すべきでない。

（「一年間の回顧」『スバル』明四三・二）

啄木は「自然主義」そのものを批判しているのではない。自然主義に対する検討を欠いたまま、「衰微」しているとか「時代遅れ」だとみなすような議論の浅薄さを批判している。「時代閉塞の現状」においても、自然主義に対し「厳密なる検覈」がなされることの必要性を再三説いているが、それは右にあげたように連続した志向性としてである。

「時代閉塞の現状」において、啄木は「三つの失敗」をあげているが、高山樗牛の過去の「偶像」への帰依、綱島梁川の臨死体験とその神秘化に比して、三つ目の「失敗」である自然主義は、啄木の記述の中では特権化されている。「此経験は、前の二つの経験にも増して重大なる教訓を我々に与へてゐる。それは外ではない。「一切の美しき理想は皆虚偽である！」」というようにだ。

こうした議論において啄木が重要視するのは田山花袋の言説である。花袋を評して以下のように述べている。

（引用者…花袋の意図は）作物より虚偽及び不確実——厳密なる経験及び観察（間接経験）に基かざる想像（略）——を排除しようといふのであらう。これを作其物の精神から言へば、凡ての作物は、吾人が実際上の経験から得る「人生の帰結に対する予想——予感、暗示」以上の、或は以外の事を表現しよう（略）とする虚偽に陥つてはならぬといふ事であらう。

（「きれぎれに心に浮んだ感じと回想」『スバル』明四二・一二）

花袋の「ありのまゝ」に見、「ありのまゝ」に書けという主張への共感を啄木は述べているが、この共感については啄木の詩論、歌論を参照するとわかりやすい。田口道昭は「弓町より　食ふべき詩」など啄木の創作論について「言語や表現に関する思考を欠落させて、主体の変革の問題に還元してしまっている」と指摘している。[*14] 確かに啄木が力点を置いているのは、文学の変革に先立って自己の変革があること、変革しつつある自己を「飾らず、偽らず」描いていくという点にある。その一方で、啄木の一連の創作論には花袋の言説に端を発した、言葉についての問題意識、言葉への躓きという問題も伏流していることが読み取れる。

先に一部引いたが、啄木は自らの詩作という営為を回想し、以下のように述べている。

自分で其頃（引用者…啄木十七・八歳〜二十三歳）の詩作上の態度を振返つて見て、一つ言ひたい事がある。それは、実感を詩に歌ふまでには、随分煩瑣な手続きを要したといふ事である。譬へば、一寸した空地に高さ一丈位の木が立つてゐて、それに日があたつてゐるのを見て或る感じを得たとすれば、空地を広野にし、木を大木にし、日を朝日か夕日にし、のみならず、それを見た自分自身を、詩人にし、旅人にし、若き愁ひある人にした上でなければ、其感じが当時の詩の調子に合はず、又自分でも満足することが出来なかつた。（略）私が詩作上に慣用した空想化の手続が、私のあらゆる事に対する態度を侵してゐた時であつた。空想化する事なしには何事も考へられぬやうになつてゐた。

（「弓町より　食ふべき詩」前掲）

啄木のいう「詩の調子」とは、花袋が排すべきと主張した「鍍」つまり「技巧」（「露骨なる描写」『太陽』明三七・二）と対応している。「其頃」の啄木の詩作とは「当時の詩の調子」に従うこと、詩という約束事に従うだけであった。その結果「実感」を置き去りにしたままの、自動化された記述をしか生まなかったと振り返っている。また詩作のために「空想化する事」が、彼の「考へ」を規定してしまうことへの違和感を述べている。ここで啄木は形式と内容という問題、あるいは書くことと認識することの相互関係という問題に直面している。これらの問題が先鋭的に現れるのは、定型という問題に向き合わざるをえない、短歌というジャンルにおいてである。

我々は既に一首の歌を一行に書き下すことに或不便、或不自然を感じて来た。其処でこれは歌それ〴〵の調子に依つて、或歌は二行に或歌は三行に書くことにすれば可い。よしそれが歌の調子そのものを破ると言はれるにしてからが、その在来の調子それ自身が我々の感情にしつくりそぐはなくなつて来たのであれば、何も遠慮をする必要がないのだ。三十一文字といふ制限が不便な場合にはどし〳〵字あまりもやるべきである。

（「歌のいろ〳〵」『東京朝日新聞』明四三・一二・一〇〜二〇）

坪井秀人は啄木の短歌の三行分かち書きについて「詠む＝うたうパロールとしての詩（短歌）」に対し「書かれたもの（エクリチュール）としての詩」を意識させるものだったとしている。[*15] 啄木の右記評論に通底しているのは、書くことと書かれたものに対する問題意識である。例えば「今まで現実の我れとして筆執りつゝ、ありし我れが、はつと思ふ刹那に、忽ち天地の奥なる実在と化りたるの意識、我は没して神みづからが現に筆を執りつゝ、ありと感じたる」（「予が見人の実験」『新人』明三八・七）……という綱島梁川のように、「現実」の、物理的な行為としての書くことを空想的に乗り越えてしまうような事態、書くことをめぐる苦闘を度外視しているような事態とは、対照的なのである。

花袋的影響圏にあったという点では、これまで論じてきたように白鳥もまたそうであった。「ありのまゝ」に書け、という当為が、むしろ書くことの不可能性を自覚させ、書くことと書かれたものへの問題意識を生じさせた。白鳥同様、啄木にとっての自然主義受容がもたらしたことの一つは、言葉そのものへの問いだった。

5

「大逆事件」についての貴重な記録と評価される啄木「日本無政府主義者陰謀事件経過及び附帯現象」（明四四・一稿）は当時の新聞記事（『東京朝日新聞』が中心）の切り抜き、及びそれに対する啄木の注釈からなっている。新聞記事の切り抜き、というのが重要である。人はメディアを通してでしかこの「事件」の様相を知ることができないからだ。

本件は最初社会主義者の陰謀と称せられ、やがて東京朝日新聞、読売新聞等二三の新聞によりて、時にその本来の意味に、時に社会主義と同義に、時に社会主義中の過激なる分子てふ意味に於て無政府主義なる語用ゐらるるに至り、後検事総長の発表したる本件犯罪摘要によりて無政府主義の名初めて知られたりと雖も、社会主義、無政府主義の二語の全く没常識的に混用せられ、乱用せられたること、延いて本件の最後に至れり。（略）社会主義とは啻に富豪、官権に反抗するのみならず、国家を無視し、皇室を倒さんとする恐るべき思想なりとの概念を一般民衆の間に流布せしめたるは、主として其罪無智且つ不謹慎なる新聞紙及び其記者に帰すべし。

（「日本無政府主義者陰謀事件経過及び附帯現象」）

島村輝はこういった啄木の言説について「〈社会主義〉の禍々しいイメージを自らつくり上げていった新聞報道のメカニズムに対する、インサイダーの立場からの鋭く自覚的な批判」であったとする。[*16] 加えて注意したいのは、ここでも啄木は「概念」の混乱を指摘しているということだ。理論が差異性を失って流通していること、そしてその混乱の発生源と責任の所在を問うている。

いくつか例をあげたい。拘引された「一介の活版職工」「福田武三郎」が如何にしてこの「主義」に近づいたかを伝聞の形で紹介している記事が引用されている。「吾々は万の研究を了へた結果社会主義に来たものでない、只社会主義に偶然出会つたら、気骨のある連中が比較的立派な説を正直に唱へて運動して居る、之が吾々と意気が一時投合したから暫時御仲間入をして激語を放つたに過ぎない」と、その「主義」に近づいた偶然性を記事は強調している。のみならず「下宿に在つても酒煙草を飲まず只一回ビールを飲みて酩酊し其夜吉原に遊びし事あり」と、人格像を描写し、ことの因果を個人の資質に還元させるような記述がこの記事においてなされている。

「管野すが子」を紹介する記事では「被告中の紅一点」という見出しをつけ、「多少の「文字ある女」に能くある慣として、すが子は沢山の男にも関係したし、多くの文学的書籍にも読み耽つた」と、その「経歴」を記している。

同時代流通していた「堕落女学生物語」を喚起させるような記述である。このように安直なイメージと容易に結合させるような記述[*17]に対し啄木は、「「被告中の紅一点」の一項は松崎天民君の筆」とその執筆者を明記している。ここから、イメージ発生の起源と、その責任は明確化される。

この新聞の切り抜き及び注釈によって成り立つノートは、流通する言葉を分節・分析しており、それ自体で言説批判たりえている。外在的な言葉そのものを、透明ではない、自明のものではない〈言葉〉そのものを啄木は一貫して問題化していた。

白鳥は「大逆事件」より以前、以下のように述べていた。

> 自然主義と云ふ文字を流行させたのは新聞の力だが、この主義を誤解させたのも新聞だ。雑誌だと攻撃にしても賛成にしても、多少の智識を有つて議論を立てるのだから、従つて酷い無茶苦茶も少ないが、新聞にも些しの智識もなくして議論してゐるのが多い。雑報になると全く無意味にこの文字を悪用してゐる。啻に自然主義ばかりではない、社会主義でも無政府主義でも、新聞によつて世人の解釈を誤らせてゐる。
>
> (「新聞と文学」『文章世界』明四一・八)

このように啄木と近しいことを述べていたのは興味深い。それも「日本無政府主義者陰謀事件経過及び附帯現象」に二年以上先んじて、である。もっとも啄木は久津見蕨村『無政府主義』(平民書房、明三九)などを通して、社会主義と無政府主義の差異についてはそもそも自覚的であったという[*18]。つまり時期的に白鳥が先行していたということについては、マスメディアで言論を公表できるか否かという両者の立場の差異に、その所以を求めるべきかもしれない。冒頭で触れたが、文壇で活躍する白鳥に啄木が齟齬みするかのような言葉を残しているのは、白鳥に自らの一側面を見続けてきたがゆえ、かもしれない。

ともあれ、「新聞と文学」にあるような『読売新聞』記者・白鳥の言説も、「新聞報道のメカニズムに対する、インサイダーの立場からの鋭く自覚的な批判」(島村輝、前掲) といえるだろう。

啄木の死より大分後に、白鳥は次のように述べている。

> 人間、生命の息を絶つと、最早生存競争の範囲を脱するため、憐憫を寄せられる。ことに夭死すると過分の同情を寄せられる。啄木は特異の歌人であつたに違ひない。人間の生存苦を直截に歌つた歌人として、近代無比であるかも知れない。しかし、それは幾首かの和歌について云はるべきことで、その他の創作や随筆に幾千の価値があるのであらう。私は、今巻頭(引用者…改造社版円本)の『雲は天才である』の一篇と、二三の論文を読んで、年齢相当の幼稚さを認めた。厳しい服装で現れると大した人間でないものも、痴者の目には偉人として映る如く、厖大な円本の形を取つて麗々しく世に現れると、愚かな読者は有難がるのであらう。(略) 土岐君曰く、「啄木は不遇である。」と。しかしこの名誉ある円本に、倨然として一冊を占領して、書簡から雑文の端くれまでも網羅し尽くされたことを円本に一ページも加ることの出来ない幾十幾百の明治大正の作家が見たなら、「啄木は何といふ幸福児であるか。」と思ふであらう。
>
> (「文学者と「不遇」」『読売新聞』昭三・八・五)

その論点の可否(啄木への評価・受容のありよう)についての考察は別にせねばなるまい。啄木の散文への評価は相当に偏っているように思われる。ともあれ注目したいのは、メディアの機制によってある作家・作品が価値づけられるという視点をとっていることだ。啄木が自然主義や「大逆事件」をめぐる言説に対し分節・分析を施したように、白鳥は席巻しつつある啄木神話を、円本というモノをコードにして相対化してみせた。〈積極的な啄木〉

〈消極的な白鳥〉という見方は自明のようでありながら、どちらも言葉とその機能を視野に入れているという点で、実は近い位相にあったといえる。

「自然主義の全き止揚」「プロレタリア文学へのはるかなる示唆[*19]」という啄木への評価も、「偉人英雄に、われら月並なる人間の顔を見付けて喜ぶ趣味が僕にはわからない[*20]」という白鳥的発想への批判も、射程の広い論点ではある。しかし一方でそのような評価は、啄木も白鳥も物理的な行為としての〈書くこと〉、書かれた言葉の流通とそれがもたらす効果という問題に直面し、そこから発想し続けたということを覆い隠してしまうのである。

注

＊1　この白鳥の啄木評に対しては「余りに超時代的な独断」（武野藤介「正宗氏の啄木評」『時事新報』昭二・六・二三、二四）という批判がある。確かに白鳥がいうように「彼れの云つたやうなことは今日の同人雑誌の文学青年だつて云つてゐる」のならば、啄木の散文は先駆的であった、というようにむしろ肯定的に評価できることにもなる。白鳥の言は啄木批判としては舌足らずなものであろう。ちなみに武野は白鳥の戯曲「人生の幸福」（大一三）に対しても批判的なコメントを寄せている。第七章で触れる。

＊2　齋藤三郎「正宗白鳥と啄木」（『文献石川啄木』青磁社、昭一七）。「小柄でかぼそいところ、向ふ意気の強いところ、皮肉でヅケヅケものをいふところ、ニヒリステイックな物の観方、さういつたところに、この両者（引用者…啄木と白鳥）共通の類似点があるやうに思へてならない」と齋藤が述べているのは、具体例が示されてはいないにせよ、示唆的である。

＊3　上田博「啄木と白鳥――自然主義との交差――」（『石川啄木の文学』桜楓社、一九八七）

＊4　右記論文の他に、以下の論文を参照した。高淑玲「啄木と白鳥――自然主義小説をめぐって――」（安田女子大

学『国語国文論集』第32号、二〇〇二・一)、伊藤典文「時代の憂鬱　正宗白鳥と啄木――明治四二(一九〇九)年一〇月一五日を基軸に――」(『国際啄木学会研究年報』第5号、二〇〇二・三)

＊5　山本芳明「「空想ニ煩悶」する青年――「独立心」・「何処へ」」を軸として　正宗白鳥ノート1――」(『学習院大学文学部研究年報』33、一九八七・三)。また、若者たちの白鳥に対する共感について木村洋は、「何処へ」に描かれているような「青年たちに向けて武士道や愛国心の貴さを倦むことなく説いた、桂田博士に体現されるような教育家たちの発言群の隆盛」、その「画一的で観念的な言葉」に対する「青年層の不服」を白鳥作品は組み込んでいるからだと指摘している(『文学熱の時代――慷慨から煩悶へ』名古屋大学出版会、二〇一五)

＊6　以下、啄木の引用は『石川啄木全集』(筑摩書房、一九七八～一九七九)による。

＊7　この「新刊雑誌評」(署名は「時評子」)は福武書店版『正宗白鳥全集』には収録されていない。初出紙より引いた。齋藤(＊2)、上田(＊3)はこの文章を白鳥のものとしている。本書でも「新刊雑誌評」にある「今日の新体詩は専門外の味ふに足る価値なきに基けるなり」という言と、「我新体詩の詩人仲間で上手だとか下手だとかいつてゐる丈で恐らくは一般読書社会に面白がつて朗吟するものは少なからう」(「現代の新体詩人」『読売新聞』明三六・八・一六、署名は「白鳥」)などという主張が似通っているため、「新刊雑誌評」も白鳥の手になるものであるとみなす。

＊8　上田博、＊3と同。

＊9　大本泉「正宗白鳥『塵埃』論――給与生活者の悲哀」(『近代の文学　井上百合子先生記念論集』河出書房新社、一九九三)

＊10　日本近代文学における煙突やそこから吐き出される黒煙のイメージについては、木股知史『〈イメージ〉の近代日本文学誌』(双文社出版、一九八八)を参照。

＊11　山本芳明、＊5と同。

＊12　上田博、＊3と同。

＊13　「何うしたら面白くなる」か、という啄木の問題設定から導き出されるのは、社会主義、無政府主義への関心ということになるだろう。もっとも、啄木が社会主義者（ないし無政府主義者）であったか否かという問題を考えることは難しい。啄木の早世により、このような問題に解決をみることの困難をこそ、多くの先行研究は明らかにしている。

＊14　田口道昭『石川啄木論攷――青年・国家・自然主義』（和泉書院、二〇一七）

＊15　坪井秀人『声の祝祭』（名古屋大学出版会、一九九七）

＊16　島村輝「「社会主義者捕縛」から「逆徒の死骸引取」まで――「大逆事件」と〈死〉の言説構制」（『文学』一九九四・夏）

＊17　内藤千珠子は一連の管野についての報道で「「無政府主義」の女がジェンダー構造の逸脱と乱交するセクシュアリティとにおいて表象されている」とし、この記事について「「無政府主義」のスキャンダルの主人公として選ばれた管野須賀子という記号を、メディアは、悪意と殺意を好奇心に貼り合わせて真近から観察し、物語に奉仕させるべく表象させようとした」と論じている（『帝国と暗殺　ジェンダーからみる近代日本のメディア編成』新曜社、二〇〇五）

＊18　近藤典彦『国家を撃つ者』（同時代社、一九八九）を参照。

＊19　唐木順三「啄木の自然主義批判とその止揚」（『現代日本文学序説』春陽堂、昭七）

＊20　小林秀雄「作家の顔」（『読売新聞』昭一一・一・二四、二五）。周知のようにこの小林の言は、白鳥のトルストイ評への批判の中で発した言葉であるが、いかにも〈白鳥らしい〉認識を表すものとして数多言及されているので、

ここに掲げる。

第四章

正宗白鳥と政治

——文学者の政治参加と〈大逆〉

1

大正二、三年にかけて、正宗白鳥についてある固定した評価やイメージが確定する。「積極的」「能動的」に社会と関わるべき、などという言葉が飛び交っていた中、白鳥はその「消極的」な態度について批判にさらされる。そうした評価が起こる要因は、文壇における問題設定の変化にあった。

先述したように、明治四十年代とは、書くこと、知ることをめぐる根本的でもあり、あからさまでもある問いが問われた時代であった。そのような文壇全体を貫いた問いは、大正期に入ってどのように推移したのか。

例えば徳田秋聲はこう述べている。

> 旧来の制約的乃至遊戯的の境地から、生活そのものと併行して自由な発展をなし得る境地まで日本の文章が進歩して来たのである。もつと平たく云へば言ひ表はさうとする事を言語や文体の為めに制限して甘んじて居る境地から、言ひ表はそうとする事を本位として自由に変化し発展し得る境地まで進んで来たのである。
>
> （『明治小説文章変遷史』文学普及会、大三）

よく知られているように『明治小説文章変遷史』は代筆の可能性もあるが、[*1] 後で述べるように、明治期の秋聲の談話と似通った主張がなされている。実際の筆者が誰であるかという問題はともかく、この書物が「文学普及講話叢書」として、田山花袋『明治小説内容発達史』とともに刊行されたということに注目したい。「文章」と「内容」という二分法が成立しているということが、この二分冊の構成によっても知られるのである。そして秋聲（とおぼしき筆者）は近世末期の戯作から「文章」の変遷史を書き起こし、そして現在（大正三年）では、文章は「進歩」し、透明なものとなりもはや問題とはならないと述べている。文章の「制約」を逃れた現在では、「言ひ表はそうとする事」、すなわち「個性」「内容」が今後の問題となるとしている。

書くことをめぐる問いが文壇を席捲していた明治四十年代、秋聲は「私は技巧といふ事と頭脳といふ事と別にしたくない、文章といふ事もさうだが、文章や技巧を単独に思想内容から離して見る事は出来ないと思ふ」というように「文章」「技巧」と「内容」とは分かちがたいものである、という認識にあった（「文藝茶話（下）」『時事新報』明四三・四・五）。また「予の描かんと欲する作品」（『新潮』明四二・二）という問いに応じて秋聲は以下のように答えている。

> 私自身から云ふと今の所、写実に血と肉とを交へて、何処までも事実は事実として書いて、それに依つて作家の心持ちを見せて居るやうな書方である。然し、之れ丈けでは満足出来ない、で、今少し頭を捹らへてかゝらなければ、深い意味あり、大いなる価値ある小説は書けないやうな気がする。何うも甘く抽象して言へないが、現在書きつゝあるものに対して、然う云ふやうな不満足を感じつゝある。
>
> （秋聲「求めつゝあるもの未だ与へられず」）

このように秋聲も、書くことそのものを問うパラダイムにあった。「事実は事実として」書ける、ということを言明している点では白鳥と大きく異なるが、それでも書くことへの現今の「不満足」を表明していた。「頭」と書くことの関係、両者の乖離を問題としているのである。ただし秋聲はこの時点（明治四十二年）においても、「日本の小説の現在はスケッチの時代である。此のスケッチの時代が去る時に、初めて之れを統一した或る大なるものが出るであらう」（同上）など、「スケッチ」＝「描写」という問題はいずれ超克され、もっと「大なる」文学が生まれるだろうと述べており、『明治小説文章変遷史』で示している展望に接続するようなことを既に述べていた。そして大正三年には、もはや「文章」は問題とはならない、「内容」こそが問題となると表明する。言表をめぐる問題、書くことについての問題は『明治小説文章変遷史』においては解決済みのこととして取り扱われているのである。

この時期多くの人が関心を持ったのは〈文〉ではなく、例えば以下のような〈内容〉であった。長州藩閥の桂太郎が政界に復帰し、第三次桂内閣を組閣したのは大正元年。この政変に怒った三千人余りの民衆は東京明治座に結集、「憲政擁護会」が結成された。さらに大正二年には数万の民衆が議会を包囲し、桂内閣は辞職においこまれた。大正三年にはドイツ・ジーメンス社と海軍高官の贈収賄事件、いわゆるジーメンス事件の発覚を端に、再び民衆運動は勃興し、数万にのぼる民衆が議会正門を破壊、藩閥政府支持とみなされる新聞社を包囲するなど騒擾状態となり、桂内閣の後に組閣された山本権兵衛内閣は辞職した。海外では、大正三（一九一四）年六月、セルビアの青年によってオーストリア皇太子が暗殺され、翌月オーストリアはセルビアに宣戦布告する。つまり第一次世界大戦が勃発する。日本も八月ドイツに宣戦布告。九月、日本軍は中国・山東に上陸し、旧ドイツ領を占領、植民地の拡大路線をますます進行させる。そしてこういった情勢は、新聞・雑誌などによって、連日報道される。*2

第一次世界大戦と日本の言説状況について中山弘明は「第一次大戦期の諸雑誌を開くと」「さまざまの「世界地図」」が「まず目に飛び込んでくる」、このことが象徴しているように、日本人にとって「この戦争が何よりも「世界」を学習する大きな起点であった」と述べている。*3 世界情勢が殆どリアルタイムで報じられるという事態、あるいは民衆運動が前景化・表面化し、過剰なものとして外部が押し迫っているという事態において、文壇も自己の領域を拡張しようとしだす。明治四十年代、文藝誌上で頻発された書くことそのものをめぐる問いは、もはや文壇において問われなくなる。例えば、「諸家の新技巧」という連載（『新潮』）は大正二年四月号を最後に閉じられ、代わりに「実社会に対する我等の態度」（『早稲田文学』大三・六）、「欧洲戦争観」（『文章世界』大三・九）というような〈問い〉が問われるようになる。もはや〈文〉を問うこと、つまり外部（指示対象）をいかに認識し、いかに記述するかという問題設定は過去に追いやられている。以下みるように「現実」「（実）社会」にいかに作家がコミットしているか、このような問題設定が中心化している。

それは〈文〉の忘却とでも名付けられるような事態であった。〈事実〉〈技巧〉〈描写〉といった批評タームは、〈理想〉〈民衆〉そして〈社会〉といったタームに取って代わられる。このような趨勢において、白鳥は時代遅れの作家とみなされるようになる。

白鳥が時代遅れの、消極的な作家と目されていた中、白鳥はどのような小説を書いていたか。書けない、知りえないという連呼は表面上影を潜めるが、はたしてそのような認識―言表への疎外・不信は、本当に消失したのか。この問題を検討するために、次章では白鳥の小説「半生を顧みて」（『中央公論』大二・九）を取り上げる。

しかしその前に、これまでこの時期の白鳥は「逃避的態度」にあったと評されてきたが、その「逃避的態度」とはどのようなものであったのか。その内実を大正二、三年頃における文壇の言説状況の転換とからめて考察してみたい。すなわち白鳥と政治という観点である。

2

これまでの白鳥研究において大正初期はあまり主題的に論じられてはこなかったが、この時期も白鳥は、大正二年には三冊、大正三年にも三冊の単行本を刊行するなど、旺盛な作家活動をしていたといえる。一方当時の白鳥の同時代評をみれば、白鳥の作品に技巧の円熟や、芸術的達成の高さを認めるが、もはやそこに留まるべきではない、時代思潮について積極的に言及し、関わるべきであるという論調が過半を占めている。

例えば本間久雄は「東京は例の憲政擁護運動の迸りが今でもまだ中々旺んですし、それに内面的にも昨年あたりからの思態方面の動揺が中々素晴らしいのでして、吾々の生活の根底に一つの大きな革命を与へなければ止まないやうな勢ひです」（「正宗白鳥氏へ」『早稲田文学』大二・四）という現状認識を述べ、そのような現状において「藝術家はいかに「実生活」と関わっていけばいいか、白鳥にその解答を求めている。しかし白鳥の作品から看取されるのは「円熟」と引き換えに「希薄」になったことであり、「縦に」「横に」その作品世界を拡張してほしいと要望している。

また相馬御風は次のように述べている。

過日は約一年ぶりでゆつくりお話を承る事を得て、嬉しく思ひました。（略）「この頃いろ〳〵なものを読んで見て居るが、どことなしに日本人の生活が根本から動き出して来て居るやうな気がする」と云ふやうな御言葉や、（略）更にそれから引きつゞいて人間が現実生活の暗黒面にぶつかればぶつかるほどます〳〵烈しくそれから脱しやうとして戦つて行く、そこから近代の藝術が生れたと云ふやうな御話や、その力ある戦ひの尊さについての御話や、僕は総じてあの折の貴方の御話には少からず御自身の現状についての批判と、更にその批判から出て来る一種の積極的な戦ひの御心持とが含まれて居たやうに思ひました。（略）何かと云へば人をも自分をも冷笑してしまはうとなさるのが常であつた以前の貴方と、冷笑などゝ名のつく分子の少しもなかつた其の日の貴方との間には、何と云ふ違ひのある事でせう。僕はそのことを考へて、少からぬ喜びを感じないわけには行きませんでした。（「三月の作品を読んで五作家に寄する手紙（二）二、正宗白鳥氏へ」『読売新聞』大二・三・一五）

特に傍線を付したような箇所、いかにも〈白鳥らしからぬ〉発言や態度に注意したい。白鳥が本当にこのようなことを語ったか否かは不明だ。少なくともこの時期の白鳥の小説・評論などには、このような言述は見当たらない。ただはっきりしていることは御風の白鳥への〈期待〉が読み取れるということだ。つまりかつての「冷笑」の域から脱して、「日本人の生活」の変化の胎動を見出し、「積極的」に「戦」っていくという「御心持」にあってほしいという〈期待〉である。しかし、「それだのに、まあ今月「早稲田文学」に御発表になつた『新方丈記』には何と云ふ絶望的な、隠遁的な心持が告白されて居ることでせう」というように、御風の〈期待〉は裏切られ、結果的に「狭い自分の日常生活だけに囚はれた卑しい利己主義者」を白鳥に見出している。

かつて近松秋江は「数年来、書いて出す度に『白鳥氏のものは、此の頃大分円味が出来て来た。一転化して来た。』と何の作に対しても、その一つ以前の作と比べて、前のは厭であつたが、此度のは好い。と言はれ通しだ。さうして見れば、それを全体に亙（ママ）つた考へて見ると、後から〳〵批評家は、自分の批評を打消して行つてゐるやうなものだ」（「四十三年小説界概観」『国民新聞』明四三・一二・二九）と世の白鳥評がパターンに陥っていることを皮肉混じりで指摘していたが、大正期に入り、今度は期待と幻滅というパターンが現れるようになる。

また、「近頃の如な所謂藝術的に円熟した作を為るのは、氏の堕落である」（中村弧月「早稲田の創作家と評論家　三」『時事新報』大三・七・二三）、「氏がそれ程寛大な心を持つやうになつたと同時に、氏の作品が何処となく力脱けがして来た事は争はれない」（中村星湖「本年の創作界」『読売新聞』大三・一二・一〇）というように、「円熟」と引き換えに作品の喚起力が失せてしまったとする評も多数ある。

さらには白鳥の「現実生活」への志向性のなさから、全否定されるといった事態も見受けられる。佐野袈裟美「人生の傍観者と人生の奮闘者」（『早稲田文学』大二・一二）では、「現実生活の渦巻の真中へ我と自ら身を投げ込んで、何事をも逃げ避くることなく、求めたり、藻掻いたり、苦しんだり、憧憬したりして、生の開拓、向上、発展を自らの意力に頼つて期しつゝ、人生の戦場に戦士として立たんとする」人を「奮闘者」と名づけ、その例としてフローベル、トルストイなど外国文学者をあげる。それに対して「現実生活の渦巻から身を引き、或は避け、或は離れ、或は冷かに凝つと無関心に観てゐるやうな部類に属する人々」を「傍観者」と呼び、その典型的な例として佐野は白鳥の名をあげる。「正宗白鳥氏は好んで、かういつた消極的な沈滞した、希望も光も欲求もないやうな人生を描いてゐる。（略）そして人生を茶化したやうな態度で、藻掻きもしなければ苦悶もしない。ふんと鼻であしらつてゐる」。白鳥の作風＝態度を、あたかも「苦悶」を遠ざけて、「現実生活」へ全くコミットしていない、「人生の傍観者」であるとして論難している。注目したいことは、「奮闘者」として外国文学者の名前が数多あげられるこの文章の中、「傍観者」として名指しで批判される文学者は、殆ど白鳥一人だけだということである。

ただし、〈積極性〉や〈拡張〉〈向上〉をしきりに振りかざすような言説を相対化している評もある。石坂養平は「頻りに躍進とか積極的とか云ふやうなことを説く評論家に対する反感」のために白鳥は「自己の積極的な一面を意識的に押し隠してゐるのではなからうか」と述べる。しかし石坂も「氏にはその積極的な一面を押し出す時機が早晩ありさうに思はれてならない。つまり氏には新らしい未来があるだらうと云ふのだ」というように、結局は白鳥の作品に〈積極性〉が現われることを〈期待〉するというのである（「大正三年の文壇に於ける諸作家」『帝国文学』大四・一）[4]。

この時期の白鳥評では藝術的達成の高さ、円熟に自足するべきでなく、今や次の段階、つまり「現実生活」と「積極的」に戦い、「理想」の境地を示唆してほしいという〈期待〉が表明されている。また、「現実生活」からの逃避、消極性が見出され、全否定すらもされている。

それにしても「現実生活」とは何か。「積極的」であるいうことはどういうことか。白鳥を批判するこれらの言葉の抽象性を、蓮實重彦のいう「標語」の席捲（記述対象をないがしろにして記号のみが流通する様）[5]として捉えることも可能だ。一方で同時期、「実社会」という言葉の指し示す内容を問うこと、及びそれを明確化すべきであるという論点が存在した。

大正三年六月、『早稲田文学』誌上で、「実社会に対する我等の態度」と題された諸家のアンケートが掲載されている。その中で白鳥は次のように答えている。

進んで実社会に触れたいと思ふこともありますが苦痛を恐れては努めて避けやうとしてゐます。今でも毎日可成実社会の刺激に悩んでゐるのです。さうして旅行して逃げたいとか山へでも入りたいとか思ふのですもの。かうしてゐる私の将来にも実社会から受けるいろんな打撃があるだらうと思ふと決して平和ではありません。

このアンケートに端を発し、生田長江と堺利彦の間で、「実社会」というタームをめぐって短い応酬があった。長江は白鳥の回答を「自然派の巨頭等に最も普通なる」「態度」、「流行をくれの」「人生観」であるとし、こう述べる。「実社会が自分と云ふものの輪郭であり、自分が実社会と云ふものの焦点であると云ふ大切な意識を欠いてゐる。自分をより善くすることによつてのみ、社会をより善くすることが出来、社会をより善くすることによつてのみ自分をより善くすることが出来ると云ふ大切な信念（略）をつかんでゐないのである」（「最近の新聞雑誌から」『反響』大三・七）。ここで注意すべきことは、「自分」を「善く」すれば、「社会」も「善く」なる、というように、「実社会」と「自分」が等号で結ばれているということだ。両者の関係が自明視され、「実社会」も「自分」も分析―記述の対象として見出されていないのである。つまり「実社会」「現実生活」という言葉の内実には触れられておらず、蓮實重彦のいう「標語」の域を超えていないといえる。*6

長江に対して堺は、「貴兄は先づ藤村、花袋、小剣、白鳥、諸氏の態度を以て『流行おくれの藝術観人生観』と喝破した。是は今更論ずるまでもない事である」と述べ、白鳥ら自然主義系の文学者を消極的で時代遅れであるとする認識は共通している。しかし長江が用いている「実社会」という言葉について、どのような認識において使用しているのかを問うている（「実社会とは何ぞや――生田長江君に問ふ――」『反響』大三・八）。さらに『反響』九月号でまた、この論点を取り上げている。「文士」であれ「一体、人間が社会を離れて生存する事の出来る筈がない」。であるにもかかわらず、「文壇の人々が『実社会』に踏み入るとか踏み入らぬとか」あたかも自明なことをなぜ殊更問題化するのか、という疑念を提示している。

即ち『実社会』とか『実生活』とか云ふのは、どうしても只『社会』とか『生活』とか云ふのと、少し違つた点がある様に感じて居るからの事であらう。換言すれば、文士の生活がどうも社会組織の根本関係（或は中枢部分）に接触して居らぬと云ふ感じがあるからであらう。（堺利彦「実社会とは何ぞや（再）」『反響』大三・九）

堺は、「社会」「生活」という言葉ではまだ足りない、もっと根底的な何かに触れたいという文学者の志向性が「実社会」「実生活」という言葉遣いに現れているとしている。〈根底的な何か〉に触れたいという志向性があるとすれば、具体的に何をしなければならないか。堺は「彼の文士連が実社会に踏入ると云ふのは即ち政治界に踏入る事で、実社会に触れると云ふのは即ち政治に関係する事であらねばならぬ」というように、「実社会に触れる」ことを「政治に関係する事」と換言し、実際の「政治」参加へと文学者達を促している。「実社会」という抽象的な問題にとどまり、具体的な問題として「政治」を発見しえない文学者達に対し、堺は苛立ちを表明している。先にみた「積極的」に「現実」に対峙することを求めるという白鳥批判の言葉すらも、堺の論点に従えば未だ「消極的」であるということになる。

いずれにしても文学者の「政治」参加を促す堺においては、白鳥は批判にも値しない文学者とみなされている。同時代においても、あるいは後年の研究においても「消極的」などと目されてきた白鳥だが、しかしこのような評価と、具体的な白鳥の言動には大きな開きが実はあった。例えば上田博は、大正初期の白鳥の書簡に政治への積極的な関心が表明されていることを示し、そして大正四年、文学者・馬場孤蝶が衆議院選挙に立候補した際、それを支援する文集に白鳥が寄稿していることを紹介しており、目を引く。[*7] ただし上田論は書簡と挿話の紹介の域を出てなく、同時期の白鳥の政治への距離のとり方までは知ることができない。そこで以下、孤蝶立候補の前後を中心に、白鳥と政治について詳しくみていく。

3

同時期、雑誌『早稲田文学』は警視庁に保証金を納めることで「新聞紙条例による雑誌編集上の権利」が認められ（「編集記事」大三・五）、大正三年六月号以降、政治問題・国際問題・社会問題についての論説に大幅に頁を割くという紙面刷新をした。そして文壇の政治への拡張という事態は大正四年三月、馬場孤蝶、与謝野寛など文学者が衆議院選挙に立候補するにまで至る。[*8] 先にみたように白鳥を最も論難した一人であり、かつ堺利彦からは中途半端な態度を指摘された生田長江をはじめ、文学者達は孤蝶立候補を支援するため同年同月『孤蝶馬場勝彌氏立候補後援現代文集』（馬場勝彌後援会・編、実業之世界社、以下『現代文集』とする）を刊行した。この書物の「凡例」によれば、「原稿の配置は、寄稿を承諾せられたる順序による」とあり、巻頭には夏目漱石「私の個人主義」があげられている。松尾尊兊は「凡例にしたがえば、漱石は他の寄稿者に率先して、この未発表論文を、馬場孤蝶のために投じたことになる」と述べ、さらに漱石が立候補の推薦状に名を連ねていることを踏まえ、漱石の「『現代文集』寄稿、まして孤蝶推薦状記名は、やや大げさにいえば一つの政治行為である」と述べている。[*9] 塚本章子は、「大逆事件」に対する孤蝶の憤りは大正四年まで「持続」しており、それが立候補の理由に反映していると論じている。そして漱石と孤蝶が、「大逆事件」弁護人であった平出修の葬儀で同席したことなどに着目、「私の個人主義」の主張と相まって、両者に「大逆事件」への「抵抗の思い」があったことを読み取る。他の執筆者の寄稿文も含め、総じて『現代文集』には「大逆事件への批判や、事件後の閉塞した時代への苦悩」、「戦争への非難が表現されている」としている。[*10]

そのような書物に白鳥が寄稿しているということは興味深い。白鳥は「他所の恋」という旧作（初出は『太陽』明四四・二）を寄せている。[*11] しかも巻頭から数えて三番目に配置されている。つまり白鳥も他の多くの寄稿者に先んじて孤蝶のために寄稿した、ということになる。それはこの文集に寄稿することで、孤蝶立候補とその運動に白鳥もコミットしているということを意味する。

この『現代文集』の寄稿者としては、他に田山花袋、徳田秋聲といった名前が目にとまる。花袋は「明るい硝子窓を透して」（初出は『文章世界』大四・一）という、日常生活に浮かぶ感想を断片的に綴った随想を、秋聲は「日記の中から」（初出不詳）という、自身の闘病生活を綴った日記を寄稿している。それらの文章からは〈政治色〉は微塵も感じられない。それは白鳥の「他所の恋」も一見同様である。

後年白鳥は「新聞社に七年間も奉職してゐながら、編輯室で絶えず噂してゐる政治関係の話は、私の耳には馬耳東風であつた。実際政治に関して、私には何の定見もなかつた」（「東京の五十年」『新生』昭二一・一一〜二二・三）など、政治については無関心であったということをしきりに述べている。確かに大正期においても、公表されている言説からは政治への関心はみえない。一方大正二年六月二十日付の上司小剣宛書簡には、「この頃憲政擁護運動盛んにして、日々新聞を愛読仕候、小生は年取りしため加入することも出来ず、院外団のかしましき活動を羨み居候」などと書かれている。(実)社会、政治に無関心な白鳥、という世評からすれば意外な一面であるといえる。しかし白鳥における政治への関心を表明するような言説は、あくまで私信という形でしか示されていない。

注目したいことは、『現代文集』に寄稿された「他所の恋」初出の、明治四十四年二月一日という日付である。何故文壇が社会・政治にコミットしようとしている時期、約四年の時間を隔ててそのような日付を持つ作品が呼び起こされたのか。その日付の直前である明治四十四年一月十九日付の各新聞は、幸徳秋水らに死刑判決が下ったことを報じている。その時期とは「大逆事件」が進行している時期なのである。

後年白鳥は「私が、幸徳思想と多少関係あるやうに誤解され、我名が警視庁のブラックリストに載つたらしく、二年間ほどは刑事に監視され、旅行中刑事に尾行されたりしたことは奇怪であつた。幸徳処刑の日には、刑事が私に外出禁止を命じに来た」と回想している(「回顧録」『世界』昭三一・七)。そして白鳥は「他所の恋」と同年同月に発表された小説「危険人物」で、警察の尾行につきまとわれる小説家を描いている。

「危険人物」(『中央公論』明四四・二)は実家に帰省している「私」が、讃岐への旅行を思い立つところからはじまる。岡山で四国への連絡船を待つ間、「私」は旧友の神部を訪ねることを思いつく。この旧友の家を訪ねる途中、「私」は不審な男が尾行してくることに気付く。それは刑事で、「私」の旅行中の行動を監視するよう命じられたと「私」に説明した。以降、「私」の行く先を刑事が代わる代わる尾行する。森山重雄は「大逆事件の死刑執行の直後に市販される「中央公論」に、『危険人物』といった刺戟的な題名をもつ作品を発表するということは、ひとつの意味をもってくることになる(略)。勿論、『危険人物』という小説は、それほど危険なものであるわけではない。むしろ、危険でない人物を、危険人物として物々しい尾行をつけたということに、作者の皮肉がある」と評している。[*12]

同時代評をみれば「世の中を皮肉に見たり人を嘲つて見たりする飾り気が除れて、白鳥氏自身が裸になつて自分の前に立つたやうな心地がした」（小宮豊隆「最近の文壇」『新小説』明四四・三）といった肯定的な評価や、「事実ではあらうが、書きなぐりの日記と撰ばない」（無署名「二月の文壇概観」『早稲田文学』明四四・三）といった否定的評価が存在する。いずれにしても、「大逆事件」との関わりは勿論、「刑事」の「尾行」といったことにも触れられていない。唯一「手に入つた描写はある。真綿で包んだやうな風刺はある。然し要するにそれ、丈である。「微光」や「呪」と同じ作者の作品としては、非常に見劣りのするものである」（無署名「最近文藝概観」『帝国文学』明四四・三）という同時代評が、そのいわゆる「危険」性の一端に触れてはいるといえるかもしれない。

作中、「私」に刑事の尾行がついていると聞いた神部は冷やかしていう。

「しかし君もえらい者になつた。何か天下を騒がすやうな危険なる著述でもしたのかい。」と、わざとらしく真面目で訊いた。

「どうだか、あまり危険でもなさゝうだね。僕の小説で迷へる者を一人導いたことはないだらうが、その代り一人の読者に魔術を掛けたこともないだらう。僕の頭にも筆にもまだそれだけの力がないんだ。情ない藝術家だよ。今の作家で本当に危険なる著述をなし得るものは一人もないかも知れん。」

このような「私」の発言について、神崎清は「国家権力とのあらそいにおいて、情けない藝術家と、正直に無力感を告白したところに、正宗白鳥が代表する日本の自然主義作家の破壊的エネルギーの限界があらわれていた」と評している。[*3] しかし「藝術家」を「無力」であると言い放つ言葉とは、「限界」の表明ばかりではなく、既存の文学への「批判」を内包しているのではないか。つまり文学が「たゞの記述、たゞの説話に傾いて」（「時代閉塞の現状」明四三・八）、「秋毫も国家の存在と抵触する事がない」（「きれぎれに心に浮んだ感じと回想」『スバル』明四三・一二）といった、石川啄木の〈自然主義〉文学批判に通じている。絓秀実は白鳥の作品について「啄木が期待したような文学的・思想的レヴェルに達しているとはいいがたい」と述べている。[*14] しかし第三章で述べたように、大逆事件以前に「社会主義でも無政府主義でも、新聞によつて世人の解釈を誤らせてゐる」という白鳥と（「新聞と文学」『文章世界』明四一・八）、大逆事件後「社会主義、無政府主義の二語の全く没常識的に混用せられたること」の責を「新聞」にあるとする啄木は（「日本無政府主義者陰謀事件経過及び附帯現象」明四四・一）、ほとんど同じ主張をしていることがわかる。つまり両者とも、ある「主義」への誤解が生じる発生源はメディアにあるとし、その責任を指摘していた。白鳥の後年の回想では、「無政府主義の是非だつて終始一貫して不明瞭なので、幸徳一派の思想に何ら共鳴するところはない」（「文壇五十年」『読売新聞』昭二九・一・四～八・九）など、こうしたことを幾度も述べているが、かつて白鳥は新聞が「自然主義」ばかりでなく、「社会主義でも無政府主義でも」、新聞によって、混用され、誤解されることを批判していたのである。

紅野敏郎によれば、小剣宛管野須賀子の書簡のうちに、「正宗様によろしくとのそえ書きがついている」ものがあるというが、紅野はそれについて、白鳥は幸徳との関係からしても「管野に対しても、よろしくなどといわれるようなすじあいはなかったはずだ」と述べている。[*15] 管野と白鳥との関わりについて神崎清は、平民社のクロポトキン『麺麭の略取』の読者名簿に白鳥が本名で載っており、両者に接点があるとすればその点であろうとしている。[*16] ともあれ、一見無縁な「無政府主義」に、信奉するか否かは別としても、漸近していた時期が白鳥にあったということになる。

4

「危険人物」作中「私」の旅の行く先について、森山重雄は、白鳥＝「私」が「大逆事件の秘密公判の進行中に、幸徳の生地の四国へ渡ったということは、当局の警戒心を刺戟したのではなかろうか、（略）当時の白鳥は、旺盛な好奇心をもち、当局の警戒心を刺戟するような行動も、案外平気で行なったのではないか」と述べている。*17 ただし作中の「私」の行動は、そのような「好奇心」によって企図されたものではない、ということに注意しておきたい。

実家を立った「私」は茶店で汽車を待つが、「兎に角琴平までの切符を買はうと思つてゐたが、今日何処に泊つて、明日から先はどの方角へ向ふのやら、自分でもハッキリしてゐなかつた」というように、「私」にも旅の目的は不分明であった。

茶店で待つ「私」に子供が切符を買いにいこうかと尋ねる。

「何処までのを買ひませうか。」

「琴平。」

その声が明らかに聞き取れなかつたのか、子供は更に問ひ返した。

「琴平。」と、私は力を入れて再び云つたが、行く先なんか何処でもいゝ、汽車にさへ乗れゝばいいのだ、琴平が尾の道にならうと、馬関と間違はうと、少しも差し支へはないのだと思つてゐた。

旅の目的がはっきりしなかった「私」は、子供に問い返され、「力を入れて再び」答えることで、改めて旅行の目的が不分明であることを再認する。しかし「力を入れて再び」答えることで、琴平行きという目的が強化されることにもなる。だから、岡山で四国への連絡船を待つ間に訪ねた旧友の神部に対し、当初目的がないといっていたのにもかかわらず、讃岐は母の故郷であり、「僕には讃岐といふ土地は夢に見た土地のやうに頭に残つてる」と「言葉に熱を含んで」語ることになる。この旅は偶然に左右されたものとなっている。森山重雄は「私」が「幸徳の生地の四国へ」渡ったことに注目しているが、しかし「私」は四国には渡ったが、幸徳の生地である高知には行っていない。琴平詣を終えた「私」は「此処から尾の道へ渡つて馬関あたりまで旅行するとい丶のだが」と思っている。結局「私」の旅は、高松／琴平／尾道／馬関（下関）／博多という選択肢の中で揺れているのであり、そこに「高知」はない。漸近はする（四国には渡る）が、〈現場〉（幸徳の生地）そのものには至らないのである。この小説の重要さとは、事態そのものに漸近はするが至らないという、現実との距離のあり方、関係性が図らずも示されているということなのではないか。

そのような〈漸近〉と〈隔たり〉という事態は、馬場孤蝶支援の『現代文集』に寄稿された小説「他所の恋」においてはほとんど主題化されている。しかしこの小説は、「危険人物」と同年同月に発表されたにもかかわらず、「大逆事件」とは一見全く関わりがない。題名にあるように、主人公「私」を取り巻く登場人物達（つまり「他所」の者達）の〈恋愛〉の様相を回想したものだ。この作品は同時代では「云ふに足りない、油の乗らぬ作である」（小宮豊隆「最近の文壇」『新小説』前掲）、「巧みに描きながらも寄せ集めの感ある」（「二月の文壇概観」『早稲田文学』前掲）というように、あまり問題とはされなかった。さらにその後の研究においても、管見の限り取り上げられることのなかった作品である。

学生時代の「私」の下宿には、八十吉という孫のいる下宿の「主婦（かみさん）」、その主婦と以前からの知り合いである平野、「田舎に妻子のある」焼津、そして「最年少者」武石の三人が下宿人として同宿していた。武石は自筆の恋文を、さも実在の女性から貰ったかのように同宿人に仄めかすが、筆跡が武石本人のものであると見破られ、皆の「嬲り物」「物笑ひの種」となる。この挿話が象徴的なように、この小説は「恋」ならざる「恋」、虚構か事実か不分明な「恋」をめぐって展開される。

暑中休暇になり、武石は帰省し、「私」は図書館へ通う日々を過ごす。そのような中「私」は、主婦と、下宿人である焼津の様子がおかしいということに気付く。さらに主婦の孫の八十吉が、「私」に「焼津さんに宿を変つて貰ふやうに貴下から言つて頂けませんでせうか」と頼まれ、「私」は不思議がる。訝る「私」は帰宅した平野にそのことを話す。

「君にや事情が分つてさうなものだが。」と、ニヤ〳〵笑つた。

「知らないよ、事情なんか。」

「お目出度いね君は。側にゐながら分らんのは不思議だ。まあよく考へて見たまへ。」

「何だらう。」私はふと焼津と主婦との関係を怪しんだが、それは直ぐに自分で打ち消してしまつた。そんな疑ひを挿むだけでも浅間しい気がした。平野も明らさまに理由を言ひもしない。

やがて焼津は下宿を出る。未だ「腑に落ちぬ」「私」は平野に問いただす。「ぢや、訳を話して聞かさうか、僕は初めの間、焼津にさん〴〵惚気を聞かされたものだよ、僕を子供扱ひして自慢さうに下らん事を話してた。……彼奴、主婦をクレヲパトラ呼はりしてゐたが、或る日学校へ行く前に附け文をしたんだつて」。「私」はそんな話を聞き、焼津を蔑むが、しかし「まだ半信半疑」だった。その晩「私」のもとに、当の焼津が顔を出す。そして焼津は

「私」にこう話す。

「僕は君だけは尊敬してるよ、外の奴等は。」と繰り返して、「しかし君、平野には注意してゐたまへ。」とわざと小声で意味ありげに云ふ。

私は不審に不審を重ねた。この頃の家の様子が変でならぬ。不断に異らぬのは主婦ばかりで、外の者の云ふ事は訳が分らない。互ひの素振にも妙に穏やかならぬ色が見える。書物にのみ凝つて世間知らずの私も、一度疑ひを起し出すと、何もかも解きがたい疑ひの種となつた。

平野の言葉と焼津の言葉に挟まれ、どちらを信用すべきか疑問に苛まれた「私」はもはや「静かな心」でいられなくなる。「主婦一人が以前と変らないでゐる。私はその心根を解しかねた。焼津との関係も、平野の早合点で、主婦の方では何の弱みもないんぢやないかと思はれた」。やがて「私」はこの下宿を出、「再び元の静かな心に」戻ることになる。

「危険人物」については「危険」ではない人物が「危険」視されたというプロットを踏まえて「大逆事件を捏造した当局への批判を読みとることもできる」[*18]などと評価されてきたが、同年同月に発表された「他所の恋」も「大逆事件」と無関係だとは言い切れない。平野の語る〈物語〉と、それを信じるなという焼津の〈物語〉、そして渦中にありながら、「以前と変らない」主婦。この三者（八十吉も含めば四者）にあって、「私」は謎に苛まれるが、結局その謎は解明しないまま小説は終わる。「私」はそこに生起している事態が何事であるのかもわからない。「恋」と名指されるが、果たしてそれが「恋」をめぐる事態であるのか否かもわからない。つまり同宿人として、事態そのものに漸近しているのに、ついに事態そのもの（主婦―焼津―平野という三角形）には至りえないという様相を描いた小説なのである。言葉と疑念だけが渦巻き、その中心にある事態にはふれられず、ゆえに何が起こっているのかもわからない。否、そもそも何も起こっていないのかもしれない……。このような事態は、フレームアップをその本質としている「大逆事件」を、あるいはメディアを介してでしか事態に向き合えない人々の姿を彷彿させる。幸徳秋水が逮捕された翌月、上司小剣宛に「先駆者　正宗生」という署名があるのみで、一文字も記されていない絵葉書を白鳥は送る（明四三・六・二五）。後藤亮は「無言の批判が秘められている」*19としているが、言葉の罠に嵌まらないために「先駆者」は沈黙をするしかないという意味がこめられているのかもしれない。

「他所の恋」冒頭部、他の男の恋愛談を聞かされた「私」は「一人家へ帰る道々、自分の経験しない恋やラブレターについて考へた」。そして「私」は他人の恋愛談を聞くばかりであったことに思い至り、「自身に恋に無経験で、他人の恋ばかり見て来た私の哀れさは云ふまでもないが、同じ見物するにしても、せめて羽左衛門梅幸の道行のやうなのを見たかつた」と、「負惜しみにさう思」う。ここに現れる「梅幸」という固有名が注意される。後年白鳥は、「大逆事件」の頃を回想し、そして幸徳秋水をめぐる思い出を度々書いている。

幸徳の文章はをり〳〵萬朝報紙上で読んでゐたが、そのうちで私の興味を惹き、私の心に今なほ印象されてゐるのは、東北へ向つての旅行記の一節であつた。それは彼が数名の俳優と同じ汽車に乗り合せた事を記録してゐる所であつた。若き梅幸が八百蔵（後の中車）に向つて、家庭の困難を訴へ、車窓に寄つて面を伏せてすゝり泣きするのを、八百蔵がいろ〳〵に慰めてゐる有様に、秋水は心を動かされたらしかつた。五世菊五郎没後、未亡人などゝの間が円満に行かないための人生苦に梅幸は悩んでゐたのであつた。そして、秋水の描写は冴えてゐた。

（『東京の五十年』前掲*2）

白鳥にとって、後年に至るまで「梅幸」という固有名と秋水の思い出は不可分のものなのであった。「大逆事件」進行下において書かれた「他所の恋」という小説は、一見「大逆事件」と無関係にみえるが、そこに秋水が想起される「梅幸」という固有名が書きつけられているということにも注意しておきたい。

5

大正初期の白鳥は「逃避的態度」にあるとされてきた。大正二、三年には、その「逃避的態度」ゆえに、評者からは幻滅され、論難された。しかし大正四年三月の馬場孤蝶衆議院選立候補に際し、それを支援する『現代文集』に寄稿するという形で〈政治〉にコミットしている。そこに寄せられた小説は、「大逆事件」進行下に書かれた小説であったということが注意されるが、「大逆事件」そのものと関わる小説「危険人物」ではなく、一見無関係な小説「他所の恋」を寄稿している。「大逆事件」下において、白鳥はリアルな〈政治〉に否応なく漸近していた。そして時期が下り、大正四年に〈政治〉にコミットするに際し、白鳥において「大逆事件」の時期が想起されたのではないか。

もし「危険人物」が『現代文集』に寄稿されたなら、決定的に政治的意味を帯びることになる。「大逆事件」下において権力の手が忍び寄るという事態を描いた作品だからだ。馬場孤蝶は「立候補の理由」（『反響』大四・三）において、普通選挙制の確立、軍備縮小という公約と並んで、「国民の内的生活」に対する権力の「頑冥の取締」を問題としている。塚本章子は、「思想・言論の自由を重視」している孤蝶は「治安警察法と新聞紙法の撤廃を主張している」が、「孤蝶のこういった主張の背景には、大逆事件への抵抗があった」と論じている。*21

「危険人物」末尾において、「私」は「他人に見せたくない秘密をも書き留めてゐるし、長編の材料も心覚えに記してゐる」手帖を紛失する。

私はそれを失つたらしい場所を考へながら、若しかそれがどの刑事かに拾はれてゐはしないかと思つた。隅々まで注意して見たらば、危険な分子の露ほども見当らぬのに失望するかも知れぬが、私の下らない日常生活の一端や、自分一人の胸の中に葬りたい事件の欠片を窺はれるのが厭な気がした。

で、私は手帖の中に収めてある秘密の記事を一つ〳〵思ひ浮べながら、淋しい夜を過ごした。

「内的生活」が権力に侵食されたのではないか、という不快感の表明をもってこの小説は閉じられている。もし「大逆事件」に批判的な意識を持っていた孤蝶の立候補を支援する『現代文集』にこの小説が掲載されたならどうなるか。個人の「内的生活」の保障という孤蝶の要求と、小説に描かれた個人の「内的生活」への権力による侵害という欠損とが、合致してしまうことになる。だが政治そのものと直接関わる小説からは微妙に逸れ、表面的には無関係にみえる小説を寄稿することで白鳥は〈政治〉にコミットする。この二つの小説は、事態そのものに対する〈漸近と隔たり〉というモチーフに貫かれているという点で共通性を持つ。そして、言葉が中心を欠いたまま渦巻き、それに翻弄される様を描いている「他所の恋」は、「大逆事件」の戯画の様相を呈していた。白鳥は、態度としての〈漸近と隔たり〉と、改めて呼び寄せられた作品が呈している〈漸近と隔たり〉という、二重の距離のとり方によって、〈政治参加〉している。これが白鳥のいわゆる「逃避的態度」の内実なのである。

先に「実社会に対する我等の態度」と題されたアンケートに対する白鳥の解答を挙げ、それに端を発して生田長江と堺利彦との間で若干の応酬があったことを述べた。白鳥のアンケートにおける「避けやうとしてゐます」「今でも毎日可成実社会の刺激に悩んでゐる」という言明は、当時において「逃避的態度」として受け止められた。しかしこの言明からわかることは、「実社会」を能動的に対象化可能なものとしてみているのではなく、否応なしに押し迫ってくるもの、受動的にしか感知しえないものとしてみているということではないか。このような言明は「現実は嫌ひだから、現実を知るといふこともいやだ。（略）現実は見まいと思つても、現実の上に立つて居る以上、現実は直下に見えるのである」（「行く処が無い」『文章世界』明四二・七）という明治四十年代の発言と通底している。つまり「現実」「実社会」を、決して自明なものとすることのできない、内面化することのできない外部としてみている、という点で一貫している。「殊に私のやうな者には、現実と云ふものがよく解らない。一寸した事でも解らぬといふ事に帰着してしまふ」（「藝術上の懐疑」『早稲田文学』明四四・二）と述べていたように、「現実」とは、容易に認識することも記述することもできないものである、という考えが白鳥にはある。従って、「現実」に積極的に関わろうなどというような同時期広く発せられた主張など、浅薄なものに思われたのではないか。[22]

政治に対する白鳥の態度は、認識—言表の運動（事態そのものに至ろうとしても至りえない、ということ）と相似をなしている。そのような態度は、「現実」「政治」を自明のものとし、「積極的」「能動的」に「現実」との対峙や政治参加を言い立てる同時代の言説に対する批評にもなっているのである。

注

＊1　同書は『徳田秋聲全集』第二十四巻（八木書店、二〇〇一）に収録されている。紅野謙介による解説・解題「秋聲における「描写」とは何か」によれば、「本巻収録のテキストをふくめ、秋聲本人による直接の直筆のものなのか、代筆によるものなのか判別しがたい」が、「少なくとも秋聲の名を冠して発表されたテキストである以上、代筆が確定されたものでないかぎりは収録する」とある。

＊2　以上、主に次の文献を参照した。鹿野政直『大正デモクラシー　日本の歴史』第27（小学館、一九七六）、由井

正臣「護憲運動」(『日本史大事典』第3巻、平凡社、一九九三)、櫻井良樹『日本近代の歴史4 国際化時代「大正日本」』(吉川弘文館、二〇一七)

*3 中山弘明『第一次大戦の〈影〉――世界戦争と日本文学』(新曜社、二〇一二)

*4 しかしこのような石坂の〈期待〉は、「氏の自然主義は依然として瑣末主義的自然主義だ。そしてそれは氏の生活に、より高き精神性、より深き内生に向つて自己の改造を図らんとする熱烈なる理想主義的要求が欠けてゐる」(「田舎の書窓から 二」『時事新報』大六・四・一三)という〈幻滅〉へと至る。

*5 蓮實重彦「「大正的」言説と批評」(柄谷行人編『近代日本の批評 明治・大正編』講談社文芸文庫、一九九八)

*6 また中山弘明(*3)は「長江の「実社会」には、何らの階級的な差異がない点で、語義の厳密さに著しく欠けると見ねばなるまい」と述べている。

*7 上田博『昭和史の正宗白鳥――自由主義の水脈――』(武蔵野書房、一九九二)

*8 橋田東声は文士の立候補について、「私と雖も田山花袋氏や正宗白鳥氏の立候補(若しあるとして)を賛成し是認することは出来ない。只代議士として恥かしくない詩人や小説家の立候補は何等怪しむを要せぬ」(『反響』大四・三)とする。ここからも白鳥がどのように目されていたかの一端が知れる。

*9 松尾尊兊「一九一五年の文学界のある風景と最晩年の漱石」(『文学』一九六八・一〇)

*10 塚本章子「馬場孤蝶と与謝野寛、大正四年衆議院選挙立候補――大逆事件への文壇の抵抗――」(『近代文学試論』第48号、二〇一〇・一二)

*11 福武書店版『正宗白鳥全集』第二巻の「解題」(中島河太郎)には、この「他所の恋」は「単行本や全集に収録されたことはない」とあるのみで、この『文集』についての言及はない。

*12 森山重雄『大逆事件=文学作家論』(三一書房、一九八〇)

＊13　神崎清『革命伝説』3（芳賀書店、一九六九）

＊14　絓秀実『「帝国」の文学――戦争と「大逆」の間』（以文社、二〇〇一）

＊15　紅野敏郎「上司小剣宛書簡について」（『文学』一九六三・四）

＊16　神崎清『革命伝説』2（芳賀書店、一九六八）

＊17　森山重雄、＊12と同。

＊18　上田博、＊7と同。

＊19　後藤亮『正宗白鳥　文学と生涯』（思潮社、一九七〇）

＊20　「文壇五十年」（前掲）にも「私は幸徳といふと、キリスト抹殺論や無政府主義論よりも、この紀行文を思ひ出すのである」など、同じ挿話が書かれている。またこの幸徳の『萬朝報』の記事は、既に森山重雄（＊12と同）の調査によって「北遊漫録」（明三六・八・二六〜三一）であるとされている。

＊21　塚本章子「『孤蝶馬場勝彌氏立候補後援現代文集』と思想・言論の自由――書いた作家・書けなかった作家・書かなかった作家――」（『甲南大學紀要　文学編』164、二〇一四・三）

＊22　この時期、やはり論難された田山花袋は、積極的か否かを恣意的に見出すような同時代の論調を以下のように批判している。「消極だから張詰めてゐない、積極だから張詰めてゐるといふやうな単純な解釈では、この生は不理解に終わつて了ふことが沢山あるだろうと思ひます」（「小説壇雑感」『早稲田文学』大三・一二）

第五章

自然主義と〈狂気〉

——「半生を顧みて」の位置

1

「事実」を「大胆」に、「ありのま丶の事」を「飾らず、偽らずに、其儘書」く（「事実の人生」『新潮』明三九・一〇）。こういった田山花袋の一連の主張が、正宗白鳥にも強く影響を与えたということを第二章で述べた。それにしても、そもそも「ありのま丶」をあまねく書きうる主体とはどのような存在であろうか。そのような主張を愚直に追求すれば、おのずと書く自分という存在の不完全性に直面することになるだろうし、自身をパラノイアに追い込むことにもなるだろう。高橋英夫はその白鳥論で「近代の自然科学と合理主義精神に促されて謎が解かれ、神秘が解釈説明されてゆく過程が、近代的写実の形をとったのが文学における自然主義」であると述べている。「すべてを整理、解明できるという暗黙の前提の上に立っていた」自然主義。それに惹かれた白鳥は「自らの選択によって、思想的に自然主義」に加わり、その過程で「謎が解決する」「快感」を覚えたと論じている。[*1] しかし自然主義的な当為がもたらしたのは、結局は「快感」ではなく疎外感であった。花袋が述べたような主張を真正面から引き受けてしまった結果、明治四十年代の白鳥はしきりに書けない、知りえないと述べることになった。このように、書くことと認識することからの疎外を表明することを、既存のコードへの不信とズレに囚われている状態と言い換えれば、それは〈狂気〉なるものに極めて近似した状態であるといえる。「合理主義的精神」、「すべてを整理、解明」しようとすることが、むしろその人を〈狂気〉に近づける。

周知のように白鳥には「妖怪画」（『趣味』明四〇・七）以来、〈狂気〉を描いた作品群がある。白鳥のいわゆる〈狂気もの〉に対しては、従来、岩野泡鳴の「気違ひは作者としてたゞ胃病からのイリウジヨンであらう」[*2] という批評にあるような、作者の生理・身体に作品の意味を還元するような論点、あるいは「ゾライズム」「遺伝」という観点からの分析がなされてきた。[*3] 近年の研究では山本芳明[*4]や大本泉[*5]のように、近代医学の導入によって〈狂気〉なるものが分節化され、排除し差別すべきものとなったといった知見を踏まえつつ、白鳥の描いた〈狂気〉とは正常と異常という境界線を揺さぶるものであったとする論が提示されている。例えば大本は「地獄」(『早稲田文学』明四二・一)を論じて「正常と思われた人々が、むしろ異常性を帯びて見えてくるという逆転の構造に、白鳥の方法上の意図がある」と述べている。山本や大本の論は〈狂気〉を本質論的に還元するような読解に対する批判でもあり、白鳥作品の読解を大きく変えた。「徒労」(『早稲田文学』明四三・七)について論じた佐々木雅發の論も、このような傾向の中に位置づけることができる。「〈保護〉や〈福祉〉を掲げ、〈入院〉を強いる鬼や敵が、いわば時代や社会すべての意志として歴史の上に出現してきた」のが近代という時代であった。精神病院に入院させられ、やがて死んだ壮吉を囲むのは家族だけであり、その死に家族はただ「寄り添いながら、黙って耐え」る。単に〈狂気〉を排除するのではない、〈家族〉のありようがここに浮かび上がっている、と論じている。[*6]

白鳥の描いた〈狂気〉を「生理」「遺伝」という観点から捉えるにせよ、正常／異常という区分けの曖昧さ、常識なるものの自明性への揺さぶりと捉えるにせよ、それらはいずれも白鳥の言葉の内容によって論じているということにおいては共通している。本章では、いかにして〈狂気〉が語られているのかという観点に注目したい。そのことによって、〈書くこと〉へのこだわりという白鳥の問題意識は、〈狂気もの〉においてはどのように展開されているのか、ということを探る。

以下、正宗白鳥「半生を顧みて」(『中央公論』大二・九)という小説を考察する。本作品が発表された大正二年の文学を概括して竹盛天雄は、夏目漱石『行人』にあるような「近代日本の家族構成から生れる問題、家族間の甘え、そこから増長しやすい人間不信、さらには神経異常、狂気など」といった「時代の精神的徴表」が、中村古峡の『殻』、そして白鳥の「半生を顧みて」にも通底しているという見取り図を示している。[*7] 確かに同時期「神経異常、狂気など」を題材とした作品は多いのだが、そのような作品らと比べても白鳥が「半生を顧みて」で展開した試みはユニークなものであると考えられる。その試みを支えているのは自然主義全盛期に直面した問題――書くこと・知ることからの疎外――であり、このような問題に直面した白鳥だからこそ作り得た作品世界となっているのではないか。

2

「半生を顧みて」は単行本『半生』（春陽堂、大三・三）の巻頭に収録されている。発表時には「私は此の一篇を以て啻に白鳥氏近来の佳作としてのみならず、新秋文壇の白眉として推賞するに躊躇しない。質に於ても、量に於ても確かに立ち優つてゐる」（山田檳榔「九月の文壇」『帝国文学』大二・一〇）というように高い評価も存在していた。しかしこれまでの研究では主題化されて論じられることのなかった作品である。白鳥の〈狂気もの〉を論じた山本芳明においても簡単に触れられている程度だが、しかし以下のように示唆に富む言及をしている。山本は「地獄」など、白鳥の〈狂気もの〉の特徴について、「逸脱者たちが他者にむかって自分の「真実」を語ってしまった時、彼らは〈狂人〉と認定され日常世界から排除されていく」という「図式」が「反復して使われる」と指摘している。「半生を顧みて」においてもそのような「図式」は踏襲されていると論じ、コミュニケーションの蹉跌と〈狂気〉という問題を接続している。[*8] 以上のような知見を踏まえつつ以下論じていくが、一方でこの作品は山本の指摘する「図式」を超えている問題も孕んでいると考えられる。

まずは作品世界を整理してみたい。「半生を顧みて」という題名にもあるように、この小説は主人公＝語り手「己」（早瀬順造）の「半生を」振り返った回顧談という形式をとっている。「己」は教師をやめ、アルコール中毒の父と、「白痴」の兄の面倒は妹夫婦にまかせて東京で暮らしていたが、早瀬家に古くから関わりのある野村の隠居から縁談を持ちかけられ帰省する。「白痴の兄や、酔払つて狂人染みた不様な父を思ふたびに、彼等が一日早く死にさへすれば、一日早く自分の幸福な日が来るやうに思つてゐた」（三）と、「己」はしばしば述べている。このように「己」にとって父や兄とは、「己」を苛む存在であり、ゆえに切り捨てるべき、排除すべき存在と見なされている。しかし忌むべき存在であるはずなのに「己はまた兄が何処からか不意に姿を見せはせぬかと心待ちにして四方へ目をつけながら、その道化た様子や愚かな言葉を思ひ出しては、われ知らず軽ろい興味を覚え」（四）たり、「父は苦もなさゝうに大声で笑つた。己もそれに釣られて笑つた」（五）というように、差別的な感情だけでなく親和性を彼らに感じている様もうかがえる。

あるいは「父や兄を滅ぼしたら自由になれるなんて一心に思ひ詰めてゐたのは、己の頭が狂つてゐたゝめだ。己の身体には父や兄と同じやうな血が流れてゐるのではないか」（十二）と、「己」と彼らとを同一化して考えているのも注目される。「己」は父に向かって仕事をすることを勧めると「わしの役目はもう済んでるんだ。これからは気楽に好きな事をして暮らさうと思つてるのに、皆んなしてわしに働かせようとしやがる」（五）と怒りを露わにする。しかし当の「己」も、結婚をすることで恩人の塚本から金銭を貰えるのでは、と妹からいわれると「お前も何時までもおれを他人の奴隷にして置かうと思ふのかい。自分達の生活の道具におれをこき使つても何とも思はないんだね」（六）と怒るなど父と酷似した反応を示している。つまり労働することや利益を生むことをしないという点で、父も「己」も同じ位相にあり、父を非難する論点は、そのまま「己」を苛む論点にもなっている。

「己」は父や兄を排除すべき（排除したい）存在としているが、そのような見方は作中では特殊なものである。帰省して、父の笑い声を聞いた「己」は「その笑ひ声はどうしても狂人としか思はれなかつた」というが、妹は「お父さんは昔からあんな人だ」と「取り合なかつた」（五）。妹は父のことを「いくら調子外れのお父さんだつて、もつと生きて、貰はなにや心細くつてね」（三）と考えている。また「己」によって「白痴」と見なされる兄のことを「幾兄さんが人並であつて呉れたら、こんな時にどれほど手頼りになるか知れないと思ふことがよくあるんですよ。だけど、今更愚痴を云つたつて役にも立たないから、私諦めてるの。生きてる間は大事にして上げようと思つてゐますの」（八）と語っている。妹にとって父や兄の異常性とは、せいぜい「調子外れ」、「人並」ではないという程度のものでしかない。「己」が自己嫌悪とないまぜの差別のまなざしで彼らを見ているのに対し妹は、彼らの存在をあるがままに受け入れ、さらにはかけがえのない存在として尊重すらしている。そして妹の夫や、野村の隠居からも差別と排除の視線は認められない。父や兄を「狂人」視する「己」とは、きわめて近代的な価値観の持ち主であり、妹たちはそのような価値観とは無縁の存在であることになる。

父や兄の存在が「家」の没落に拍車をかけていると「己」は考えるが、逆にそこから浮かび上がるのは「己」の「家」に対する強い関心である。「家名などはどうでもい、けれど、年々に崩されて来た己の家に最後の槌の下ろされるのを平気で見てはゐられなかつた」と冒頭にある。「己」にとって「家」とは彼を脅かすものであり、かつて「教師時代に折々帰省した時にも、大きな自分の家を見るだけで、気丈夫になつて、弱い心にも誇りを覚えてゐた」（五）というように、彼のアイデンティティーを支えている装置でもある。「己の痩腕ぢや、とても一家を元のやうに立て直して、早瀬といふ由緒ある苗字を栄えさせることは出来ない」（一）と考える「己」は、「家」に対する責任に苛まれてもいる。

「家」を頼りにしつつ、しかし「家」から逃れたいという思いに引き裂かれている「己」だが、野村の隠居から縁談を勧められ、それを「せめてもの楽みにして故郷へ帰つて来た」。しかし「己のために選ばれた女は只の田舎者だつた」と失望する。帰省中「己」は東京の下宿の娘・お京を思い出すようになり、「恋しく」なる。後に帰省時を振り返って「己も手頼るに人を欠いて、あのお京のやうな女に助けを求めるやうな気になつたのだ」と考え、

「己」はお京への思いを否定しようとする。しかし生家にいる間に「今度上京すれば居候暮しを止めます。あなたのお宅の四畳半をお借り申すかも知れません」(二)など、お京へしばしば手紙を送っており、彼女への思いが帰省中の「己」の心を度々揺曳していることは、はっきりしている。しかし彼はその思いを無意識的にか抑圧している。再度帰京して後、お京のことなど早く忘れてしまえと塚本の妻に迫られ、「己の挙動が女なんかに迷つてゐる者に見えるのか知らん。自分ではさう思つてゐないけれど、矢張りさうなのか。迷つてゐたのか。……」(十一)というように、恋愛感情や性欲の有無についての問題意識をようやく抱くに至っている。彼はお京へのたとえ一時でも抱いた思慕について、それを直接書くことを避けようとし、彼の記述はあたかもその周辺を徘徊するようなものとなっている。ここから「己」は、多分に性的な欲求を含んだ他者への思慕を抑圧したいという意識を持っていることが読み取れる。

以上まとめると、「己」は彼にとって異常とみなされるようなものや、理性では回収しえないものを内に抱えつつも、確固たる正常な主体たろうとし、自らの異常や非・理性的なものを抑圧しようとしているのである。

3

異常であることと正常であることのせめぎ合い、性的なものの抑圧、家族との葛藤などという点については、白鳥の〈狂気もの〉の嚆矢といえる「妖怪画」においても指摘できる。主人公・新郷森一は、アルコール中毒の父に嫌悪を抱きながら、父の血を自身も受け継いでいることを否定しようとあがく。そうした様相が「半生を顧みて」の「己」にも受け継がれているのは、先にみた通りである。森一は酒色に溺れた父の「遺伝」を嫌悪し、彼に言い寄ってくる戸川君女を拒絶するなど、異性への衝動を抑圧してきた。ある日近所の洗濯屋の娘で「白痴」のお鹿の歌声に「聞き惚れ」涙ぐむ。君女が忘れたハンカチの「香水の香ひ」があたかもバネとなり、お鹿を無意識のうちに犯す。

こうした森一の変化は唐突に訪れたものであり、その変化について「森一は無我夢中の間にお鹿に通じたのだ」という以上のことは語られない。そしてこの小説は三人称客観の形式で語られており、森一の内面に語り手は分け入るが、森一が「変人さん」呼ばわりされている様をお鹿の母親の視点から描いたりもしている。世間から逸脱した「変人」が「無邪気」なお鹿を犯すという過程は、禁忌と常識への侵犯であり、彼がお鹿に射殺されるという結末は彼に対する処罰でもあった。[*9] すなわち作品全体を通してみれば、森一を突き放すような構成になっている。

「地獄」も三人称客観の語りになっている。乙吉に対する「女小使」の視点から小説は始まり、乙吉が下宿している農家の風景に視点は移り、彼の内面へと語りは焦点化していくが、やがて妄想や幻覚に囚われる乙吉を描くにあたり、乙吉を対象化、突き放して語る。しかも一連の出来事は「今から十四五年前のこと」になっている。つまりこの作品でも〈狂気〉はあたかも遠巻きに語られているのである。一方で、彼に恐怖や妄想を生じさせるのは、乳母から聞いた「天狗」についての物語や、学校で宣教師から聞いた「ソドム、ゴモラ」の挿話というように、他者の言葉を契機としている。また読書が彼の「唯一の慰謝」となっており、言葉とは彼にとって二律背反的なものとなっている。

家族との葛藤、他者との関係性の忌避、他者の言葉を契機とした妄想の発露。こうした先行する〈狂気もの〉にみられるモチーフが、「半生を顧みて」に集約しているのである。それに加えて、これら〈狂気もの〉と比して「半生を顧みて」は、「己」における〈狂気〉の現れ方、それへの自覚のプロセスが一人称の語りによって詳細に描かれていることに特徴がある。

「己」が自身の異常性をはっきり自覚するのは、妹との対話がきっかけとなっている。

「しかしお前は感心だ。」

己は真心を籠めてさう云つた。妹の何気ない話も、この時の自分の耳には慈母の言葉のやうに懐しく響いた。

「私なんぞとても遊んぢやゐられません。せつせと働かなきや。」妹は悦しさうに云つたが、ふと己を顧みて、

「兄さんはどうかしましたか、涙ぐんだりして。」

「どうもしないさ……お前はせつせと仕事をしてゐて呉れ。おれは日向ぼつこしながら話をするから。」

己は柿の木に身体を凭せて、野菜や果物の話を訊きなどしたが、妹は最早快活な柔しい口を利かなくなつた。ともすると、己の方へ顰めた目を向けた。

それは村の他の人々と同じやうな疑り深い目付だ。……（六）

「己」は「真心」をこめて妹に声をかけるが、妹は彼が「涙」ぐみながら話すことに不審を抱く。彼の心は妹には伝わらず、その不審を解くために彼は「野菜や果物の話」など、当たり障りのないことを話す。しかし妹は他の村人と同様「疑り深い目付」をすら彼に向ける。彼の〈狂気〉の自覚と、彼への周囲の疑いは、コミュニケーションの不調により発覚しているのである。

野村の隠居に縁談を勧められる場面で、それは顕著に現れる。「己は言葉や顔付では調子を合はせ」ようとしていたが、にもかかわらず妹は「それが変だつたの……そりや私の方が間違つてゐましたなんて、先方で何も訊いてゐないのに出し抜けに云つたりね、いやに御叮嚀な言葉で、御機嫌を取つたりするんですもの」（七）という。「己は只の一日でも自由に口を利いて見たい」のに、それを抑圧して周囲に「調子を合はせ」ようとしている。しかしそのような応対は周囲にとって「トンチンカン」なものとして伝わってしまう。

「己」の言動は妹ら周囲の人間にいっそう疑われることになり、縁談は延期になった。「己」は東京に戻り、塚本

の家で玄関番をしつつ静養することになる。「己」は「父の若い時分には対等の交際をしてゐた塚本に、何時までも奴隷のやうに使はれて、玄関に頭を下げて出迎へたり見送つたりするのは、あまりに腑甲斐ないではないか」（四）と自分を鼓舞しているが、結局塚本の家にいるより他はなかった。「責任の多い身で、しかも他家の厄介になつて居りながら、若し狂人（きちがい）にでもなつては大変だと恐れて、全身にうんと力を注いだ」（十一）というように、〈狂気〉への恐れを彼が語るのは、自己を「責任」の取りうる主体たらしめようという志向性を語る時と連動している。「他家の厄介」を離れ一箇の独立した主体であろうとすることこそが、彼を苦しめる要因となっている。

　このように「己」は異常であることと正常であることのせめぎ合いを生きている。興味深いのは、「己」は、書くこと―読むこと、つまり既存の言葉に自身の内面を託し、あるいは合わせることによって、ズレと混乱、精神の危機的な状態から脱しようとすることを、しばしば試みていることだ。例えば、父と兄に「悩まされながら生きてゐるよりは、いつそ二人を抱いて自分も一緒に深い海の中へ飛び込んだら、日毎の厭な思ひから離れられて、どれほど気楽だか」と思う場面がある。しかしそう考えた直後、彼は以下のように考える。

> 己はふと妹にでも会ひたくなつた。かうして一人でゐるよりは妹と話でもしたらと思つて起き上つた。見ると、自分が持つて帰つた旅鞄が板の間に投げ出されてあつたので、その中から手帖と鉛筆とを捜し出して、懐に入れて出た。……頭にもや〳〵してゐる事を書いて見るつもりだつた。（五）

　当初「己」は「妹と話でも」しようと思って起き上がる。しかし結局「手帖」に「頭にもや〳〵してゐる事を」書くことを彼は選んでいる。そもそも「己」は、冒頭より「待てよ。筆を外らさないで、静かに過去の事件を書かう、手帖を手頼りにして」というように、書くことで混乱を整理し、安定を得ようという志向性をもつ人間として描かれていた。書くこと―読むことによって認識の正しさを推し量るという志向性を「己」が有しているということは、注目すべき特色ではないか。例えば「地獄」における乙吉の「読書」は「恐怖の念」から逃れるための「慰藉」ではあったが、それは認識の正誤を計る手段ではなかった。「妖怪画」における「美術」の「製作」も同様である。

「おれの心の中」にうごめく「云ひたい事を云つた」がゆえに、妹から「恐ろしい」（十）といわれた「己」は、今度は逆に自身の外部を囲うコードに、彼の内面を合致させようとする。「他人の考へてゐるやうな事を考へて、他人の云つてゐるやうな事を云つてゐようと決心」（十一）するのである。そして彼は実家に帰省していた時の自分を振り返り、当時の自分は「頭が狂つてゐたのかも知れない」と思うに至る。再び東京に戻ってきた彼は、自分が「狂つて」いないかどうか、以下のような方法で確かめる。

己は自分の部屋へ帰ると、手近にあつたさま〴〵の書物を恣まゝに披いて見た。"Garibaldi,wounded,was taken prisoner……."といふ最近伊太利史の一節がすら〳〵と読み下された。この英雄が追放された一孤島で漁夫となり農夫となつて、静かな時期の来るのを待つてゐたことが、読まぬ先に記憶に浮んだ。読んで行くとその通りであつた。漢籍をも披いた。雑誌や手紙をも読んで見た。一つ文字を見詰めたりした。

己はかうして自分の頭脳の力が衰へたかどうかと試験したのだつた。自分の過去をも先日来の帰省中の事件をも顧みた。些細な話までも強い印象を残してゐる。……「おれの頭はこんなに働いてゐるぢやないか。」と俄かに力強く感じた。

だけど、人目にはさう見えないのか知らん。……

（十一）

「己」は書かれているものを読むことができるか否かで「自分の頭脳の力が衰へたかどうかと試験」している。既存のコードが共有できない状態を〈狂気〉というならば、既存のコードを了解した時がその治癒となる。「己」は言語行為がなしうるか否か、つまり言語的な共通了解を自分は共有できているかどうかで、正常であるか異常であるかを測定しようとしている。この時点で「己」は「最近伊太利史」も「すら〳〵」読め、帰省中の「些細な話」までも記憶している。一方、かつて妹に対して「心の中を剥いて」話した言葉を、彼は「何を云つたのか、その時の言葉は後までも覚えてゐない」（十）。おそらくその言葉とは、既存のコード理解を回復した現在の彼にとって、理解の埒外にある言葉であったということではないか。この手記を書く現在において「何か知ら」としかいいようのない言葉、〈治癒〉しつつある彼にとっては記憶のしようがない「狂人」の言葉だったのである。

4

〈書くこと〉という観点によって「半生を顧みて」を読み直せば、冒頭の記述の仕方にユニークな手法が用いられていることがわかる。先に引用したが、故郷で言動が疑われた「己」は塚本の家に戻り、自分の精神が正常であるか否かを確認しようとする。その際「自分の過去をも先日来の帰省中の事件をも顧みた。些細な話までも強い印象を残してゐる。……「おれの頭はこんなに働いてゐるぢやないか。」と俄かに力強く感じた」というように、「己」が正常であるという証拠として「記憶」があるか否かということを、評価軸の一つとしている。

故郷に帰ってきてまもなく、「己」の言動が妹に疑念の目で見られた後、彼は以下のように考えている。

己は東京から帰つた時から、見る者聞く者に心を悩ましてゐて、時として目が眩むやうなこともあるけれど、気が狂つてゐるのぢやない。自分達の今の境遇もよく分つてゐるし、過去の記憶も順序正しく思ひ浮べることが出来る。村の重立つた人々の顔や名前もよく覚えてゐる。「だけど、おれの言葉や行為に狂つてるところがあるかも知らん。」妹にかう訊いて見たかつた。（六）

ここでも彼は記憶しているか否かをもって、自身の正常さを確認しようとしている。とくに注目したいのは、記憶を「順序正しく」、時系列にそって「思ひ浮べることが出来」ている、だから自分は「気が狂つてゐる」のではないのだ、と考えていることだ。もしも「気が狂つてゐる」ならば、記憶していることを時系列にそって並び替えることなどできないだろう、というのである。

よく知られているように、追懐小説、つまり回想的作品が明治四十年代以降、多数みられるようになる。藤井淑禎はこのような現象を支えた装置として、明治三十年代以降導入されたヴントやW・ジェイムズらの心理学をあげ、「過去現在未来にまたがる時間のとらえ方や、その時間軸上への自己主体の位置づけ方、さらには記憶や回想の仕組みの解明」が心理学によってなされ、そのような「仕組み」が追懐小説を技術的に成立させていると論じている。[*10]藤井は、このような新しい心理学を積極的に導入した日本人学者として国語学者の山田孝雄をあげている。山田の『日本文法論』（宝文館、明四一）には「過去、現在、未来三者の区別は（略）実在界に存在する区別にあらずして、いづこまでも吾人の主観と時間経過との関係によりて生じたるものなることを忘るべからず、吾人が観察の立脚地よりして三別は生じたるなり」とある。つまり観察者の「主観」によって過去・現在・未来という区別は生じるものであり、逆にいえば、過去・現在・未来とは、そのような線条的な時間軸上に、確固たる立脚点を持ちうる主体だけが見出しうるものである、ということになる。

「半生を顧みて」という題名にもあるように、この小説は語り手「己」の「半生を」振り返った回顧談という形式をとっている。確かにこの小説は、「あの時の己はどうしても故郷の家にじつとしてゐられなかつた」（一）、と過去を振り返る形で書き出されている。しかし回顧談でありながら、この冒頭部分は〈過去〉と〈現在〉の往還が激しく、語り手がどこに時間の基軸を置いているのか、それがきわめて捉え難い。

先に物語内容の時間軸を整理すれば、郷里から離れた村での教師時代→東京へ出奔、お京一家の元での下宿生活（この間に縁談を勧める故郷からの手紙を受け取る）→帰省（縁談のさらなる勧め、「己」の言動が不審とされ、縁談が延期となる）→再び東京へ戻り、塚本家での書生生活（物語現在）へ……ということになる。

ところが冒頭の記述は以下のようになっている。「故郷の家にじつとしてゐられ」ずに旅に出たのは、縁談のために帰省した折とあるが、その旅行はいつ出発したのか。帰省中の様子が語られている「二」以降を読んでもはっきりしない。ともあれ、その旅行中の場面に教師時代の思い出が挿入され、さらにまた旅行中の場面に戻る。料理屋の窓から見えた女から、教師時代の女とのかかわりを思い出し、その後「己」の意識は「差し迫つ」た縁談へと戻る。しかし物語現在（東京の塚本家に戻っている）においては、縁談はすでに延期となっているのであり、語る現在において「差し迫つ」ている訳ではない。つまり差し迫っていないことを、「差し迫つ」たものとして語っているのである。精神疾患時における時間感覚について宮本忠雄は、疾患が「進行するにつれて、現在・過去・未来をふくむものとしての人間を描き出す可能性を」失っていき、やがて「心性が「現在」へと限局していく傾向」にあるとしている。[*11] これを参考にすれば、「己」が冒頭部分を通じて描いているのは、過去・現在・未来という区別を欠き、〈現在〉が全面化しているという状態である。

次に「己」の記述は東京の下宿時代へと至り、下宿の娘・お京のことを思う。そのような時間の往還の中に、「今になつて見ると、何故あの時はあんなに慌てゝゐたのだらう、気を滅入らせてゐたのだらう、我れながら不思議でならぬ」、「己も手頼るに人を欠いて、あのお京のやうな女に助けを求めるやうな気になつたのだ。今になつて思ふと」というように、語る現在の時点から、過去の自分を相対化する発言が挿入され、さらにパースペクティブを不透明なものにしている。そしてこれらの時間の往還が、この短い冒頭部分に凝縮しているのである。そのような混濁の後、「待てよ。筆を外らさないで、静かに過去の事件を書かう、手帖を手頼りにして」と記されてからは、時間のパースペクティブは安定する。このような混濁から秩序へという変化が、章を改めることなく「一章」の中で突如なされている点に、意図的なものを感じざるをえない。その唐突さに注目すれば、〈狂気〉に陥った者が〈治癒〉を目指し、〈書くこと〉によって回復へ向かおうとする、そのようなテーマが内包されているのではないか、ということに気付かされる。

冒頭では、時間のパースペクティブがはっきりしていない。語る現在においては、既に延期という形で落ち着いた縁談を「差し迫つ」たものとして語り、さらには時間軸上どこに位置付けていいか不分明なエピソードが記される、といったように、語る現在時が不透明な記述がなされていた。つまり時系列にそった記述がされていない。「過去の記憶も順序正しく思ひ浮べることが出来る」のだから「気が狂つてゐるのぢやない」という「己」の言辞に従えば、冒頭部分が、その書き方によって、「己」のいう〈狂気〉を体現しているのである。

5

書くことと〈狂気〉という問題について、例えば「半生を顧みて」発表と同年に上梓された中村古峡『殻』（春陽堂、大二）と対照すると、「半生を顧みて」における〈書くこと〉の持つ意味が明瞭になる。両作品とも、故郷に〈狂気〉に陥った兄／弟がおり、東京にいる弟／兄がそれに苦悩するという構図は共通している。

一人称で「己」が徐々に正常さを失調していくさまを描いている「半生を顧みて」だが、この点について同時代評では「傾いて行く一家と、アブノルマルな、デフエクテイブな家族とのうちに棲んでゐる間に、さうした異常な血を承けた順造自身も神経病的異常症状を誘発するやうになる経過が、極めて自然に描かれて居る。さうして作者が、しんみりと心の底から主人公に同化してゐるのが、うれしい」(山田檳榔、前掲)と賞賛されている。一方「半生を顧みて」に対する他の同時代評をみると「作者が本当に己と云ふ一人称の人物の心持に同感して筆を執つたものなれば、此の作は最う少し深みのあるものとなつたであらう」(無署名「前月文壇史」『新潮』大二・一〇)、「自己の性格や心理を解剖して、そこに峻烈な自己批評を加へての苦悶は比較的弱い」(加能作次郎「九月の創作」『文章世界』大二・一〇)というように、否定的に捉えている評価も存在している。回顧談という形式が、おそらくこうした不満の一因になっていると考えられる。[*12] いずれにせよ、肯定的であれ否定的であれ「己」の内面にいかに寄り添い、踏み込んでいるかという観点において読まれている。こうした観点による評価は中村古峡『殻』に対してもなされていた。例えば中村星湖は「為雄が発狂するに至る経過の客観的描写が、最も精細を極めてゐ、最も価値ある」と評価しつつも「作者が、全然為雄の立場に立つて、もしくは為雄の心裡に立入つてあの作を書き上げたならば、読み物としてはもつと面白い物が出来たであらう」と述べている(「『殻』に就いて」『新小説』大二・九)。佐々木亜紀子が指摘しているように、稔や母のお考に沿った語りにより「読者は為雄ではなく、お考や稔へ加担するように導かれていく」が、[*13] 稔を視点人物とし、為雄を対象化・客観化して描いていることについては不満も当時述べられていた。

『殻』では、主たる視点人物であり古峡その人に対応する稔は、新聞記者という履歴を有し、かつ書くことへの指向をしばしば語る。精神病院に入院する前の為雄から、稔は度々相談を受けているが、稔がその時もっとも気にかけているのは「朝来非常に筆が渋つて」いることであった。彼には目の前の為雄のことなど関心の外にあり「静かに為雄の心になつて、彼が過去の苦痛に同情の念を注ぐよりは、寧ろ談話を早く切上げて終ひたかつた」。このように、この小説において目を引くのは、稔の書くことへの熱意と引き換えにもたらされる、為雄に対する冷淡さである。

為雄の異常な言動に触れ、同じ兄弟である自分も「気狂」になるのではないかと恐れた稔は、以下のように考えて安心をえる。

> 俺は為雄や多数の世人のやうに、現実生活にのみ没頭して生きてゐる人間ではない。俺には別に他の世界がある。仮令第一の世界に破産しても、更に其第二の世界に於て生きることが出来る。——第一の世界を静に見て、味はつて、考へて、書くと云ふのが即ち其世界だ。此第二の世界が自分に準備されてゐる限り、俺は決して為雄のやうな弱者にはならぬ！　（二）

このように『殻』と「半生を顧みて」においては〈書くこと〉の持つ意味が異なる。稔の執筆への熱意や考えについて曽根博義は「もっぱら他から自己を隔て、自己を特権化する抽象的な理念にすぎない」と述べている。書くことによって為雄をはじめとする他者達との「差別化」を図っているというのである。*14

「半生を顧みて」で「己」が「狂人」と見なされてしまうのは、父や兄への殺意を述べたこと（十一）だけではない。「野菜や果物の話を訊」いただけなのに、妹は「己の方へ颦めた目を向けた」（六）というように、日常的な会話を話しているつもりの「己」に対しても周囲は疑いの目を向ける（と「己」には感じられる）。そのような危機において「己」は書くことで安定を図ろうとしている。それに対して『殻』における書くこととは、現実を生きるための糧、夢としての書くことなのである。つまり現実を認識することと相即した〈書くこと〉と、現実から逃避するための書くことという違いがある。

両作品は、過去を振り返るという形式を取っている点でも共通しているが、『殻』の語り手は、安定した立場からできるだけ客観的に語ろうとしている。古峡は『殻』連載に先立つ「小説予告」(『東京朝日新聞』明四五・七・一八)で、「「殻」は只暗い、惨ましい人生の事実其儘を正直に、無遠慮に、不器用に報告しようと試みられたまでゞある」と述べている。森田草平も「此作は自然主義の態度を其儘ずつと押通した所に特色が有る」という「一般の評」に同意し、「自然主義の態度を継承して居る」としている(「殻」『読売新聞』大二・七・二七)。新田篤は「事実」を「其儘」に、ありのままに描こうという古峡の執筆態度・方針について、自然主義文学からの影響を背後に持つと指摘している。そして、ほとんど愚直なまでに症状を精確に描こうとしている『殻』は、旧来の「神経衰弱」とは異なる弟の症状(統合失調症)を「徹底して観察」し「克明に記述」した「記述現象学的な情熱」に貫かれた作品であるとしている。*15

一方「半生を顧みて」の「己」は、時間軸上の位置すらおぼつかない状態を語ることから始め、書くにつれて徐々に安定を得ていく過程を描いていることに特色がある。第一次世界大戦以降のいわゆるモダニズム文学において〈狂人の一人称語り〉と称すべき作品群が生じる。モダニズム文学と〈狂気〉の関係について論及している小林洋介は「自己不信の螺旋構造という究極の不安を表出するための、すぐれて現代的な(脱近代的な)言説装置」として〈狂人の一人称語り〉は「現象」したとする。その際雑誌『変態心理』を中心とした精神科学的言説の普及が、それら〈狂気〉というモチーフの「基盤」となったと述べている。*16 こうした整理をふまえると「半生を顧みて」は〈狂人の一人称語り〉の先駆的な作品として、すなわち近代的な理性、主体性への批判を蔵した作品の一つとして位置づけることができる。そのように「半生を顧みて」を捉えれば、脱近代という発想(理性や主体性を自明視しえないというモチーフ)の源について、精神科学的言説の影響というアプローチとは異なる観点からも考察する余地が生じる。先に論じたように、自身の認識すら不確かに思えるという危機を白鳥は既に「盲目」(『早稲田文学』明四三・一〇)で描いていた。〈書かねばならぬ〉〈知らねばならぬ〉という自然主義的当為が〈狂気〉に近似した状態にある人物の造形へと導いたのであった。あまねく書きたい、知り尽くしたいと思うこと。このような志向性もまた、自らの理性の限界に否応なしに直面させるものであったと考えられる。

「半生を顧みて」において「己」は規範を強く求め、不可知の領域をできるだけ可知化しようとすることによって、むしろ自らの主体性や理性への疑念に苛まれることになった。また逆に、主体性や理性への疑いがあるからこそ、規範に自身を委ねようとする。やがて彼は〈書くこと〉によって安定を、言語的な共通了解を取り戻すことによって〈治癒〉を目指す。このように、言葉と認識をめぐる問題が「半生を顧みて」で展開されていた。そして書くことと認識の相互性というモチーフは「入江のほとり」(『太陽』大四・四)の辰男という人物の造形へとつながっていく。辰男は英語を書くこと—読むことによって、世界と自身との照合を図っている。しかし独学でなされた彼の英語とは「他人には全で分らない」ものであり、その照合、安定とはきわめて危ういものであった。「半生を顧みて」の「己」が「心の中」を語ることで「狂人」視されたように、辰男は英語を他者に読まれることによって、彼の営為の異常さが露見する。

先に大正初期の言説状況について、認識—言表を問うことが、時代遅れとされた状況だとしたが、一方白鳥は、認識—言表からの疎外という問題を手放すことはなかった。それは〈狂気〉というモチーフに託して対象化されていたのである。「半生を顧みて」は、自然主義的当為がもたらした疎外状況を語る明治四十年代の言説群と、その問題を象徴的に描いた「入江のほとり」以降の作品とをつなぐ、結節点にあたる重要な作品とみるべきである。

注

＊1　高橋英夫「思想としての自然主義　正宗白鳥論」(『海燕』一九八三・七)

＊2　岩野泡鳴「胃病所産の藝術——正宗白鳥短編論」(『新潮』大二・六)

＊3　寺田透「正宗白鳥の初期小説」（『文学』一九七二・三）、佐々木雅發「『落日』から『毒』へ――白鳥の成熟――」（『文学年誌』一九七五・一二）など。

＊4　山本芳明「逸脱者たちへのまなざし――正宗白鳥ノート3――」（『学習院大学文学部研究年報』37、一九九一・三）

＊5　大本泉「正宗白鳥『地獄』の諸相――その交錯した内面劇――」（『日本近代文学』第46集、一九九二・五）

＊6　佐々木雅發「「徒労」再論――白鳥における〈家〉――」（『国文学研究』第168集、二〇一二・一〇）

＊7　竹盛天雄「解説　一九一三年（大正二）年の文学状況の素描」（『編年体　大正文学全集』第二巻、ゆまに書房、二〇〇〇）

＊8　山本芳明、＊4と同。

＊9　瓜生清は、この射殺という展開について「自己のエゴを露呈」した森一に対する、お鹿による「断罪」であった、と論じている（「正宗白鳥『妖怪画』論」『原景と写像』一九八六・一）。

＊10　藤井淑禎『小説の考古学――心理学・映画から見た小説技法史』（名古屋大学出版会、二〇〇一）

＊11　宮本忠雄『妄想研究とその周辺』（弘文堂、一九八二）

＊12　佐々木徹も「回顧談の形を執っているので多少切迫感に欠ける所がある」と評している（「正宗白鳥」『南日本紀要』一九七〇・一二）

＊13　佐々木亜紀子「変態する人・中村古峡――結節点としての『殻』」（竹内瑞穂＋「メタモ研究会」編『〈変態〉二十面相――もうひとつの近代日本精神史』六花出版、二〇一六）

＊14　曽根博義「中村古峡と『殻』」（日本大学文理学部人文科学研究所『研究紀要』57、一九九九・一）

＊15　新田篤『日本近代文学におけるフロイト精神分析の受容』（和泉書院、二〇一五）

＊16　小林洋介『〈狂気〉と〈無意識〉のモダニズム——戦間期文学の一断面』（笠間書院、二〇一三）

第六章

「入江のほとり」の言語論――「英語」が編制する「世界」

1

正宗白鳥の小説「入江のほとり」（『太陽』大四・四）について小林秀雄は「氏の作で最も人口に膾炙した、といふより大いに人口に膾炙して欲しいと言った方が正確かもわからぬ」作品の一つであると述べている（「正宗白鳥」『時事新報』昭七・一・四～六）。このように白鳥作品の傑作としてその名をあげる評は多いが「人口に膾炙して欲しい」という小林の言葉は興味深い。「舞台を楽に勤めてゐる名優の技藝を思はせる作」（上司小剣「四月の創作（三）」『読売新聞』大四・四・一三）といった賛辞もあるが、大本泉が詳述しているように発表当時、意外なことに同作への評はそれほど多くはなかった。[*1]

同作には代用教員という立場のまま地方の旧家に蟄居し「自己流」の「英語」の独学にふける辰男という人物が描かれている。周知のように正宗家の四男、白鳥より七歳下の弟律四がモデルとなっており、白鳥は晩年の作品「リー兄さん」（『群像』昭三六・一〇）に至るまで、しばしば彼とおぼしき人物を小説に描いている。[*2]「入江のほとり」の同時代評では、「低脳児扱ひを受けてゐる辰男を家内の一員とする大きな家の全体が如何にも人生の悲哀を物語る」（十東浪人「四月の創作」『東京日日新聞』大四・四・九）という評を除けば、さほど辰男という人物へ関心は払われなかったようだ。しかし昨今のこの小説についての言及で特徴的なのは、辰男に注目し、辰男と自身を重ねて見ている論者が多いということだ。「黙々と、奇怪と言えば奇怪な独学を続ける弟の姿が、自分と等身大の影として、心の底に残った」[*3]。「私は自分の未来を作中の辰男に投影して、暗い気持ちになってしまった」[*4]。「私はそこに登場する辰男という人物が気になって仕方がなかった。ありていにいえば、私にはこの男が自分の極端な分身のように思われたのである」[*5]。……おそらく読者は、英語の独学にそれぞれの孤独な営為を照らし合わせるのである。今なしていることは、果たして価値や意味があるのか、努力に値するようなものなのか。すべて疑わしく不分明のまま表現の世界を暗中模索する者の象徴として、辰男は捉えられている。しかし辰男の英語の独学は、象徴というレベルで捉えられるばかりではない。言葉は発しない限り、それが人に通用するか否かわからない。しかしそれを発した途端、通用し妥当するか否かという観点において判断と選別の洗礼を受ける。辰男の営為とそれへの長兄栄一による指弾というプロセスは、言葉のやり取りによって生きている我々のありようを端的に表しているのではないか。

その辰男は作中で他の家族から「低脳児」「変人」扱いをされている。次兄才次のように実業を志向するのでもなければ、栄一や三男良吉、妹勝代のように、実用に耐えるような「正則」の英語を習得しようともしない。「世間には通用しさうでない」「英語」の独学に邁進している人物はひとまず「変人」と名指されざるをえない。柳井まどかは「異言の世界に止まり続けることを選択した」辰男は「白鳥が他の作品で描いた、孤独と狂気の世界に生きる住人たちと限りなく近いところにいる」と述べている。そのような辰男のありようが「たびたび「言葉」への不満を唱え、言葉が自分の感じるものを表現しないと嘆いた白鳥」につながると指摘している。[*6] 言葉という観点において、白鳥の作品史と本作を関連づけており示唆に富む。しかし辰男は「異言」の世界に滞留し続けた「変人」であるだけではない。本章でまず問題としたいのは、辰男の「変人」であるところの内実である。同時代的に辰男という人物は、どれ程「変人」であり、また一方でどれ程一般的な人物だったのか。このことを測定することを通じて、普遍的な問題を内在した人物として辰男を捉え直したい。

まずは作品冒頭の場面に注目したい。村に電燈が引かれることになり、才次は東京でみた「イルミネーシヨンの美しさ」を語り、東京を知らない他の家族たちは「都会の美しい光景(ありさま)を活々と」(一)心に描いている。一方で辰男だけは「こんな話に些しも心を啖られないで、例の通り黙々としてゐたが、只竊かにイルミネーシヨンといふ洋語の綴りや訳語を考へ込」む。他の家族たちとは異なり、辰男の関心は、事物ではなくそれに対応する英語の「綴りや訳語」に向けられている。あるいは次の場面にも注意を引かれる。辰男は英語の独学の最中、うたた寝をしてしまい、ランプを倒してボヤ騒ぎを起こす。火が障子に燃え移っている様に気付いた辰男はすぐさま「この家は焼ける。」（八）と思ったと描かれているが、これは奇妙な言い方ではないか。やはり火事に気付いた栄一が「火事だ……。」と叫んだことと対照的なのである。たとえ非常時であっても、片言ではなく、主語と述語を持つ言葉、さらにいえば外国語の直訳的な言葉を思わず心の内で述べてしまう。あるいはそのように心中を語られてしまう辰男とはどのような人物であり、またそのような形で出来事を言語化しようとすることにどのような意味があるのか。

ある晩辰男は一人自室で「雑誌に出てゐる和文英訳の宿題をいろいろに工夫してゐた」（二）。彼の「英語研究」とは「アルハベットの読み方から、満足に教師によつて手ほどきされたのではないので、全くの独り稽古を積んで来たのだから、発音も意味の取り方も自己流で世間には通用しさうでない」と説明される。このような記述からは、「世間には通用しさうでない」という価値判断をしているのは、辰男自身なのか、語り手なのか、判然としない。栄一から辰男の「英語研究」の無意味さを論難される場面において、「他人に教へるつもりで読んでゐるのではないし、他人に見せるために作つてゐるのではないし、正格でないことは常に承知してゐる」（六）とあるように、辰男自ら、自身の英語が社会的に意味をなさないものであることを認識しつつ、独学に邁進してきたことが説明される。社会的に価値を持たない「英語研究」を、なぜ辰男はし続けてきたのか。辰男における「英語研究」とはどのような位相にあるものなのか。それについて考察する前に、辰男の「英語研究」とは、同時代においてどのような質と水準を持つものだったのかをまずは確認しておきたい。

妹の勝代は、辰男が英語を書き留めた紙片を覗きみて「同窓の誰れにも劣らなかつた英語自慢の勝代にも解き得ない文句が多かつた」(三)という感想を漏らしている。一方で辰男は自作の英文について「自分ながら、初めの方のに比べると文章は次第に巧みになつてゐるやうな気がする。熟語なども折々使はれるやうになつた」(六)と考えている。つまり辰男の「英語研究」とは、難字・難句の習得に特化したものであり、上達したか否かという判断基準に「熟語なども折々使はれるやうにな」ることを含めているというものだ。

周知のように日本人にとっての英語への関心とは、明治初期では欧米の知識・技術を摂取するための媒体としての側面にのみあった。明治後期になると、英語学習を介さずとも知識・技術の摂取、教育に支障をきたさなくなり、その結果英語学習は旧制高校などの受験突破のための受験英語と、言語としての英語自体の研究へと分化していった。[*7] 前者の受験英語において問題とされたことは、「上級学校の英語入試問題は、慣用句を含んだ教訓的内容の二、三行の短文を中心としたものが多」く、こういった傾向が「小難しいイディオムや成句の知識」を増やしたとしても、入学者たちの実用的な「英語力の低下」をもたらしたことであったという。[*8] つまり受験英語自体が自己目的化されてしまったことが当時問題とされていた。難字・難句や熟語の習得を一つの指標とする辰男の「英語研究」とは、このような受験英語の大勢と合致するものであったということが、ひとまずは確認できる。[*9] 古井由吉は「明治初期の英語教育はもっぱら文法翻訳を事とする、漢文講読に近いもの」であり、辰男の勉強法は「漢文から継いだ不自由な講読法を孤独に、グロテスクなまでに純粋化させたものである」と述べているが、[*10] 同時代的に共有された問題点を孕んでいたということには留意しておく必要があるだろう。

奇妙なことは、辰男の「英語研究」が受験英語の傾向とほぼ重なるとはいえ、彼が受験—学歴を志向していたということが認められないということだ。栄一から「中学教師の検定試験でも受けるつもりなのか」と詰問されても、辰男は「曖昧な返事」しかできないということからも、「英語研究」を介して、社会的なステータスを獲得しようとする志向性はない。あるいは明治後期以降に現れた、地方在住の独学者のための講義録ブームにみられるような「未来を担保にしながら現在の失意を消去」しようという機能[*11]も辰男の営為に見出すことはできない。とはいえ、以下みていくように、辰男の営為を特殊なものと見なすことには留保が必要となる。

辰男の「英語研究」のツールは次のように描かれている。

広い机の上には、小学校の教師用の教科書が二三冊あつて、その他には「英語世界」や英文の世界歴史や、英文典など、英語研究の書籍が乱雑に置かれてゐる。洋紙のノートブツクも手元に備へられてゐる。彼れは夕方学校から帰ると、夜の更けるまで、滅多に机の側を離れないで、英語の独学に耽るか、考へ事に沈んで、四年五年の月日を送つて来た。（一）

このような「英語研究」のツールのうち、作中唯一固有名で現れる『英語世界』という実在する雑誌（博文館、明四〇〜大七）に注目したい。田中俊男は「「英語世界」を購読すること自体、擬似的に学歴を欲望する振る舞いともとらえられなくはない」とする。そして辰男にとって重要なのは「英単語の「綴りや訳語」を覚えること」であり、彼にとっての「「英語研究」は、言葉を収集し、それを「洋紙のノートブツク」に蓄積する行為なのである」と位置づける。このような通用しない英単語の収集—蓄積という行為は、帝国日本の収集—簒奪という振る舞いを逆照射していると論じている。[*12]

田中の論は多くの示唆を提供しているが、二点疑問がある。第一に『英語世界』という雑誌を購読することが、即ち「学歴を欲望する」ことになるのかという問題である。実際に同誌を見れば、「英語受験界」と題された増刊が年に一度三月に出るのみで、必ずしもその誌面構成は受験—学歴とダイレクトにつながっているわけではなく、この点は検討する余地がある。第二の疑問は、辰男の「英語研究」を、「収集」という観点で一元化してしまうことに対してであるが、このことは後述する。

雑誌『英語世界』の巻末には、読者に対して英文解釈や英作文の課題を募り、翌月号に投稿中の優秀な解答を紹介するという懸賞欄が設けられている。同じく巻末の「誌友倶楽部」という読者からの投稿欄には「拙者は本誌の愛読者なれども懸賞に応ずる度に失敗してゐる。その程度にて入学試験に応ぜんとするが如何」（植民地J・J生、大三・一〇）という質問が寄せられている。翌月「初めの一年余と云ふものは名前も出して貰へなかつたが、（略）根気強く続けた、而して漸く去る九月号と十月号で始めて入賞することが出来た。何事も根気強くやり給へ、屹度成功するから」（F・T生、大三・一一）という別の読者からの励ましが掲載されている。こうしたやり取りからわかるように、読者は懸賞に当選するか否かを一つの指標としていた。しかし辰男は「以前二三度英語雑誌へ宿題を投書したことがあつたが、一度も掲載されなかつたので、今は全くそんな望みを絶つて、只自作の英文は絹糸で綴ぢた洋紙の帳簿に綺麗に書き留めて置くに止めてゐる」とあるように、自作の英文を発表しようという意図をもはや持っていない。掲載されるか否かという形で、自身の英語が使用・流通しうるか否かが判断されることを問題としない辰男の「英語研究」は、社会性を全く欠いて自己目的化していることがわかる。一柳廣孝は「彼の言語は、自己閉鎖体系内で循環する言語」であり「彼の行為は自己目的的」であるとしている。[*13] このような「英語研究」の自己目的化ということは、実は辰男一人の問題ではなく、当時の英語研究の周辺で問題とされていたことだった。

3

瓜生清は作中の記述と白鳥の伝記的事実の符合に着目し、「入江のほとり」の「私小説性」を説いている。年譜や『読売新聞』の「よみうり抄」などを元に、白鳥は作中の栄一とほぼ同じ旅程を経て、大正四年一月中旬から月末まで備前の実家に帰省していたことを明らかにした。ゆえに「入江のほとり」の作中時間は「大正四年一月中旬から月末まで」と推測できるとしている。*14 これを踏まえるならば、辰男の机上にある同誌は大正三年頃に刊行されたものと考えられる。

大正三年頃、『英語世界』は断続的に誌面刷新をしている。二月号に「時事英文研究」という項目が登場し、四月号から「時事英作文研究」というタイトルになり、七月号以降にはこの項目は巻頭を飾るようになる。例えば「当日日比谷には数千の民衆群がり同附近は非常の混乱を呈し、巡査抜剣して良民を斬りたり」といった日本文を英文にするという記事がある（佐藤吉内「時事英作文研究」大三・四）。これは同年二月十日の内閣弾劾国民大会についての記述だが、これに対し「「斬る」は cut the people であるが此処は passive にして several people were cut（略）とする方が優るだらう」という注解が加えられている。このような、正確に英語に翻訳しようという営為がもたらすのは、現実の持つ生々しさを希薄化してしまうという作用なのではないか。

九月号の「編輯だより」には「欧洲の大動乱が興つて以来、毎日々々戦争の状況が盛んに伝へられる。（略）此際陸海軍及外交に関する英語の智識を得ることは必要であり、また興味のあることである」と、第一次世界大戦についての言述が姿を現す。第四章で述べたように同時期の文藝雑誌は、政治、社会問題についての論評に誌面を割くという刷新を行っている（「編輯記事」『早稲田文学』大三・五）。『英語世界』においてもこうした事態とパラレルに誌面刷新が進行しているのであるが、しかし両者を比較すれば、時事的な問題に対する関心のあり方が全く異なることがわかる。英語雑誌の場合では、英語を現実とどう対応させるかということ、時事・戦争をすべて英語で分節しようとすること、つまり、現実の出来事ではなく、その出来事をいかに言語化するかということに焦点化された誌面構成になっている。すなわち現実の出来事は英文の題材であることを超えないのである。いよいよ「電燈」が村に引かれるというのに関心を持たず、それがどのような「英語」になるのかということに興味を寄せる辰男にとって、「電燈」とそれをめぐる現実は「英語」の題材に過ぎなかった、ということと比較しえよう。

あまつさえ、次のような事態も出来している。十月号の「懸賞新課題」の「和文英訳」では「今日の世界に戦争は到底避くべからず、且つ軍事も日に益々進歩して已まないのは可嘆しい次第である」という出題がなされている。そしてこの出題に対する十二月号の「選評」には、「茲の戦争は何れの戦争であると限定した訳でなく、generalizeしたのであるのに、the present European warとした人のあるのは驚くべきであつて、これ亦た原意を充分に解釈しない結果であるまいか」とある。課題の「戦争」を時事的観点から「昨今のヨーロッパにおける戦争」と解釈してしまった解答を「原意を充分に解釈しない」ものとしてあげつらっている。時事的な題材を扱っているにもかかわらず、生動している現実と、言語の運用、英語による表現の遂行という実践を乖離させようとしている。つまり英語によって世界を語ることへの熱意と引き替えに、現実の指示対象への関心を後景化させているのである。

『英語世界』に先立つ、代表的な英語雑誌である『英語青年』について研究している齋藤一は、日露戦争時、同誌が時局への読者の関心を煽りつつ、それとは全く逆に時局への関心を抑圧しようとしている様態を指摘している。『英語青年』に、「『旅順や仁川』における戦争に注意を向けさせるために」選ばれたという、コンラッドの「青春」という小説の本文と注解が掲載されていたが（明三五・三・一一〜一二・二二）、齋藤は「青春」が「地名の具体性を捨象し、次第に抽象的な地政学を強調していく傾向の強いテクストである」点に着目し、この小説を読むことで

「具体的地理・政治情報には過剰に反応せず」、学生の「本分」である学問的「修養」に努めることが、編集サイドにおいて期待されていたと論じている。*15

こういった「時局」を捨象しようという、文部省と連動した英語研究界における趨勢は、やがて「時局」ばかりでなく現実一般を捨象し、英語研究自体へ邁進しようという傾向へとつながっていく。ひいては実用を欠いた英語研究が主流をなすことになり、英語研究そのものが自己目的化され、実用・使用から遊離した形而上学と化していく。やがて先にみたような受験英語批判とあいまって、「近年英語が余りに学究的に研究さるゝ傾向があるので、英語を実用的に使ひこなす人が学ぶ人の多き割合に少ない」（山縣五十雄「忙中閑話」『英語青年』大三・一〇）、「学生の実際的能力の欠乏は現に世間共通の事実に属す」（「混沌たる英語界」『読売新聞』大五・五・四）といった英語教育・英語研究批判が巻き起こっていく。

辰男の「英語研究」が「実用的」「実際的」という観点からは遠く離れていることは明らかであり、この点においても、当時批判にさらされた英語教育・研究の様相と重なっている。辰男は裏の山から入江を見渡して、栄一に「鍋島」という島の名前を教えられるが、「鍋よりや王冠によく似てゐる」とし、「冠島といふ課題で英文を作らう」（六）と考えているように、現実に流通し使用されている地名を捨象し、「英文」の課題によって現実を分節しようとしている。そして入江を飛ぶ黒い鳥が、「鳶」なのか「雁」なのかという現実の分類に全く関心を払わないまま、その黒い鳥を「ブラックバード」と名づけることで「満足」を覚える辰男は、現実への関心以上に、翻訳という行為にのみ集中している。『英語世界』の現実を除外しようという編集方針を踏まえれば、辰男は『英語世界』の愚直なまでに忠実な読者であり、換言すれば、当時の英語研究が孕んだ問題を極端な形で体現している人物なのである。

社会的な地位の獲得という観点を欠き、実用という側面と対極にある形而上学的な「英語研究」が描かれる一方で、妹の勝代の実践は対照的だ。勝代は「西洋の婦人と自在に会話を取りかはしてゐる得意な有様に胸を轟かせたり」(三)、栄一の英語の発音を聞いて「自分も二三年したらあんな風に巧みに操れるだらうかと、広広とした気持ちになつて」(九)いる。勝代の志向する英語とは、「若しも落第をしようものなら、一年前に入学してゐる朋輩に対しても、家の者や村の者に対しても、おめ〳〵顔は合はされない。とても生きてゐられないと、神経を昂らせながら、英語読本を披いた」(三)というように、世間における自己のステータスを確保するための手段であり、かつ「西洋の婦人と自在に会話」(三)できる実用的な能力の獲得を夢に描いている。このような志向性は「べらべら喋つて下手な文字を無暗にならべると云ふことが余程偉い様に見らる、やうになつた」(向軍次「英語研究の二面」『英語世界』大三・四)というように相対化されており、勝代も英語をめぐる一方の典型をなしている人物であったということになる。ここで当時の英語をめぐる状況を再び参照すれば、受験英語や自己目的化した英語研究への反動として、例えばダニエル・ジョーンズの表音法が日本に紹介されたこと(『英語青年』大六・八)からわかるように、オーラルを重視した英語研究・教育が趨勢を占めつつあり、勝代はそのような趨勢を先取りしている人物、あるいは書くこと/読むことから、話すこと/聞くことへとシフトチェンジしつつある英語研究界の、過渡期を生きた人物であったともいえよう。

また勝代は「田舎者よりや東京生まれの人の方が英語の発音が早く上手になるんでせう」、「田舎は日本語の発音でも下等で頑固ぢやから、それが癖になつてしまつて英語でもすら〳〵と音が出し難いんぢやないか思ふがな」(九)といい、栄一に「そんな馬鹿なことがあるものか」といなされている。こういった勝代の言動はこれまで滑稽であるなどと読まれてきた。しかしこの勝代の発言は「発音の善悪は夫々人の自国語を誤りなく発音するか、せぬかで定まる」(平井金三「英語の発音」『英語世界』大三・三)といった言説と対応している。[*16] つまり勝代の言動は、同時代の英語研究についての言説に照らせば、決して滑稽の一言には収斂されない、当時の一つの水準を示しているのである。

4

実用やステータスの獲得といった志向性が全く認められない、自己目的化した「英語研究」に没頭する辰男と、それとはまったく逆の志向性を持っていた勝代との対立は、この時期の英語をめぐる二つの方向性におよそ合致している。あるいは英語をめぐる言説の諸相は、両者の対立を下支えしていたのかもしれない。

辰男の「英語研究」の極端なありようは、確かに異様と受け取られるが、逆に言えば極端であるというだけで、同時代的な文脈に照らせばこれは程度問題でしかないのである。小説集『入江のほとり』は春陽堂から大正五年六月に刊行されたが、その広告（『新小説』大五・八）には「現代の就くに所なき憂鬱病に悩む青年教師」とある。ある種の惹句であり、辰男のことを述べた言葉だとは、にわかにはわからない。しかし作中の人々が「変人」とか「低能児」と見なしていることと比すれば「現代の就くに所なき憂鬱病に悩む青年教師」という言い方には、辰男を全くの異人としてみておらず、ある種の共感を呼ぶ人物として捉えていること（捉えさせたいという意図）が見て取れる。

そもそも社会的に価値を持たない、実用とは無縁な「英語研究」を、なぜ辰男はし続けてきたのか。辰男にとって「英語研究」とはどのような位相にあるものなのか。ある晩「物哀れな気持がした」（二）辰男は、「新しい英字の変則な発音よりも、昔馴染みのヴアヰオリンの変則な音色に、一層強く自分の魂が打ち込まれさうに思はれた」という。この段階において辰男は「ヴアヰオリン」の演奏に自身の「魂」－内面を仮託しようとしているが、「よりも」という言葉に注意すれば、この時点に至る前には内面を「打ち込」む手段として「英語研究」を見なしていたということになる。それも翌日には「ヴアヰオリン」への「感興」は消え失せ「矢張り英語修業に心が惹かれた」（三）というように、普段の辰男に回帰している。そのような辰男は、「黙々として」家族たちとの会話に加わらず、勝代からの「これで勝が出て行かうものなら、辰さんは二階に一人法師で淋しうなるぞな」（三）という言葉にも、やはり黙して語らない。辰男に持ちかけられた縁談への意志を確認しようという、勝代の問いかけにも「……そんなことはお前が訊かいでもえゝ」と答えているように、自身の考えや意志を明らかにしようとしない。「ヴアヰオリン」にしろ「英語研究」にしろ、「変則」で「自己流」の、社会的に交換・流通することが不可能な手段によって自らの内面を自閉的に仮託しているだけだというのが、辰男の日常であるということになる。[*17]

そのような日常の中、長兄栄一が東京から久しぶりに帰郷し、栄一は辰男を誘い、裏の山へ散歩に出かける。辰男はこれまでずっと住み続けてきたはずのこの村を山頂から眺めるが、「辰男は全で他郷を見渡してゐるやうで方角も取れなかつた」（六）。自己の直接の知覚が及ぶところのみしか、彼の〈世界〉は分節されてなく、あたかも幼児の世界観に等しい。辰男は既に周囲に在り続けてきたはずのこの風景を、自身の概念として捉えることができないのである。そして〈世界〉と彼との不安定な状態は、次のような形で安定を取り戻す。

目の下の墓地も、海を渡つてゐる鳥の群も、辰男には皆英文の課題としてのみ目に触れ心に映つた。飛んでゐる五六羽の鳥は鳶だか雁だか彼れの智識では識別けられなかつたが、「ブラツクバード」と名づけただけで彼れは満足した。（六）

殆んど未知の現象として眼前に広がる光景を、辰男は既知の「英語」に回収することによって、〈世界〉との照合を獲得している。「方角も取れなかつた」という不安定なパースペクティブは、外界の事物を「英文の課題」によって糊塗すること、換言すれば『英語世界』的実践によって、安定をえているのである。

辰男にとっての「英語」とは、単語の「収集」を目的としているものというより、例えば眼前の現象を「ブラックバーヅ」と複数形に変換し、その後に続く「「飛ぶ」に相当する動詞を案じ」るというように、統語的に〈世界〉を認識し、記述しようとする行為と捉えるべきなのではないか。

既存の言語体系において、「鳶」と「雁」は区別されている。しかし辰男は、彼の独り勝手な英語によって、〈世界〉を分節している。こうした辰男の実践において、指示対象は彼の英語の運用によって糊塗されるが故に、事物と言葉との不整合・非対称に苛まれることはない。主体の言表と記述される対象が等価であり、そこに彼は自足している。まさに〈英語＝世界〉を生きているのだ。しかしその英語は決して他者と共有しえず、いわゆる言語たりえないのはいうまでもない。先にみたように、辰男は他者に通用するような手段によって、自己の内面を仮託しようとしない人物として描かれていた。そのような言葉が他者に向けて発せられたならば、表現の対象と表現そのものの非対称性が露呈する。他者に通用しない言葉に自足している辰男の安定は、次のような栄一の論難によって危機に瀕することとなる。

「辰は英語を勉強してどうするつもりなのだ。目的があるのかい。」冬枯の山々を見渡してゐた栄一は、ふと弟を顧みて訊いた。

ブラックバーヅの後を目送しながら、「飛ぶ」に相当する動詞を案じてゐた辰男は、どんよりした目を瞬きさせた。直ぐには返事が出来なかつた。

「中学教師の検定試験でも受けるつもりなのか。……英語は面白いのかい。」と、兄は畳みかけて訊いた。

「面白うないこともない……。」辰男はやがて曖昧な返事をしたが、自分自身でも面白いとも面白くないとも感じたことはないのだつた。

（六）

栄一の矢継ぎ早の問いかけに、辰男は思わず「面白うないこともない……」と応答してしまう。周囲から遊離した世界を生きる辰男は、栄一が代表する既存のパラダイムに自己を投企させられたのだ。実用・使用という観点と全く無縁に「英語研究」にいそしんできた辰男は、栄一から実用・使用という問題を突きつけられ、そのような問題を内面化せざるをえなくなる。

なぜ辰男は「面白い」か「面白くない」のかすら、明確ではないという「英語研究」を続けてきたのか。通常誰しも言語によって世界を分節しており、そのような営為は「面白い／面白くない」という価値判断で推し量られることはない。辰男の「英語研究」とは、「研究」であるというより、「皆英文の課題としてのみ目に触れ心に映つた」というように、彼が外界を認識し、言表する行為と不可分のものであり、だからこそ辰男はそのような営為を「自分自身でも面白いとも面白くないとも感じたことはな」かったのである。しかし栄一達からみれば辰男の「英語」はいわゆる英語でないのはもちろん言語ですらない。これを辰男の側からみれば、本来問われるはずのない問いが問われているということになる。

「今お前の書いた英文を一寸見たが、全で無茶苦茶で些とも意味が通つてゐないよ」(六)というように、学校で「正則」の英語を学んできた栄一にしてみれば、辰男の英語とは「いろんな字を並べてるのに過ぎない」ものであった。そして栄一は「他人には全で分らない英文を作つたつて何にもならんと思ふが、お前はあれが他人に通用するとでも思つてるのかい」と、さらに詰め寄る。辰男はこれまでの自分の行為を、「情けない」ことと認識し、涙を浮かべる。栄一の問いに応答し、現実の価値判断を迫られたことで、自分に対する反省的な意識がはじめて芽生えたのだ。帰宅して後「外に自分の身を置く所がないやうにテーブルの前に腰を掛けた」が、「作りかけの文章に目を向けるのが厭な気が」する。「今までのやうに傍ら人無きが如き態度ではゐられなくて、兄の足音が聞えると書物を脇へ片寄せた」というように、内なる批判的な他者像という自己意識も生じている。辰男の「英語研究」

という実践は、雑誌への投稿の採否、選評といった形で裁断されることや、社会的立場が獲得されうるか否かということから逃れ、自己目的化してきたために、そこに自足しえた。だからこそ自らの実践を反省的に省みることなく安定することができたのだが、しかし栄一的パラダイムに立つことで、もはや自意識の介在なしにこれまでの行いをすることができなくなっている。

そのような状況に追い討ちをかけるように、辰男は火事を起こし、これまでのような生活を続けることが困難になる。火事話を避けるため、辰男は早めに家を出て一人山へ登るが、「先日のやうに目前の眺めが英文の新たな材料として目に映らず、永の年月自分を押し籠めた牢屋の壁か何かのやうに侘しく見えた」（九）。さらに「"Fire" "Conflagration" "Nonsense" などいろ〳〵の英語が頭脳の中に黒く綴られながら現れ」、「記憶に刻まれてゐる英語を闇の中で果てもなく綴つては崩し崩しては綴りしてゐた」。眼前の事象を「英語」によって分節し、統語的に組織することができなくなっている。もはや「英語」は、彼と〈世界〉を照合させてはくれないのである。それならば辰男は今後どのようにして〈世界〉と関係を取り結ぶべきなのだろうか。

5

後日、栄一は「田地を分けて貰つて、百姓になり切」ることを勧めるが、しかし辰男は「さう云ふ気にもなれんけど……百姓をして米や麦をつくつても面白うないから」（九）と否定する。ここで「面白い／面白くない」といった栄一のいう二分法を辰男が受容していることは注目に値する。そして辰男は、かつて植物の標本を採集していたことを栄一に話す。

「へえ。いろ〳〵珍しい者がありました。二三百は異つたのを集めて蔭干しにして取つといたのぢやけど彼方の学校を止めた時に皆んな焼いて来ました。」

「そりや惜しいね。学校へ寄附しとけば植物学の教授に役に立つのだらう。」

「名が分らんから教へる時にや役に立ちません。私にだけしか誰れにも分らんでせう。」辰男は雑草でも木の葉でも手あたり次第に採集して、出鱈目な名前を付けてゐたのだつた。

「それで満足出来るかね。世間で極めた名前を知らずに集めてばかりゐても楽みになるのかい。」

「へえ。あの時分は楽みにしとつたんでせう。」

今夜は何故だか珍しくテキパキと話すのを聞いてゐると、栄一は弟の辰男を、永年家族が極めてゐるやうな低能児とも変人とも思はれない気がした。（九）

栄一からの論難の後の辰男についてはこれまで、「異言としてしか表現できない」[18]、「自らの内部に深く潜行する以外なす術を持たない」[19]と評されてきたが、ここにあるような「黙々」という様子から「テキパキ」へと転換している過程は見過ごせない。つまり辰男が自己目的化した「英語」ではなく、日本語によって自らを「テキパキと」表現しはじめるという変容がそこに見て取れる。辰男は〈過去〉のことを、過去のこととして構成し、対象化して栄一に言表している。実用・使用に耐えうる言葉を辰男は用い、自己を表現しはじめているのだ。

先述したような、実用という観点を欠き、形而上学と化した英語研究・教育に対する反作用として、大正五年には「従来の英語万能の気風を打破して国語尊重論」が展開され[20]、また「英語教育廃止論」までも唱えられるようになった[21]。「入江のほとり」が掲載された大正四年四月の『太陽』に、「国語の擁護を論じて国際語に及ぶ」（黒板勝美）という文章が掲載されている。ここで黒板は「今日の日本人は英語を非常に有難いものと心得て、必要が有らうと有るまいと英語を習ふ、間違だらけの英語を盛に使ふ。（略）紙幣にも、鉄道の切符にも英語を入れる、停車場や郵便局の掲示も英語で書く、兎角英語でなければ夜が明けない様に考へて居る」と、世間の英語熱に苦言を呈している。そして「生きた国語を教へない」教師、「自由に日本語で思想を表はすことすら出来ない」学生が数多存在するのだから、実際的な国語（日本語）能力の涵養をまずは目指すべきであるという論を展開している。奇しくも自己目的化した「英語研究」にいそしむ人物を描いた小説と、このような論評が同じ雑誌に掲載されていたのである。もちろんこれは偶然にすぎない。しかし黒板の論のような反作用を生じさせる程には、英語熱と、それをめぐる問題が存在していたのである。実用を度外視し、自己目的化した「英語」から、日本語による自己表現を余儀なくされるという、辰男の描いた軌跡は、そのまま同時期の英語研究・教育をめぐる状況の縮図である。英語研究・教育が孕んだ、言葉と現実についての問題とは、辰男を苛む問題でもあったのだ。

黒板の言説に揺曳するナショナリスティックな排外性は注意すべきではあるが、ここでは別の問題も胚胎していることに注目したい。黒板は「自由に日本語で思想を表はすことすら出来ない」というが、当然のことながら誰も「自由に日本語で思想を表はすこと」など出来はしないという問題である。

栄一は続けて「何か望みや不平があるのなら明ら様に云つたらいゝぢやないか」と、「柔しく訊いて弟の心の底を索らうとしたが」、辰男は「そんなことは他人に云ふたつて仕方がありません」と、「心の底」を明かすことを拒絶している。小説は辰男の沈黙のままに閉じられるが、なぜ辰男は一旦「テキパキ」と自らを語り出しているのに、この場に及んで「心の底」を語ろうとしないのか。すなわち交換不可能なものとして（「他人に云ふたつて仕方が」ないものとして）「心の底」＝内面を見出すも、言表することの不可能性に逢着し、沈黙せざるをえなかったということではないか。実用・使用に耐えうる言葉であっても、それは表そうとする事象の代理でしかないのだからだ。

幼児が単語によって現象を切り取り、それを統語的に組み立て、〈世界〉と自己との関係を少しずつ構築していくように、辰男は「英語研究」を生きてきた。自らの「英語」が社会的に通用するか否かを問わなければ、「英語」は〈世界〉と照合し続けただろう。しかし言葉というパラダイムにおいてなされる営みに対し、社会的にその言葉が通用するか否かを問われることは必至であり、やがて実用という観点において蚕食され、頓挫することもまた必至だ。辰男が生きた自足―変容―中断という過程とは、言葉を巡る条件と向き合うまでの過程であった。認識―言表からの疎外を繰り返し述べていた白鳥だが、「入江のほとり」において、辰男の『英語世界』的実践によって疎外なき〈世界〉を描いた。そのような〈世界〉は、他者に通用・妥当するか否かという観点を欠いてはじめて成立する。そうした〈世界〉を描くことにより、言葉を行使することにまつわる疎外の在処は浮き彫りになる。

栄一は辰男のことを「おれの子供の時分の気持に似て」いるのではないかとか「おれも家にぢつとしてゐたらあゝなつてたかも知れないよ」（七）と次兄才次に話している。白鳥晩年の作「リー兄さん」では、画家を自称し「妻子もなく定職もなく、孤独貧窶の生活を続け」たあげく死去した四男林蔵という人物が登場する。かつて父に「お前は林蔵に似てゐる」といわれたことを長兄の鉄造は思い出している。そして、もし「自分が画家になつてゐたら、林蔵の絵のやうな絵を書いてゐたのぢやないか」と考えている。このように律四をモデルにした作品には、四男（辰男、林蔵……）にありえたかもしれないもう一人の自分をみていることが再三書かれている。[*22] 辰男は栄一によって「英語」を奪われた。第一章で述べたように、作者である白鳥その人は弟敦夫から短歌を奪われた。つまり白鳥と辰男は鏡合わせの関係にある。以上のことを踏まえて「入江のほとり」を読めば、入江を飛ぶ黒い鳥たちを語り手は、「鳶」とも「雁」とも呼ばず、かつ、辰男の実践にならう形で複数形に変換し「ブラックバーヅ」と地の文で記していることが注目される。「入江のほとり」の語り手も辰男が見ているような〈世界〉を瞬時、共有しているかのようなのである。言葉と現実の問題をテーマとしながら、認識―言表の不可能性を言いつのることに終始していない本作は、明治四十年代以来の作品群において、一つの達成となっている。

注

＊1　大本泉「正宗白鳥『入江のほとり』小論」（『目白近代文学』第10号、一九九〇・一一）

＊2　律四をモデルとした作品群については、瓜生清「「入江のほとり」試論」（『福岡教育大学紀要　第一分冊文科編』第37号、一九八八・二）、伊藤典文「異者、あるいはDの系譜――正宗白鳥『入江のほとり』の周辺――」（京都橘大学『言語文化論叢』第4巻、二〇一〇・八）が詳しい。

＊3　古井由吉「ブラックバード」（『正宗白鳥全集』第五巻、月報、福武書店、一九八三）

＊4　松本鶴雄『ふるさと幻想の彼方――白鳥の世界』（勉誠社、一九九六）

＊5　井口時男「正宗白鳥の漢意」（『群像』一九九八・一）

＊6　柳井まどか「『入江のほとり』の光景」（『淵叢』第4号、一九九五・三）

＊7　堀口俊一「英語教育」（『日本の英学100年　大正編』研究社、一九六八）などを参照。

＊8　福間良明「英語学の日本主義――松田福松の戦前と戦後」（竹内洋・佐藤卓巳編『日本主義的教養の時代　大学批判の古層』柏書房、二〇〇六）

＊9　日露戦争以降最も隆盛を誇った英語学校である正則英語学校の校長であった斎藤秀三郎の英語学が、熟語に中心をおいた「idiomology」と呼ばれるものであったことをも踏まえると、辰男の「英語研究」が同時代的な傾向の中に位置するものであったことの傍証となるであろう。

＊10　古井由吉『東京物語考』（岩波書店、一九八四）

＊11　竹内洋『立志・苦学・出世――受験生の社会史』（講談社現代新書、一九九一）

＊12　田中俊男「収集という「娯楽」――正宗白鳥「入江のほとり」――」（『日本文学』二〇〇二・三）

＊13　一柳廣孝「揺れる〈家〉――「入江のほとり」論のための覚え書き――」（『名古屋近代文学研究』5号、一九八

七・一二)
＊14　瓜生清、＊2と同。
＊15　齋藤一『帝国日本の英文学』(人文書院、二〇〇六)
＊16　他にも「国語発音の誤謬は、延いては英語の発音にも及ぼし、学習に少なからぬ障碍を来たすものである」とし、方言の「矯正」の必要を説いた岡倉由三郎(『英語教育』博文館、明四四)など、このような言説は枚挙にいとまはない。岡倉の言説についての詳細は山口誠『英語講座の誕生』(講談社、二〇〇一)を参照。
＊17　辰男の「英語」について井口時男(＊5)は、「交換不可能な内的言語として、彼の交換不可能な内面を支えている。いいかえれば、環境からの疎隔を支えている」と述べている。
＊18　柳井まどか、＊6と同。
＊19　一柳廣孝、＊13と同。
＊20　堀口俊一、＊7と同。
＊21　福間良明、＊8と同。
＊22　高橋英夫は両者の類似性について「他人や外部にむけての露骨な、時には奇矯な不感無覚の態度がみごとに二人に相通じていたということではないか。「リー兄さん」は奇人としての生活態度でそれを示し、白鳥は文学として、つまりは自然主義の上に生いたった文学的思想として示したというわけであろう」と述べている(『異郷に死す正宗白鳥論』福武書店、一九八六)。こうした「他人や外部」への忌避の態度の基には、コミュニケーションの不調や蹉跌があったのではないか。

(付記)　拙稿脱稿後、出木良輔「「変人」あるいは〈田舎教師〉の「幸福」――正宗白鳥「入江のほとり」と「独学」

の時代――」（『国文学攷』第235号、二〇一七・九）が発表された。辰男の「英語研究」が同時代的な傾向を有しつつ、かつ特殊であるという拙稿（本章の元となった初出論文を含む）の問題設定は、出木論とも共有していると考えられる。一方出木論では、独学の後、学習院教授にまでなった南日恒太郎の記事が雑誌『英語世界』にしばしば掲載され、南日が「独学」者たちにとってある種の「偶像」と化していたなど、「独学」という営為を支える「社会的・文化的環境」があったことを指摘している。拙稿では考察しえなかった当時の文脈を掘り起こしており、大いに教えられた。

第七章

モダニスト正宗白鳥——「人生の幸福」をめぐって

1

大正六年頃は白鳥にとって執筆難に見舞われた時期だったとされる。白鳥自身、『現代日本文学全集』第二十一篇（改造社、昭四）の自筆年譜で「近年次第に執筆難を感じ、且つ人生に対する倦怠を覚ゆること甚し」（大正七年）など、作家生活が危機に陥っていたことを述べており、実際白鳥は大正八年に帰郷、文学活動から離れようと考える。しかし「郷里の生活にも耐へられなくなり」（前掲年譜）、大正九年には再び上京する。[*1] その後の白鳥は「毒婦のやうな女」（『中央公論』大九・九）、「生まざりしならば」（『中央公論』大一二・四）など、世評の高い作品を発表し続けている。「執筆難」とあるが、これは〈書けない〉という事態ではなく、むしろ逆であった。このことに注意を促しているのは武田友寿である。「倦怠期が顕現した大正八年」においても白鳥は二十作品を発表するなど、むしろ旺盛に執筆活動をしていた。執筆難とは「濫作の後遺症ともいうべき疲れ、種切れ」であったとする。[*2]「私は同じやうな小説を書きつゞけるのに飽いて、大地震後、しきりに戯曲を書いた」（「跋」『現代日本文学全集』前掲）と回顧しているように、そうした文学活動の危機、倦怠から白鳥を救ったのは戯曲への進出であった。

山本芳明によれば、大正六年頃に作者の人格が作品の出来を左右するという観点が成立し、その結果志賀直哉らとは対照的に、白鳥はその評価を低落させていったという。[*3] 低調なものとなっていた白鳥評価が覆ったのは「尾花の蔭」（『大観』大一〇・二）や「人さまぐ〜」（『中央公論』大一〇・九）といった私小説風な作品であった。山本によれば、こうした作品を介して久米正雄はじめ既成作家らは、白鳥を東洋的な悟りの境地にあると見なすようになっていったという。しかし大正十三年の戯曲「人生の幸福」の上演は、そのような白鳥イメージをさらに大きく変えさせるほどの衝撃であった。[*4] 衝撃を受けたのは既成作家ばかりではない。川端康成など、いわゆる新感覚派、「新進作家」らにも驚嘆をもって迎えられた。

およそ同じ時期、白鳥同様に「東洋的」だとか「枯淡」だなどと評価されるが、そうした作家イメージを自ら崩していったのが徳田秋聲であった。[*5] 秋聲は大正十五年から昭和三年にかけて、弟子であった山田順子との関係がもたらす「センセーショナリズム」を「逆手」に取り、マス・メディアの言説を編み込んだ小説を発表し続け、[*6] 新境地を開いた。大正末期から晩年までの秋聲の作家活動を総括して大木志門は、現代文学を積極的に摂取するなど、不断の「更新」を続けてきた作家として秋聲を捉え、いわゆる自然主義文学の範疇には収まらない存在であるとした。[*7] この点において秋聲と白鳥は、はっきり対照をなしていると考えられる。

白鳥が特徴的なのは、自然主義全盛期に遭遇した問題にこだわり続けたことであり、その問題は大正末期の実験的な作品群にも底流している。すなわち言葉や理性への疑念という問題である。それが当時流行していた表現主義などモダニズム思潮と合致し、若い作家達から評価されることとなったのではないか。

明治四十年代の白鳥は、しきりに認識の不確かさや言葉への不信を言いつのっていた。〈ありのまま〉という当為を愚直に志せば、認識や言葉の限界に突き当たるのである。こうした白鳥の言説は、「少し深い精神的探求は直ぐに言葉の彼方に出てしまふ」とか「現実の形を、現実の限界を、安易に信頼し過ぎてゐる人から深い藝術は生れない」（川端康成「表現に就て」『文藝時代』大一五・三）などというように、言葉や認識の機能を自明視することを批判し、その上で新たな表現を目指した大正末期以降の「新進作家」たちの言説と重なるところがある。[*8] 安藤宏は「「描写」へのこだわりこそが」「小説の書けない小説家」というモチーフを生んだという「逆説」を指摘しているが、[*9] ありのままな記述を志向した結果、認識・言表の不可能性を自覚するに至るという明治期の白鳥がたどった軌跡は、これら年若い文学者たちの動向を先取りしていたと捉えられはしないか。

本章では大正十三年ころの白鳥の創作、とりわけ戯曲「人生の幸福」（『改造』大一三・四）をめぐって生じた現象について考察する。大笹吉雄が「白鳥ショック」[10]という言葉で言い表しているような「人生の幸福」の成功については、以下のような川端康成の賛辞が引かれつつ多く論じられてきた。

> 私は遂に恐るべきものを見た。現代の日本の我々と共に生ける天才を見た。正宗白鳥氏の戯曲「人生の幸福」はホテル演劇場で新劇協会に演ぜられて、異常な舞台効果を収めた。この戯曲の上演によつて、天才白鳥氏は凡百の能才作者との間に実に明らかな一線を画して見せた。根底的な本質的な段違ひを実に明らかに示した。従来白鳥氏の小説に漂つてゐた心理的な妖気をまざまざと見せつけた。（略）何処までが正気で何処からが狂気なのか。何処までが現実で何処からが夢幻なのか。何と驚くべき心理の凝視であらう。正しく白鳥氏は邪神の眼鏡をかけてゐる。天才の業と云ふ外はない。（川端康成「恐るべし天才白鳥」大一三・一二）[11]

このように、いささか大仰ともいえる賛辞であり、異様さすら感じさせられる。しかし一方で、川端ら若い文学者らによる白鳥への意外なまでの共感については、これまでほとんど問題化されてこなかった。当時においても、川端その人への賞賛や（立花寛一「ありがたう、川端康成君」『読売新聞』大一三・一一・一七）、「川端康成は、新進作家の作品ばかりほめてゐるかと思ふと、さうでない。恐るべきは今の新進作家ではなく、老成作家なんだ」（森本巌夫「大慾無慾」『文藝春秋』大一三・一二）といった驚きが表明されるなど、川端の評「恐るべし天才白鳥」は反響を呼んでいたにもかかわらずだ。

以下、この時期の白鳥の作品群に対する受容の様相をまず検討し、さらに「人生の幸福」はじめ同時期の白鳥作品に通底するモチーフを探る。そのことによって言葉や知性への疑念を表明しつつある若い世代の文学者たちとの交点を探り、白鳥という文学者の位置づけについて、再考する契機となることを企図している。

2

大正十三年十二月『新潮』合評会で、小説家による戯曲の執筆が流行したことが話題になっているが、[*12]白鳥も同年「影法師」（『中央公論』大一三・二）という作品以来、矢継ぎ早に戯曲を発表している。戯曲と小説とを問わずこの時期の白鳥の多くの創作が、答えを明示せず、謎を謎のまま放置して終わるという構成になっていることが目を引く。

「影法師」は三幕からなる戯曲だが、第二幕で戸田という老年にさしかかった男が「ある青年」に殺される。その青年とは何者なのか作中では明らかにされない。かつての妻の愛人なのか、もしそうだとすれば彼は二十年前に死んだはずなのだが、彼はあくまで「青年」のままで登場する。辻褄が合わないが、しかし戸田は彼のことをあの愛人と捉えているし、それに対して青年も「以前のやうに窓から逃げ出すやうなことはしないよ」と答えている。青年とのやりとりを戸田の妄想としない限りは、この場面を合理的に説明できないのである。

しかし戸田絶命の後に、現場に「二つも三つも……男の足跡」を残すことで、先の場面を妄想や幻想のレベルで回収できないようになっている。同時代評で非難が集中したのはこの点である。[*13]「新潮合評会」（『新潮』大一三・三）で徳田秋聲は「何だか筋がよくわからな」く、第二幕は「夢とでもするより外ない」と述べる。それに対して加能作次郎は「夢だとすると、あとで第三幕に現実の人間が出て、泥足の跡を発見するところが、へんだね」と矛盾を指摘する。久米正雄は「或意味で表現派なんぢやないかね」と問うが、佐藤春夫は「この作の大欠点がそこだ。基調は自然主義だ。それが必要に応じて時には、未来派、表現派的にもなつてゐ」て「混乱」していると答えている。

一方白鳥その人は「もつと手を入れたら、辻褄の合ふものになるだらうと思つたのだが、黒人気取りで舞台の都合など考へるのはいやになつたので、そのまゝにして置いた」といっている（「脚本について」『時事新報』大一三・三・一〇、一二）。すなわち「辻褄」合わせに執着する気はないと、開き直りめいたことを書き添えている。後年白鳥は「すべての事に対し、未解決を気にして解決を急ぐ」のが人間であり、「小説でも芝居でも最後には何とか極りがつかないと物足らない思ひがされるのは人情」だと述べている。しかし「ある解決は破れ、次の時代になされた解決もやぶれ、未解決のまゝに人類は存在を続けてゐることが感ぜられる。金剛不壊の解決は人間の心の中で空想されるばかりではないのだらうか」という言葉が続く（「文藝時評（文藝雑感）」『中央公論』大一五・一）。解決なるものはフィクションに過ぎず、現実には人間は未解決のまま、謎と懐疑に囚われつつ暗中を模索するしかない。こうした考えを白鳥は再三述べているが、これを参考にすれば、宙吊りのまま終わるという構成については意識的になされたものであったといえる。

「影法師」を高く評価するような同時代評は多くないが、その中で若い世代の文学者らが積極的に関心を寄せていることが目をひく。片岡鉄平は「夢のあと、現実に窓の下へ足跡を発見させた」のは「不調和な混乱を読者もしくは観客に与へる」と批判しており、これは先の「合評会」の評と共通する。しかし加えて「さうした神秘的な境地に読者を徐々として惹き入れて行く苦心は、凡人の企て及ぶところではない」（「感覚で物を言ふ――二月の創作評――（四）」『時事新報』大一三・二・一六）とも述べ、「神秘的な」作品世界を醸成させようという「苦心」に対して理解を示している。また石濱金作は「現実と象徴との抱き合ひが緊密でリアルでない」など否定的な評価を下しているが、「時間も空間も超越」したいという「意図」を本作に見出し、そして「この企ては偉大なるリアリストの当然行くべき道であり、また白鳥氏の将来に尚我々青年の期待をも抱かせられる所以である」と述べている（「二月創作評（十）正宗氏の『影法師』」『読売新聞』大一三・二・一三）。「リアリスト」であれば必然的に「時間も空間も超越」するような境地を求めることになる、そしてそのような方向性が白鳥の作品に認められるとし、そこに「我々青年」

はさらなる「期待」を抱くというのである。

小説「溺死者の鞄」（『改造』大一三・九）も、謎が解消されないまま終わるという構成になっている。大川は今井から高額の現金や預金帳などが収まった鞄を預かるが、今井は突然大磯の海岸で謎の死を遂げる。大川は鞄を着服し帰京するが、今井に生前虐げられ、その見返りに金銭をもらう約束を交わしたと主張するふみ子が訪れ、鞄を渡せと大川に迫る。大磯の海岸に舞い戻った大川は観念して鞄をふみ子に渡すが、ふみ子は鞄を抱いたまま突然海へ身を投げる。それを助けようとした大川もまた、波に攫われて死んでしまう。なぜ今井は死んだのか、そしてなぜふみ子も死んだのか、そのことを明らかにしないまま、この小説は閉じられている。

こうしたストーリー展開に対し千葉亀雄は「最後で、女を死なしたのが、どういふ積りか解らない」と苦言を呈し、「必要と思はれる程度のものさへも省かれて居て、その癖全体の動きが、自然性を無視する程度にも、どしどし激しく運ばれて居る」という叙述が最近の白鳥の創作に共通していると指摘する。「純粋自然主義」「たゞ有るが儘の事実の感覚的描写」に白鳥が「飽」いている様がうかがえる、としている（「新秋文壇を総評す」『読売新聞』大一三・八・二九）。このような「必要と思はれる程度のものさへも省かれ」るような書き方に関心を示しているのは、やはり若手の文学者であった。例えば石濱金作も「何故今井が死んだのか何故またふみ子が投身したのか、その根本理由が判然と描かれてはいない」ことを指摘はするが、しかし「根本理由が判然と描かれて」いないことこそが「智の滅亡を暗示してゐる」と感じさせ、「恐ろしい」という思いを抱かせると述べている（「九月創作評」『万朝報』大一三・九・一四）。因果を辿ろうとしてもできないという作品構造によって「智」（知性）の限界が表現されているのではないか、というのである。

このように因果関係が不分明であることなどに対し、とりわけ既成作家は批判を浴びせる一方、若手の文学者は関心を寄せる。そして白鳥の企てに対する理解と期待が表明されていたのである。永平和雄はこの時期の白鳥戯曲を論じて「登場人物の性格の欠如、未解決の幕切れ、ストーリーの中断、写実から幻想への飛躍、言葉と心理との背理」といった「現代戯曲の特徴」が見出されると述べている。[*14] もちろん、こうした白鳥の試みは当時、一部を除いては評価されることはなかった。そうした受容状況を一変させたのが「人生の幸福」上演であった。

3

大正十三年十一月三日から五日にかけて、戯曲「人生の幸福」が帝国ホテル演藝場で畑中蓼坡率いる新劇協会によって上演され、若手も既成作家も問わず大きな評判を呼んだ。なお公演日程について、多くの文献に十月二十三〜二十五日とあるが、公演は一度「警視庁令により不許可」となり、そのため十一月三〜五日に延期となった（帝国ホテル演藝場「新劇協会公演日取変更急告」『東京朝日新聞』大一三・一〇・二三）。帝国ホテル演藝場は「劇場同様の取扱」を警視庁より認められなくなり、「興行日数は一箇月に十日以内」までという取締がなされた。その結果、新劇協会の公演は翌月に繰り越されることになったという（「ホテル演藝場取締」『読売新聞』大一三・一〇・二五）。「創作劇三つ　新劇協会公演」（くら生）という『読売新聞』（大一三・一一・八）の記事でも、公演日は十一月三〜五日の三日間であったと明記されている。

同時に上演されたのは久米正雄「帰去来」と岸田国士「チロルの秋」であった。「久米氏の物は、オニールの「地平線の彼方へ」を翻案した物で、原作以上には出てゐなかつたし、役者も成功してゐなかつた。「チロルの秋」は、役者に適つてもゐなかつたし、多少歯の浮く気障な物であつた。然るに正宗氏の脚本は、実に予想外の成功を贏ち得た。作品の内面的な深い象徴的の味が、真剣な役者等の技藝によつて十分に仕生かされたものである」（仲木貞一「大正十三年の劇壇（新劇界）」『演劇年鑑』二松堂書店、大一四）と総括されているように、久米や岸田の上演は落胆を呼んだが、一方で白鳥の上演が全く「予想外」の「成功」を勝ちえた。当の久米も「あ、云ふものを書かれると頭を下げてしまう」（「新潮合評会」『新潮』大一三・一二）とまで述べているし、岸田も「作者と人物と俳優とが一体になつてゐる。一つの生命を呼吸してゐる。見事だ」（「新劇協会の舞台稽古」『演劇新潮』大一四・一）といわざるをえなかった。

しかし「人生の幸福」は『改造』に発表された当初は悪評にさらされてきた。例えば「新潮合評会」（『新潮』大一三・五）で肯定的に評価しているのは「不自然だと言へば不自然だが、不自然を超越してゐ」て、「一種の表現派のやうなもの」になっていると述べる徳田秋聲だけであった。宮島新三郎は「中の兄が、殺人罪を犯したのではないのに、だん〳〵さう思つて行く心理も描き足りない」と述べ、中村武羅夫も「喜多雄といふのが、人殺しでもないのに、人殺しになつてゐるのが、わからない」、「事実としては、何んだか辻褄が合はない」と非難している。「辻褄」が合っていないということ、殺人（を犯したと信じるに）に至る心理の経過が描かれていないことが論難されており、ここでも同時期の白鳥作品に対する批判のパターンが繰り返されている。しかしこのような評価が新劇協会による上演を境にして一変したのであった。

上演に対する多くの好評において、『文藝時代』における〈熱狂〉ぶりがとりわけ目を引く。川端康成は「「人世（ママ）の幸福」の上演は、多くの観客にショックを与へた。此作が雑誌に載つた時、いろんな人が悪評した。その世にも愚かな批評家の面こそ見たいものだ。戯曲家よ、よく覚えて置き給へ。戯曲壇の大家達は哀れむべき戯曲批評家であつたことを」（「文壇波動調」『文藝時代』大一三・一二）というように、上演への賞賛と同時に「大家達」への激しい非難の言葉が書き込まれている。

こうした〈熱狂〉の一方で武野藤介は、かよ子が豊次郎を絞殺した場面について「斯う脆く絞め殺されてなるものか」とその不自然さを指摘する。もし川端がこの作品を「本心から恐れたのであるとしたら、私は切ない気がするけれども批評家としての川端の頭を疑つてもい丶と思ふ」とまで述べている（「扉を叩く――既成文壇の諸家に与ふ――」『文藝時代』大一四・二）。この評は『文藝時代』同人の怒りを巻き起こした。翌月の同誌には「今日、「人生の幸福」に対する反動批評が諸所に出没している。評判が高いなら、クサしてやれ。人が賞めるなら、アラを捜してやれ。それもいい。しかし、それが単に異を樹てるための意地の張りのようなものに止まる時、それは一種の不道徳である」（川端康成「短言三ケ條」）とか、「作を批評するにい丶加減の誣言を以つてする勿れ。絞め殺すほど人を殺すに易く、絞め殺されるほど殺されるに苦痛の少なきはない。（略）他人の迷惑を顧ず、好漢いたずらに誣言を以つて人を傷つくる勿れ」（中河与一「文壇波動調」）といった、武野への非難が寄せられている。

そもそも同時代評をみると武野のような観点からの批判はほとんど見当たらない。なぜ多くの観客は「人生の幸福」上演をみても不自然と思わなかったのか。先の武野の評と同月の『文藝時代』に掲載されている、那珂孝平「舞台感覚と題材投擲――「古き作劇術への反抗」つづき――」では「戯曲として人々に何等の注目をも受けないで過ぎた」この作品が、「一度び或る小劇場に上演されるや、人々は頭を叩かれたるが如く非常に感心した」のはなぜかと問う。そして横光利一「食はされたもの」（『演劇新潮』大一三・一二）などと並べつつ、その説明を試みている。「自然なる事件の転廻とか、自然なる劇的境遇とかへのみ」関心を向ける旧来の読者にとっては、この作品は「不自然」ということになる。しかし読者が暗に求める「自然さ」とは、例えば久米正雄作品にあるような「『おい』と云へば『うん』と答へる所謂自然さ」のことであり、それはもはや「退屈」で「魅力を失なつてゐる」。「人生の幸福」はそのような「自然」という紋切型を排したところに特長がある。そしてそれが上演されると「狂心状態に落ちて兄の咽をしめて殺す妹、異様な『エツヘツヘツヘツ』と云ふが如き幕切の笑ひ声」、この「所謂自然さ」を排した唐突な展開により「題材」がダイレクトに「投擲」されているという感覚をもたらす。それが衝撃だったというのである。こうした那珂の説明は「異化とはなにか?」「その出来事ないし性格から当然なもの、既知のもの、明白なものを取り去って、それにたいする驚きや好奇心を作りだすことである」[15]といった新しい藝術を説明する言葉を彷彿とさせるが、ともあれ「人生の幸福」はこのような評を招きよせたのである。

他にも秋田雨雀は「この芝居を観てゐる中に一種の錯覚を起してこの作物に対する批判を断念しやうと思つた位だ」という感想をもらしつつ、客観性への疑念をモチーフとしているピランデロ（ピランデルロ）「作者を捜す六人の登場人物」[16]を引き合いにして「人生の幸福」を論じている（「上演価値としての「人生の幸福」」『読売新聞』大一三・一一・一七）。また宇野浩二は「「人生の幸福」と表現主義に就いて少しばかり書いて見たいと思つたのであるが、時日がないので止める」というように、その衝撃を名づけるべく「表現主義」を参照しようとしている（「正宗白鳥の印象」『新潮』大一三・一二）。かくして横光利一も「「人生の幸福」は佳し。白鳥翁、あの年であれほど新鮮な感覚を所有してゐたとは驚くの他なし」（「編輯中記」『文藝時代』大一四・二）と驚嘆を示しているように、作品それ自体への驚嘆もさることながら、いわゆる既成文壇の「老大家」が、表現主義とも引き比べられるような斬新な作品を作り出したことへの衝撃もまたこの〈ブーム〉から読み取れる。

ちなみに白鳥は映画「カリガリ博士」について「特別に映画藝術に感動された最初のもの」と回想しているが、同文では「映画といふものは、見たあとから忘れてしまつて、芝居のやうに印象が残らない」とも述べている（「映画について」『映画時代』大一五・七）。また「海戦」など表現主義演劇については「あゝしなければ、人間の心の奥底は現れないのかと思ふと阿呆らしくなる」という感想を漏らしていた（「観劇三日」『読売新聞』大一三・一二・二三、二四）。影響という問題を軽々に判断することはできないが、少なくとも白鳥の言説には、表現主義などに対する傾倒を積極的に表明しているようなものは見あたらない。

一連の「人生の幸福」〈ブーム〉の中、白鳥は「人生の幸福」観劇体験を基にした小説「劇場と饗宴」（『改造』大一四・二）を書く。上演の評判とは裏腹に、奇妙な感覚を覚えている様が描かれており注目されるが、この小説をふまえた読解はこれまでほとんどなされていない。開演当初、作者の磯村は「彼の空想が形を具へて前に現れた」と感じられたが、しかし劇が進むうちに「役者は役者、作者は作者で、本当は別々であるやうな気が」してくる。さらに「作者は自己の空想中の人物と丶もに、同じ気持を持つて、墓の中まで生存の道を辿つて行くまでである」というように、作者の主観は観客と共有しえないのだと思うに至る。上演後、役者で劇を主宰する波川（＝畑中蓼坡）が磯村を訪ね、「わたしはあの役をやつてゐると非常に気持がよろしい」などと述べる。快活な様子の波川を見て磯村は「波川があの作中の人物の心を自分の心としてゐるのなら、そんな楽天的な希望のある答へをする筈はない」と思う。しかし上演は磯村の思惑とは関わりなく評判を呼んでいた。ゆえに磯村は「この人の創作の方が見物にはよく理解されてよく共鳴されたのだ。おれの方の人物ぢや駄目なのだ」と思い、索漠とした気分になる。そんな磯村に彼の妻は声をかける。

「わたし、さつきから考へて見て、あの芝居は大変面白いと思ひますよ。忠臣蔵なんかよりや身に染みて考へられる。」

「どうして?」磯村は意外に感じてそちらへ目を向けた。

「はじめて分つた。あの芝居に出て来た人はあなたですね。……わたし、あの淋しい電信柱の側で手を出して迷つてる女の気持が今よく分るやうな気がしますよ。自分の世が見えるやうですよ。」

「そりや、どの見物よりもお前によく分つてるかも知れない。」

磯村は微笑してさう云つたが、直ぐに話を外に転じた。

（「劇場と饗宴」）

妻は「忠臣蔵」などより、芝居らしくない本作の方がよほど「身に染みて」共感されると話す。「芝居に出て来た人」に作者磯村の姿を見て取り、「手を出して迷つてる女」の姿に自分をも重ねられるとしている。そして磯村は「微笑して」その〈作中の人物＝作者〉という読みを肯定している。ある種の自作解説ともいえるが、ここには同作の評判に対する飽き足りなさ、不満がほのめかされている。

一方「人生の幸福」は、いわゆる不自然さ、唐突さがもたらす異化効果が観客に衝撃を与えた。あるいは「何処までが正気で何処からが狂気なのか」（川端康成「恐るべし天才白鳥」前掲）など、正気／狂気、現実／幻想といった機軸のゆらぎを表現しているという評価が今日まで定着している。しかしこうした点だけでは、同作の意義を説明し尽くしていないと考えられる。「見物」が「理解」し損ねたという「おれの方の人物」、その「楽天的な希望」とは無縁の「作中の人物の心」とはどのようなものだったのか。

4

「人生の幸福」は三幕からなる。異母妹のかよ子の幸福のために、いち早く彼女を殺さなければならないと強く主張する豊次郎に、再会した弟の喜多雄は驚く。その時、ある若い女が近所の「御嶽さん」で何者かに殺されたという知らせを別荘番の藤七が伝えに来る。豊次郎は喜多雄に「お前が藤七の云つた死人の話を気に掛けてることも、おれにはちやんと分つてる」とか、挙句には「女殺しが、お前の所為だと極つても、そんなに驚きやしないよ」など、喜多雄を殺人犯と決めつけるような言葉を矢継ぎ早にかける。当初は相手にしなかった喜多雄だが、次第に兄の言葉に囚われだし、その言葉を否定できなくなっていく。[*17] そして豊次郎はかねてからの想念通りかよ子を殺そうとするが、かよ子は抵抗し兄の首を押さえつけ、気絶して倒れた彼の首をさらに絞めて殺す。「御嶽さん」の殺人そして豊次郎殺し共々、精神に異常をきたした喜多雄の犯行ということになり、かよ子は罪を問われないまま「今様の耳かくしに髪を結つて、派手な浴衣」を身にまとい、平然と暮らしてきた。

結局「御嶽さん」の殺人犯は不明のまま終幕となり、この点では謎が謎のまま放置される同時期の白鳥の作品群と通じている。しかしそれとは別に、三幕には奇妙な〈謎〉がある。兄妹が頼りにしている学者の寺濱が、精神病院に入院している喜多雄に面会し「自分が続けて二度も殺人をしたつてことを認めてゐるやうな口を利く」という近況をかよ子に話す。その途端かよ子は「兄は自分を罪人として認めるので御座いませうか。(気色ばんで云ふ)」と、激しい動揺を示し、思い余った彼女は自身の犯行を告白するという展開になる。精神の異常をきたした喜多雄が二人を殺した犯人と目され、そのように捜査が進んでいることは当然知っていたにもかかわらず、なぜ今さら動揺を示したのか。言い換えるとかよ子は寺濱の発言の何に対して衝撃を覚えたのか。それは喜多雄が自らを罪人として「認めてゐる」、そう思っていることをはじめて知ったからだ、というようにしか解釈できない。

「胸中が白紙のやうに純白」で「無邪気」だと二人の兄に捉えられていたかよ子だが、豊次郎は彼女を「今のうちに死んだ方が、当人のためにも幸福」だと思い込んでいる。気絶した豊次郎を前にして、かよ子は「豊兄さんはもういいやなことを考へてゐないで幸福ね。あんなことばかり考へて日を暮してるよりは、気絶でもしてゐる方が幸福だつてことが、わたし今やうやく分つてよ」と喜多雄に皮肉な調子で語っているが、この戯曲を貫いているのは「無邪気」でいること/「思ひ」悩むこと、「考へ」ないでいること/「考へ」ること、このような対立なのではないか。

豊次郎は「おれの頭は狂つてやしないから安心しろ。不断よりも頭の中がハツキリしてる位だよ」とか「おれはこの頃、頭のなかが澄んでるから、いろんなことが分るんだ」ということを口癖のように語る。豊次郎のその明晰さへのこだわりや全知の誇示が、確かに彼の〈狂気〉を強く印象付けさせるが、果たして劇の中心は〈狂気〉という点にあるのか。ここで畑中蓼坡にこの戯曲の上演を勧めた高田保の評に注目したい。高田は「思索によつて孤独にされたる一個の傷ましき人間、恐らくは絶望的な孤独人、永遠の懐疑者」が劇の中心であり、作者の「傷ましき自己探索」が投影されている「叙自劇（イッヒ・ドラマ）」なのだと評している（「二つの非劇評」『演劇新潮』大一三・一二）。さらに高田は白鳥「劇場と饗宴」（前掲）の「あの芝居に出て来た人はあなたですね」という箇所が、劇中の「懐疑者」に作者の苦悩をみるという読みの「裏書」になっているとしている（「正宗白鳥氏の戯曲集『人生の幸福』のこと――或ひは抹消すべき一つの評言――」『演劇新潮』大一四・三）。「思索」や「懐疑」に苛まれている者の姿を読み取ること、こうした読解が正気／狂気のゆらぎといった評価が中心化するうちに埋もれてきたのである。〈正気〉であれ〈狂気〉であれ思念に苛まれていることに変わりはない。ゆえにこの作品において、両者に本質的な差異はないのではないか。

生前兄弟の母に虐げられたかよ子の実母の「霊魂があれの腹の中に」宿っており、それが「今目を醒ましかけて」やがて「おれやお前にも復讐しようとするのに違ひない」と豊次郎は弟に語るが、豊次郎の彼女への殺意は単に「復讐」を恐れたがゆえではない。ついに二幕で彼はかよ子の喉を締めるが、しかし「豊次郎は女の苦しさうな顔面を見ると、知らず〳〵手をゆるめ」、さらにかよ子の「猛烈な抵抗」をあたかも甘受して意識を失う。豊次郎のあっけない死について柳井まどかは「自己の人生の不幸についての鬱屈」を抱く彼にとって「この死は自殺と同義なのである」と的確に指摘している。[*18] 柳井いうところの「鬱屈」の内容は定かではないが、確かに豊次郎は「朝早く目を醒ますのはおればかりだ」とか「さういふ風に手軽く事を極めてしまつていゝのなら、おれも頭を痛めて物を考へたりなんかしないよ」など、常に悩み、思念を働かせている。そのような豊次郎が一番恐れていたのは、かよ子から「復讐」されることではない。かよ子の「純白」な「胸の中」が「復讐」という意識に苛まれることを恐れていたのではないか。だから「俄かに恋の芽が萌えださんとも限らないのをおれは恐れ」、その気持ちが芽生える前、「無邪気」でいる間に殺すことが彼女の「幸福」になると考えているのである。「復讐」であれ「恋」であれ、思い悩むという点においては同様なのだからだ。

しかしかよ子にも「わたしも、豊兄さんの気持が伝染したのか、此方へ来てからは、どうかすると、死んだ人のことが考へられたりするんですけど、それはいけないことだと思つて、成るべく忘れるやうにしてゐるのよ」というように、徐々に考えること、悩むことが「伝染」する。喜多雄もかよ子も豊次郎の奇怪な言葉を媒介にして「陰鬱な顔して、めい〳〵の思ひに沈」み、かよ子からは「無邪気な相が消え」、豊次郎とあたかも相似をなすかのように「三日も眠らなかつた人間のやうな元気のない顔」になっていく。豊次郎の言葉の通り「人間の心は不意に邪念が芽を吹いて来るものだが、一度芽を吹いたが最後」そのような自意識から逃れることはできず、むしろ「邪念」は「この頃の草や木のやうに、どし〳〵蔓つて繁つて行」く。そして「苦しみを感じなかつたかよ子も、今はそれを感じだしたのだ」と豊次郎は思う。そのような意識に苛まれる「苦しみ」からかよ子を救済するべく、彼女への殺意は強化され、かくして二幕の殺人の場面へと展開したのである。

豊次郎を殺害し喜多雄に罪を被せたかよ子だが、寺濱の言葉を聞いた途端、急に自らの罪を告白する。彼女はその衝動に駆られた理由を次のように語っている。

藤七の云ふ通りに、喜多雄兄さんの所為にしてすましたのですけれど、本当はわたしのこの手が兄の喉を圧へつけたのです。それを喜多雄兄さんは御自分の所為のやうに、今思つてゐるのなら、わたし怖う御座いますわ。喜多雄兄さんが、無実の罪だつたことも知らないで青い顔して、狂人らしい目をして御自分の手を兄殺しの手としてボンヤリ見てゐることを思ふと、わたしぢつとしてゐられなくなりました。(三)

つまり自分が犯人だと喜多雄が「思つてゐる」ことが彼女にとって何より「怖」く、そしてその様子を「思ふ」ことが耐えられないというのである。そのような思念にかられた彼女は冷静でいられなくなり、「自分の手を出して電燈の光で見ながら物狂はしい態度をする」のである。

寺濱は喜多雄のことを「むしろ狂人になり切つてる方が、兄さんのためには幸福なんでせう。なまなかに、ボンヤリした自意識があるのがみじめです」と述べているが、それにかよ子は同意し、「死んだ兄は、兄弟に殺されたにしても、魔物とか何かの手で殺されたにしても、恨んでもゐないのだらうと思はれますわ」と答える。豊次郎の無抵抗に対する正確な説明にもなっているし、豊次郎のいう「幸福」を正しく感得しているということもわかる。加えて注意したいのは寺濱の「なまなかに、ボンヤリした自意識があるのがみじめです」という発言である。寺濱について山本芳明は「豊次郎の妄想の世界を自ら体現してしまったかよ子と、その世界の前でたじろぎ、かよ子を〈狂人〉として排除することで自らの世界を守ろうとする」、「常識ある第三者」[*19]としているが、その彼をして「自意識」のあることは不幸だと語らせていることは注目に値する。豊次郎の考える、思念や自意識から逃れること、死こそ「幸福」であるという命題は、第三者である寺濱においてすら否定も相対化もされることなく共有されている。

そしてこうしたテーマは当時の一部の観客にも感得された。宇野浩二は観劇の後「自分たちは芝居が済んで、これから一二時間もしたら、あんな気持を忘れることは出来るだらうが、あれを作つた天才（ヒステリイ）は彼自身の腹の中にあれを持つてゐるのだから、四六時中気の安まる時がないだらう」（「正宗白鳥の印象」前掲）という感想を抱く。宇野はこの劇から「四六時中気の安まる時がない」人間を見出し、そのような意識を常に蔵している人間を思い、嘆息している。また川端康成「恐るべし天才白鳥」（前掲）も、ただに同作への「感動」を述べているだけではない。「感動」を覚えた挙句「しかし自分はどうなるのだ。顧みて自分に絶望を感じ、自分の仕事が厭になり、打拉がれた気持で動きがとれない」というように、自意識に苛まれている様が記されていたことは、これまで見逃されてきた。川端は続けて「天才を身近かに見ない方が幸福らしい。目前に天才を見るよりは「かよ子」のやうに絞殺されるのが「人生の幸福」らしい」と述べている。自意識からの逃避というテーマに自らを照らして、感想を記していたのである。

5

「人生の幸福」の最後かよ子は「あの時豊次郎兄さんにおとなしく絞殺されてゐたら、却つて幸福だつたかも知れませんわ。逃げようと思つたばつかりにあんな恐しいことをして……先生、わたしはこれからどうしたらよろしいのでせう」と寺濱に訴える。今のように喜多雄のことを考え続けて生きるくらいなら、あの時死んだ方が「幸福だつた」というのである。つまり生きている限り意識から逃れられないという事実に直面し、しかしそれでもなお生き続けていかなければならない「これから」を思い、戦慄いている。このような対話を交わす二人に「顔は分らない」一人の男が「野卑な嘲笑」を浴びせて幕となるが、この「野卑な嘲笑」の意味とは何か。自意識の消滅の希求といった、インテリの形而上学めいた問題など、なるほどそれを共有しない者にとっては「嘲笑」に値するような悠長なものに過ぎないだろう。知識人的な自意識過剰に対する自嘲が託されているのではないか。[*20] しかしだからといって自意識をはねのけることはできない。

「憂鬱の唄」（『婦人公論』大一三・八）という、胸中に浮かぶ「憂鬱」を綴った随想風の小説が白鳥にある。「憂鬱」を書こうとしても「その気持は自分で感じてゐるばかりで」あり、「机に向つて筆を採つてゐる時には、本当の憂鬱は私の胸の奥の方へ隠れてしまつて、言葉や文字はたゞの空言のやうになつてしまふ。――昔から今まで誰れでもさうであらう」とある。「本当」を書こうとすれば、そのものはかえって遠のいてしまう。自然主義全盛期の「有るがまゝ」からの疎外、言葉への不信という問題は、未だ白鳥にとって問題であり続けている。この問題は、劇に対する世間の無理解を慨嘆する「劇場と饗宴」の磯村において反芻されている。一方「昔」と異なるのは、「私」は「私」そのものの消失をまで希求しているということだ。「このおれが死んだら、憂鬱の影が世界から消えるだらう」とあるように、死による「憂鬱」からの解放を「おれ」は夢見る。しかし「塩の塊りになつた人間」という、旧約聖書のロトの妻と思しき挿話を引き合いに出し、「塩の塊りになつた人間の方がもつと幸福だ」としても「おれは思ふ、それは嘘であらう」と、その挿話を即座に退ける。現実には人間は人間でしかないのであり、その「憂鬱」を抱えたまま生き続けるしかないことを「おれ」は改めて思い、さらに「憂鬱」にかられる。

「小説に倦んでゐたといふこと丶、大地震から受けた刺戟とが、私をして戯曲に筆を執らすことになつた」(「他人の目と自分の目と」『新潮』大一五・七)と白鳥はいう。関東大震災を振り返った文章の中で、「人類」は「他の生物のやうに無智であるか、あるひは非常な迷信を抱いてゐるかしない限りは、絶対な平和は得られないのだ」(「大地は揺らぐ」『中央公論』大一三・六)と述べている。「無智」でもいられない、「迷信」にも逃げられない「人類」には、ついに「平和」は訪れないというのである。このように、人間は意識から逃れることができず、不安定な生を手探りで生き続けるしかないというモチーフが同時期の白鳥の作品に頻出している。このモチーフが、謎を謎のまま放置することで、あたかも人知の限界を体現するような同時期の白鳥の作品群を下支えしていたのである。そして知性的なものへの疑念は、「魔術」を誇示していた人間がそれを剥奪され、「枯木」のように倒れ、ただのモノと化すまでを描く「梅雨の頃」(『演劇新潮』大一三・七)、連歌師紹巴の言葉に過剰な意味を読み取り翻弄される明智光秀と、当の紹巴のみじめな実態を描き「藝術家なんてこんなものだ」[*21]という思いを込めたとされる「光秀と紹巴」(『中央公論』大一五・六)などといった戯曲作品で象徴的に描かれている。

「人生の幸福」はじめ同時期の作品群は、川端康成ら「新進作家」たちに白鳥に目を向けさせる契機となった。川端康成は「表現に就て」(前掲)の中で「言葉」や「現実」を自明視している既成の文学を批判し、新感覚派が共有しているだろう問題意識を確認している。そして「現実」とは「凝視すれば」するほど「より多くの懐疑に陥る」のが必然であり、その結果、ゲーテ、ポウ、ストリンドベリ、チエホフら「現実に強い凝視を向けた」文学者は「現実の彼方に出て了つた」。川端はこうした文学者と並べて白鳥の名を例に出す。「徹底現実主義者の正宗白鳥氏にしても、魂の妖気を感覚的に感じるやうになつた」というように、共感をもって言及された「既成作家」は、白鳥ただ一人であった。

その後白鳥は文藝時評の分野に進出するが、青野季吉や小林秀雄らとの論争などで〈私〉の実感を根拠におく「私批評」と称する保守的な態度に貫かれた評論活動を展開したという見立ての中で、〈モダニスト正宗白鳥〉とでもいいうるような評価は埋没してしまう。しかし「人生の幸福」はじめこの時期の作品群を、〈私〉への根底的な懐疑を蔵するものと見なせば、「実感の率直な表白[*22]」などという定評がある白鳥の評論についても再考を迫られる。

注

＊1　執筆難の時期については、突如帰郷した白鳥と、白鳥に代わって実家を切り盛りしていた次弟敦夫との確執をめぐって多く論じられている。松本鶴雄『ふるさと幻想の彼方――白鳥の世界』（勉誠社、一九九六）などを参照。なお敦夫と白鳥との関係については第一章で触れた。

＊2　武田友寿『「冬」の黙示録――正宗白鳥の肖像』（日本ＹＭＣＡ同盟出版部、一九八四）

＊3　山本芳明『文学者はつくられる』（ひつじ書房、二〇〇一）

＊4　山本芳明「正宗白鳥と〈私小説〉言説の生成――〈出来事〉としての「人生の幸福」――」（『学習院大学文学部研究年報』52、二〇〇六・三）

＊5　山本芳明「心境小説と徳田秋聲」（『文学』二〇〇一・七、八月号）

＊6　上田穂積「記述としての観察者――「順子もの」への視点――」（『日本近代文学』第59集、一九九八・一〇）
＊7　大木志門『徳田秋聲の昭和　更新される「自然主義」』（立教大学出版会、二〇一六）
＊8　同時期の川端康成の文学観・表現観については片山倫太郎「川端康成の思想構造――その表現理論と主体――」（『国語と国文学』二〇〇〇・五）、仁平政人『川端康成の方法――二〇世紀モダニズムと「日本」言説の構成――』（東北大学出版会、二〇一一）を参照。
＊9　安藤宏『自意識の昭和文学』（至文堂、一九九四）
＊10　大笹吉雄『日本現代演劇史　明治・大正篇』（白水社、一九八五）
＊11　すでに多くの指摘がある通り初出は未詳。旧版『川端康成全集』第十六巻（新潮社、一九七三）の解題には大正十三年十一月六日『時事新報』に発表とあるが、同紙にこの文章は見当たらない。帝国ホテル演藝場での上演が十一月三日から五日であり、川端の批評に反応した立花寛一「ありがたう、川端康成君」が十一月十七日の『読売新聞』に掲載されている。このことから川端の同文は上記の間に発表されたということはわかる。なお、立花の文章には「今朝時事新報（略）を見て」川端の文章を読んだとある。「恐るべし天才白鳥」はやがて『新潮』（大一四・二）の「新著だより」に再掲されたが、そこにも「時事新報」掲載とある。
＊12　同時期に戯曲が多くの小説家によって書かれたことについては石川巧「方法としてのレーゼ・ドラマ」（『日本近代文学』第51集、一九九四・一〇）を参照。既成作家たちは「様々な情景や心理を地の文として事細かに描き切らねばならない小説的言語に新風を吹き込むものとして」レーゼ・ドラマに可能性を託したと論じている。
＊13　「影法師」をめぐる同時代の評価と、表現主義映画・演劇との関連については阿部由香子「正宗白鳥『影法師』における「夢のやうなもの」」（共立女子大学『文学藝術』第27号、二〇〇三・七）で明快な整理がなされている。
＊14　永平和雄「白鳥戯曲の本質」（『現代文学講座』（7）至文堂、一九八〇）

＊15　ベルトルト・ブレヒト「実験的演劇について」（『今日の世界は演劇によって再現できるか――ブレヒト演劇論集』千田是也訳編、白水社、一九六二）。初出は一九三九年。

＊16　本田満津二「序」（ルイヂ・ピランデロ『六人の登場人物』金星堂、大一三）を参照。この作品は土方与志演出で、大正十三年十月に築地小劇場で上演された。

＊17　冒頭「努めて快活を装つて」とあるように喜多雄もまた「不安定な心理状態」に「最初から」あったと瓜生清は指摘している（「白鳥戯曲のリアリティー――戯曲「人生の幸福」をめぐって――」（『福岡教育大学紀要　第一分冊』第57号、二〇〇八・二）

＊18　柳井まどか「白鳥戯曲の世界――「人生の幸福」――」（東京工業大学『人文論叢』17、一九九二・三）

＊19　山本芳明、＊4と同。

＊20　この頃白鳥は島田清次郎につきまとわれ、そのことを小説「来訪者」（『新潮』大一三・九）に書いている。安達（＝島田）の自意識過剰ぶりや「痴者か狂人か」と思わせる言動に辟易した「私」だが「本当の狂人ぢやないな。あれが文学青年の標本だよ」と妻に話したり、さらには「自分の心身にも、安達に似通つたものが絶えず潜んでゐるやうに」感じたとあるように、「私」は安達に自分の一側面をみている。

＊21　正宗白鳥「文壇的自叙伝」（『中央公論』昭一三・二～七）

＊22　亀井秀雄「自己表現としての批評」（『岩波講座文学9　表現の方法6　研究と批評』上、岩波書店、一九七六）

第八章

「文藝時評」における書くこと——青野季吉との論争を中心に

1

戯曲の執筆を盛んにしていた時期の終わり頃と並行して、白鳥は『中央公論』誌上で「文藝時評」の連載を大正十五年一月号よりはじめる。白鳥自ら「可也り評判がよかつた」(「文壇的自叙伝」『中央公論』昭一三・一二〜七)と振り返っているが、一方で批判を含む様々な反応を巻き起こしたのが一連の「文藝時評」であった。例えば『現代日本文学論争史』上巻と下巻(平野謙・小田切秀雄・山本健吉編、未来社、一九五六〜一九五七)には、白鳥が関わった論争として「既成文壇の内部論争」(正宗白鳥・永井荷風・佐藤春夫)、「批評方法に関する論争」(正宗白鳥・青野季吉)、「思想と実生活論争」(正宗白鳥・小林秀雄)が収録されている。こういった論争はいずれも大正末期から昭和初期にかけて、白鳥が『中央公論』のほか『文藝春秋』『読売新聞』などの媒体において、文藝時評というカテゴリーで発表された文章にまつわる形で交わされている。

白鳥は文藝時評をはじめて以来「自分が明らかに文壇人であるといふ感じ」を覚えるようになり、さらに「詰まらない戦闘的気分」までも感じるに至ったという(「文学と宗教」『中央公論』大一五・五)[*1]。文藝時評の連載を通じて白鳥は「文壇人」として、あるいは論争家として、自身を認識するようになっている。

亀井秀雄はこの時期の白鳥の評論を論じて「いかにかれが意識的な文壇生活者であったかがよく分る」とし、その批評の根底にあるのは「同時代文壇人との共生感に貫かれた現場尊重の実感主義」であると述べている。「私」の「実感の率直な表白」を特徴とする批評、すなわち「私批評」を白鳥は唱えているが、しかし「私」の「実感の表現がそのまま無条件的に説得力を発揮して他人の心を撃つという保証は、どこにもありはしない」。それを可能と白鳥が考えているのならば、その言論活動とは文壇における共通了解を前提としてなされているに過ぎない、という。[*2] 白鳥の価値判断の根底にあるのは文壇意識であった、という考察は興味深い。しかし亀井の論に限らない、白鳥の評論についてほとんど前提とされていることについて、疑念がある。「かれの説く「私批評」とは、簡単に言ってしまえば、実感の率直な表白ということであった」と亀井はいうが、しかし白鳥その人は果たして「実感」は「率直」に「表白」できるものだと考えていたのだろうか。

確かに当時から白鳥の評論は「決して時流にまきこまれず、唯文学思想上の好尚概念に囚はれず、常に人生に直面して、率直に独自の見解を仕いて(ママ)ゐる態度は、最も尊敬すべき点である」（無署名「文藝春秋」『文藝春秋』大一五・八）など、「独自」の「見解」を「率直に」表現しているという評価が多々なされている。しかし白鳥は「私は「評論」など執筆しながら、刻々に自己の心に浮ぶ思ひをそのまゝに書き流すことの困難にたび〴〵気づいてゐる。（略）私は今度も時評の筆を動かしながら、本当の「私評論」の六ケしさをつく〴〵感じた」（「断片語」『中央公論』大一五・八）など、「私」の「思ひ」を書くことの困難をしばしば述べていたことは、注意すべきである。

白鳥が「私批評」という言葉を用いたのは、「批評方法に関する論争」と後に名付けられた青野季吉との論争においてであった。この論争について臼井吉見は「既成文学の心境小説」と対応する「私批評」と、「プロレタリア文学の進出」につながる「社会科学に基づく客観批評」との対立を示しているとしている。[*3] 臼井の整理を受けて保昌正夫は「白鳥流の「私批評」は気随な、そして自由な文藝時評等の在り方にひろく影響したわけだし（たとえば、川端康成のそうしたものなど）、青野の説いた「社会」性には、さらに「目的」的、尖鋭的なみがきがかけられて行つた」と述べている。[*4] このようにこの論争は、既成文学の書き手による素朴な「私」の実感を基にした批評と、プロレタリア文学の方法意識に基づいた「客観性」を目指す批評との対立を示しているものとして捉えられてきた。最近の研究でも、例えば大澤聡は、白鳥は青野の「一面性を批判」し、青野は白鳥の「主観性や恣意性を批判」している、と整理している。[*5] 一方、文学における「技巧」の重要性について、白鳥が青野に強く主張していたことに注意を促しているのは、兵藤正之助である。「技巧」に「没入する」ことによって「死の恐怖に抵抗」しようとしている白鳥が浮き彫りになると論じ、当時の白鳥の一端を示しているのは示唆に富む。[*6] しかし兵藤の論もまた、右の「私批評」対「客観批評」という図式を出るものではない。そして白鳥のいわゆる「私批評」で展開されてきた「私」を書くこと・認識することの困難、という問題にまでは至っていない。

この論争と、その周辺で書かれた両者の言説をよくみれば以下のことに気づかされる。第一に主観性や恣意性への批判については、片方が片方を一方的に論難するということにはなっていない。双方が双方の主観性・恣意性を批判するというやり取りになっており、このことはこれまで見逃されてきた。第二にこうした主観的／客観的などといった整理からは、ある重要な論点が抜け落ちてしまうことになる。その論点とは〈書くこと〉をめぐる問題であり、このことは「技巧」の重要性に言及した兵藤正之助を除いては、ほとんど顧みられてこなかった。

2

論争の発端は青野季吉の発表した「現代文学の十大欠陥」(『女性』大一五・五)であった。現代の文学が心境の描写や、都市生活者の享楽の描写に終始している様相をまず批判し、そして「世界をいろ〳〵に説明し、いろ〳〵に描写し、いろ〳〵に味へることは現代の文学のよくするところである。しかし肝要なことは、「世界を変更」することである」という主張でとじられる。もちろん「世界」を「説明」するのではなく「変更」することが「肝要」だという言い回しは、マルクス「フォイエルバッハに関するテーゼ」の言葉を基にしており、青野は同文から受けた影響を「根本的の不満」(『文藝行動』大一五・三)で記していた。

この中で以下のような論点にまず注目したい。昨今の文壇において、例えば『新潮』合評会のような既成文壇の集合とも目されるような場で「積極的な問題」として取り上げられるのは「常に作品の技巧上の巧拙」であり「その内容、それを裏付ける思想などが、広い立場から論ぜられるやうなことは滅多にない」という論点である。既成文壇ばかりではなく新感覚派までをも含めて「工人同志がお互ひに寄り集つて」、「お互ひにのみの入れ方やみがきのかけ方を語り合ふといふに過ぎない」というのが「今日の多くの批評」だとする。そして現代の文学は「個人印象的にとゞまり、無思想的、無苦悶的となり、享楽的なもの」に終始し、「それ以外に変化を求め、新を示すことが」できず、「老作家」まで「引張」出されて、ただ技巧の巧拙だけが論じられているとしている。

こういった青野の発言からうかがえることは「思想」に比して「技巧」というものを軽視している、あるいは両者を完全に別のものとして捉えているということである。この点について白鳥は以下のように批判を加える。

現実の人間を生き〱と表せよと云ふのなら、それを現すのが、文学の技巧である。氏自身の嫌つてゐる技巧である。絵に於いても同じことであるが、技巧が下手だと、書いたものに生命がないし、技巧が上手だと、書いたものが生々として来るのだ。

(白鳥「批評について」『中央公論』大一五・六)

読者に何ごとかの反応を生じさせるか否か、その成否を左右するのは「技巧」であろう。果たしてこの問題を軽視していいのだろうか、というのである。白鳥は自身の創作上の経験に触れ「文学に筆を採りはじめた頃から、自分の耳目に触れ心に映じた人生世相を描き、自分の喜怒哀楽の感情を写さんとしても、才分と訓練を欠いでゐるため、筆が萎けて書き了せなくつて絶えずもどかしい思ひをしてゐた」ということを書き添えて、念を押している。

右のような発言を踏まえて青野の文章を読むと、現代の小説が「身辺印象的」「個人経験的」に過ぎるということを論難している箇所が、注目される。

個人の心境の描写もとより可なりである。個人の経験、個人の印象もとより結構である。いな、すべての認識と、すべての考察とがそこから出発するものであることは、説明するまでもなく明らかなことである。しかしそこにとどまつて居り、そこに耽つてゐたのでは、たゞの個人の印象であり、個人の心境であるといふに過ぎない。そこに何ほどの価値があらう。

（青野「現代文学の十大欠陥」）

個人がすべての出発点であることは当然であるが、だからといって個人が抱く印象や心境を描くだけというのは、およそ生産的ではない。ところが昨今の小説は個人の心境・経験・印象がそのまま書かれているだけに過ぎない。このように青野は批判しているが、ここで彼が見逃している問題がある。いったい誰が思ったこと・経験したことをそのまま書くことができるのか、という問題である。ある人が感じたこと・考えたことが、多くの現代の小説にはそのまま描かれている、ということを自明視している。だから白鳥は、自身の書くことにまつわる「もどかしい思ひ」について言及せざるをえなかったのである。

「私」を書くことなど極めて安易かつ容易なことだというのが、青野の述べるような「心境小説」「私小説」否定論の前提となっている。この前提は、私小説に日本文学の本道があるとする久米正雄や宇野浩二らと、西洋の小説を引き合いにして私小説の矮小性を批判した中村武羅夫・生田長江らで繰り広げられた、後に「私小説論争」と呼ばれる論争に横たわっている前提とまったく同様である。つまり「人の生活」を「如実に表現」することは「云い易くして、実は容易ではない」と、釘を刺している久米正雄（「私小説と心境小説」『文藝講座』大一四・二）を例外として、例えば「自分のことよりほかには書かない作家、若しくは書こうとしない作家」（中村武羅夫「本格小説と心境小説と」『新小説』大一三・一）とか、「作者の直接体験をその儘に描いたもの」（生田長江「日常生活を偏重する悪傾向」『新潮』大一三・七）などという言い方からわかるように、そもそも「私」は十全に書きうるのかという問題は、およそ等閑視されたまま議論が進められている。梅澤亜由美は私小説をめぐり、志賀直哉「范の犯罪」（大二）などを念頭に置いた上で「作家たちは、私小説を書くこと、「私」や「事実」を描きだすことで、否応なく「事実」や「私」の問題に直面していたのではないだろうか」と問題提起をしている。[*7] しかし少なくとも「私小説論争」では、「私」を書くことの困難に触れている久米においても、それは部分的な指摘にとどまっているし、ましてや他の論者においては、そういった問題への言及はない。書くという行為そのものが度外視されるという事態は、〈プロレタリア文学者〉〈ブルジョワ文学者〉を問わず、同時代的な傾向としてあった。

　そのような中白鳥は、田山花袋（「作者の心の火」『時事新報』大一五・四・二九〜三〇）までもが「私小説」に「欠伸を洩らすやう」なことをいい始めたことに驚きつつ、「しかし、私はこの頃になつて、小説でも戯曲でも、批評でも、自己発見自己表現のための小説であり戯曲であり、批評であり、その他の何でもないと思つてゐる」と述べている（「批評について」）。「自己」をそのまま書いているだけに過ぎないと謗られる「心境小説」「私小説」だが、誰にとっても「自己」はそのままには書けず、また認識できないものである。ゆえに「自己」とは未だ「発見」されるべき謎としてあり続けると述べ、同時代的な共通了解に対し苦言を呈するのである。

　白鳥は青野に対して「多くの評家が首肯しさうなことが云はれてゐる」とか「何時の世にも通じさうな空疎な批評学」（「批評に就いて」）と述べているが、それは〈書くこと〉〈知ること〉という具体的な場を捨象して、青野がほとんど空中戦のレベルで批評的言辞を連ねることに対する批判として捉えられる。一方青野は「正宗氏の論考も「何時の世にも通じさうな」ものとして、非難さるべきではないか。批評家の実感の現れない批評は、もとより批評ではない。それはいつの時代だつて通用する言葉である」と論駁しているが（「私の批評に就いて――正宗氏及び諸家の論難を読む――（上）」『読売新聞』大一五・六・一五）、その「実感」を余すことなく言葉にするのは難しい、というのが白鳥の批判の要点なのである。亀井秀雄は両者の対立を整理し、白鳥は青野のことを「文壇的共感性」の埒外にある者、私小説や心境小説に対する「外在的な批判」者として捉えていた、としている。そして文壇の擁護者たる白鳥には、青野が今の文壇に対して批判的な意識を抱くに至る「実感」への「想像力」が欠如していたと論じているが、[*8] それは一面的に過ぎる。ここで白鳥は、言葉や、亀井の言葉を借りれば、「私」への「厳密」な「把握」を欠いたまま議論がなされていることを非難しているのである。

白鳥は、青野の近著『解放の藝術』（解放社、大一五）への感想を述べた「青野氏・岸田氏・谷崎氏」（『中央公論』大一五・九）で、「詩もなく警句もなく、自己の体験の浸み出たところもない」とか、「私の如く長い間迷妄に彷徨してゐたのでもなく、また天性藝術慾の薄いらしい氏は、無用の長物である筈の文学などには唾を引掛けて、自己の天性に適した他の方面へ向つたらい丶やうに思はれる」など、かなり激しい言葉遣いで青野を批判していることが目を引く。この文章の前月に白鳥は「古典を読んで」（『中央公論』大一五・八）で、多くの評家が「技巧はどうでもい丶」とか、技巧についての「苦心」など「無用」だとしていることに対し、それは「文学その者が無用な長物であると云つて」いるのと等しいのだ、と述べている。そして技巧に一切の注意を払わず、「今日の社会の欠陥を非難し、あるひは文壇や劇壇の沈滞を嘲り、あるひは農民藝術の必要を強説して、一通り分つた顔をする程度の論文なら、私にだつて雑作なく出来る」とまで述べている。こういった発言を踏まえると、青野の文学者としての資質を問うような激しい非難の所以がみえてくる。「自己の体験」など、具体的な指示対象を言葉によって表現するということへのこだわりがないならば、「彷徨」と呼ぶべき葛藤も生じないだろう。そうであれば、なるほど言論活動など誰にでも「雑作なく出来る」ものだ、といいたいのである。

青野による最後の反論文「正宗氏の批評に答へ所懐を述ぶ」（『中央公論』大一五・一一、以下「所懐を述ぶ」とする）末尾に「こ丶に書き記したことは、尽さずと雖も、私の平素の所懐である」とある。「平素の所懐」を書き終えたという青野に「尽さず」という局面はおそらく問題とされていない。「と雖も」と書き添えていることに、書くことに対するこだわりの不在が見てとれる。結局言葉（とその機能）をめぐる問題において、青野は終始このことを問題点として認めることはなかった。

3

蓮實重彥は大正期の文藝評論について「幾つもの「標語」の周辺を旋回し続け」るだけで「事実の分析＝記述へと向かうことはごく稀」であり、その結果「同じ一つの言説の大がかりな反復」となっている、と概括している。[*9] 白鳥の評論は「分析＝記述」の困難を言いつのっているという点で異色であった。そしてこうした論点は同時代においても十分に理解されなかった。書くことという問題への無関心は、白鳥を擁護する〈ブルジョワ文学者〉においても変わらない。青野の白鳥への反論文「私の批評に就いて」に対しては「甚だシドロモドロ、畢竟青野も文学青年に他ならずと思はしめた」（無署名「不同調」『不同調』大一五・八）とか「要するに青野氏などの論客には直接鑑賞批評をさせて見るにしかない。（略）これは階級精神に嵌らないから駄目だとかいふ十把一束的批評しか出来ないではないか」（堀木克三「批評壇を観る」『太陽』大一五・八）などという批判がなされている。しかしそれら批判文においても白鳥が提起した問題への言及は一切ない。

ただし青野の反論は、言葉に対する鈍感さは否めないものの、白鳥にとっては重要な問題を孕んだ論となっていた。青野は最初の反論で、白鳥ら〈ブルジョワ文学者〉に顕著なのは、自己相対化の欠如であると指摘する。白鳥が「成心」、つまりマルクス主義的な色眼鏡をもってして物事を見、書くのではなく「人生世相を巧みに描くことを藝術の第一歩とし（略）その真相を書きたい」（「批評について」）など、ありのままに物事を見、書くことを志すと述べていることに対し青野は、「正宗氏等の「直覚」や「直接経験」の立場も、自身ではそんな階級的の立場を超越してゐるやうに考へてゐても、実は立派に有産階級的なものである」と批判している（「私の批評に就いて――正宗氏の藝術上の立場の階級的性質――（下）」『読売新聞』大一五・六・一七）。ここで青野が指摘しているのは、認識や思考の有限性についてである。「フォイエルバッハは、「宗教的心情」それ自体が一つの社会的産物であるということを、また、彼が分析する抽象的個人が一定の社会形態に属していることを、見ない」（マルクス「フォイエルバッハに関するテーゼ」[*10]）といった発想を、白鳥に応用している。ニュートラルな立場から客観的に見ているというのは錯覚である。ある人の属する階級（経済的土台）がその人の物の見方を無意識に規定している。しかし白鳥はそのことに無自覚なまま言葉を発している。客観性を装う白鳥の物言いや発想とは、ある限定された立場からなされているものにすぎず、直ちに相対化されるものでしかない。階級意識に明敏な「我々」には、白鳥はじめ既成作家らが「己れ等のみ人生世相をつかんだやうな顔をしてゐるのに」対し、有産階級者的な認識の典型が見て取れる、というのである。

青野は以降、白鳥との論戦においてこの論点を全面に出していく。「私批評」を唱える白鳥の批評だが、おかしなことに「一連の人々の年来の批評と符節を合してゐる」。なぜならば、そのような「私」＝白鳥の個性とは「日本の知識階級の意識の一つの反映」に過ぎず、「思想的に言ふならば知識階級の自由主義的思想の一つの現はれに外ならない」（「所懐を述ぶ」）からだ。個性をうたう者が無自覚のうちに陥っている凡庸さ。その人をその人たらしめている社会的条件に対する自覚の欠如を白鳥に突き付けた。

以上のような、認識の限界を指摘されたことは白鳥にとって大きな問題であった。それはマルクス主義に対する白鳥の無知が暴かれたからだ、ということではない。このやり取りが興味深いのは、実はこれと近似したことを白鳥は繰り返し述べて来たのにもかかわらず、それと同じ発想において自身が批判されたという事態が出来しているからだ。

そもそも『中央公論』における「文藝時評」連載第一回に、それは記されていた。博物館で仏画を鑑賞し、美術に通じた人から「筆者は明らかでないが、これは平安朝の初期の作品である」「これは筆力が鎌倉の初期を示してゐる」といった解説を受けて、「いかに個性のつよい者」であっても「時代」の影響下にあったということに思い至る。翻って自身も、そのような拘束の下に感じ、書いてきたのだということに、改めて気付かされる。

西行法師はいかに独創の人であつたにしても、要するに新古今時代の歌人で、明治の歌人の如く歌ふことも出来なければ、万葉の歌人の如くにもなれなかつた。私などが、いかに人生を観じても、いかに独特の人生描写を試みたにしても、そこに宿る思想、そこに現れる文体などが、明治大正のにほひから脱却することは出来ないのである。疑ふのも大正の人らしく疑ふのである。信じるのも大正の人らしく信じるのである。

（「文藝雑感」『中央公論』大一五・一）

マルクス主義の術語が用いられていないだけで、自身の認識の有限性、存在の被拘束性を述べている点では、青野が白鳥を論難したことと同様の発想をしていた。白鳥は上の言葉に続けて「私も幾分の社会主義的の見方にさへかぶれてゐる」と述べているが、自身にも時代の思潮が無意識のうちに浸透しているのではないか、ということを述べている意味で、これは冗談の類ではないのである。

従って白鳥は青野との論争において、「社会的の現象なり、現実なりを批判し、考究して」感得した「思想」（青野「現代文学の十大欠陥」）が、本当に「実相」を捉えているのか、誰がそれを保証できるのか、超越的であろうとしても誰も超越的になどなれはしない……と反論すべきであったのだ。現に論争の最中、青野の『解放の藝術』を読み「私が十数年おそく世に生れたなら、この論者のやうな意気込みをもつてかういふ評論を書いたであらう」とか、「青野氏なども徳川末期に生れてゐたら、鎖国討幕、尊王攘夷に熱中したかも知れない」（「日記抄（七月二日）」『文藝春秋』大一五・八）など、冷やかし半分ではあれ、青野をはじめとした若い世代のマルクス主義熱を、「時代」というコードを用いて相対化していたことは注目に値する。ある人の物の見方には必ず歴史的・社会的条件が反映されるのだから、客観的な観点などありえないという主張は、そのようなことをいう、まさにその人にこそ突きつけられるはずである。しかし当の青野の言説には、自己相対化という観点が全く認められなかったということは注意すべきである。

認識の有限性を前提として物事を語るという姿勢に、その後白鳥はこだわり続け、折に触れ記している。青野もその関心の広さに驚嘆していたが（「論争の文壇を観て（下）」『読売新聞』大一五・一二・五）、森戸辰男が社会科学を説明している文章（「闘争手段としての現代教育」『改造』大一五・八）にまで白鳥は反応を示す。社会科学的考察を「気象台」の天気予報に喩えている森戸に対し、「気象台」の出す予報と社会科学者が出す予想を果たして同一視していいのか、「社会科学者は、果して純客観的態度でゐられるであらうか。同じ予報を出すに当つて、そこに主観の色が少しも加らないであらうか」と疑問を呈している（「森戸氏の譬喩」『中央公論』大一五・一〇）。

これに対して大山郁夫はやはり「フォイエルバッハに関するテーゼ」を引きつつ、白鳥はあたかも「超越的立場」から批判をしているつもりなのだろうが、それは妄想にすぎないとしている。青野が白鳥に述べた批判と、同型の反応を示している。そして大山は、社会科学者には「自己批判が常に要求されてある」としつつも、結局は「社会科学の予言は、科学的に正当な方法で行はれる限りは、自然科学の予言と同様に、正確であるべき筈のものである」ということを主張している（「社会科学と文壇の自己隔離――正宗白鳥氏の森戸辰男氏評を読んで――」『中央公論』大一五・一一）。このように大山においても自己相対化の局面はおよそ看取できない。ともあれ、ここで白鳥の評論を貫く特殊な観点、入射角というものが浮上してくるのではないか。あたかも自由自在に、筆の赴くままに展開しているというような定評のある白鳥の評論だが、そこに底流しているのは、知ることの限界と、書くことの困難・不可能性という問題なのである。

4

一連の論争のさなか、認識の相対性という問題について、青野にある変化が生じたことが見てとれる。「文藝批評の立場に就ての若干の考察」（『新潮』大一五・九）で青野は「所詮は、各々その立場に立つて物を観るより仕方がない」と述べているのである。

ここでも青野はやはり白鳥や広津和郎、宇野浩二らの批評に対し「虚心坦懐的と思ひ做してゐることが、一つの幻想」でしかない、というように、白鳥を中心とした既成作家による文藝評論への批判を述べている。しかし青野はそれに加えて次のような言葉を記している。「私は与へられた文藝作品を一つの見地から、唯一の見地から「批判」する。すなはち階級闘争の立場から「批判」する」というように、青野が取る観点も一つの観点に過ぎないということを明確にしている。また一連の既成文壇との対立を整理して「我々を非難する側と、我々との違ひは、我々が意識的に、階級闘争の立場に立つてゐるといふ一点にすぎない。「成心ある者」と無いもの、藝術を解するものと解さぬものとの違ひでは無い」としているが、このような説明であれば白鳥も納得できたのではないか。しかし奇しくもこの文章と同月に、白鳥の青野への再批判が掲載され、青野はもう一度白鳥への反論の筆を執る。そこにおいてある種の後退が認められる。

青野は最終反論「所懐を述ぶ」について後年「聊か平静を濁した」「自画像的な素描」（「未完成自画像」『群像』昭二五・五）と回顧しているように、「自身の過去」について多くを書いている。それは、なぜ文学などに「未練」がましくこだわっているのか、実際的行動になぜ身を投じないのかといった、白鳥が述べた疑問への応対としてなされている。そもそも白鳥が青野の文学者としての素質云々をいったのは、言葉に対する鈍感さを非難するためであった。しかし青野は白鳥の苦言をそのようには捉えず、自己と文学との関係がいかに密接なものであったのかを語り出す。

幼くして両親を失い、乳母は極貧の中「自らくびれ」、妹も死ぬ。「封建的中産階級」の「衰亡」を身をもって経験しているさなか、自然主義文学が「恐ろしい麻睡力をもつて私に迫つた」。しかし「社会の経済的機構の研究、社会主義の思想」が彼を「文学的迷妄」から救った。「社会思想の方の考へが、多少とも深められていつて、社会の上層建築の実相、それにたいする闘争の意義を、知つてから」再度文学を「問題」とするようになり「正宗氏をもふくめてブルヂヨアジーの文学の崩壊を早め、新興階級の文学を育てることによつて、闘争を激化」させたい、と考える現在に至る。こうした経緯を文学の「麻睡力」への対抗、あるいはその力を逆利用し、イデオロギー闘争の一環として文学活動を行っている、というように捉えれば筋が通る。しかし青野は次のような言葉を急いで付け加える。

若し私が、藝術運動こそ社会を変更する唯一の仕事だといふ如き暴論を吐いたならば、同志よ、社会の苦しめる人々よ、私の体に石を投げよ。私が果して、藝術を論じて我事終れりとしてゐるのであれば、同志よ、世の苦しめる人々よ、先づ来つて私を鞭打て。「男子一代の事業を文学以外に求める気はないか」と正宗氏は言ふ。私は幸にしてそんな個人主義的なヒロイズムの匂ひのする気持は抱けないのである。（青野「所懐を述ぶ」）

藝術（文学）運動は政治運動に対して二義的なものだと明言している。ならばやはり、なぜ二義的とするところの文学運動に携わろうとするのか、そのような疑問を結局は招き寄せてしまう。「自然発生的なプロレタリヤの文学にたいして、目的意識を植えつける」のが現今の文学運動であり、この運動はやがて文学運動を超えて「プロレタリヤ階級の全階級的運動」へと発展していくものである、という主張で知られる「自然生長と目的意識」（『文藝戦線』大一五・九）は、白鳥との論争のさなかに書かれている。この青野の主張を媒介にして、谷一が『文藝戦線』（大一五・一〇）誌上で「徒らに藝術の野に固執して、自己陶酔に陥」ってはなるまいと主張しているが（「我国プロレタリア文学運動の発展」）、こういった「同志」の発言は、当の青野にも直接跳ね返ってくる。*11 そして谷らの発言は（立場は違えども）白鳥が青野に呈した、なぜ文学にこだわる必要があるのか、といった先の疑問と図らずも通底しているる。青野が自身の運動にかける真剣さ、切実さを主張するのは、このようなジレンマを感得しているがゆえではないか。青野は白鳥の「藝術上の虚名に物欲しげな目」といった言葉に怒り、「名声に未練があり、虚名を欲しくば、何を苦しんで、現代に叛き、現代の組織の中にあつて、到底勝利の見込みもない闘争を選んで、そのためにあくせくするのか。名声や虚名は、現代に順応した仕事の中にごろ〳〵してゐる」と述べるが、このような物言いこそ「ヒロイズム」と極めて親和的なのである。

したがって右のような行論は、ほとんど後退として捉えられる。青野にとって白鳥との論争は、自己相対化の契機の一つたりえたはずだった。青野は白鳥の発想を根底から支えている下部構造を指し示した一方、自身の立場もまた選択された一つの立場に過ぎないのではないか、という自意識を持つに至った。しかし結局は自己相対化という観点は後景化され、その代わりに真率さ・純真さを高調して論争を閉じたのであった。

5

青野は論争の後、「島崎藤村氏の『夜明け前』を論ず」（『新潮』昭七・二）で白鳥を批判し、藤村とは違い白鳥は

「主張者」「闘争者」であり、「時代の転移に直面すると」たちまち「観察者」であることに自足できず「焦燥を現し」、ファシズムに加担したとしても「不自然でも何でもない」と述べている。これは裏を返せば、客観性を装った「観察者」として白鳥をもはやみておらず、「時代の転移」に敏感な存在として白鳥をみているということになる。また『夜明け前』を論じる手つきに白鳥との論争が与えた影響を認めることもできる。「社会の内的必然」の把握に難があるとしつつも、そこに「藤村氏自身の近代人らしい自己分裂」「自己批判」を見出し、さらに「その描写の確かさには驚歎するの外はない」と述べるなど、白鳥にその欠如を論難された論点を交えつつ、作品の個別性や可能性をすくい出そうとしている。青野は〈文学〉に〈還って〉いったのである。

最後に、論争以降の白鳥の評論活動について瞥見しておきたい。青野とあたかも交代するかのように、既成の文学に対する批判者として登場したのは大宅壮一だった。「岡山県の地主正宗白鳥氏の如きは、もはや如何ともし難き反動作家である」(「文学的自己清算に就て」『文学的戦術論』中央公論社、昭五)といった記述も目を引くが、「新潮合評会」を指して「大工や指物屋の棟梁が集まつて、家の部分々々の出来不出来を論ずるやうなもので、その作品全体がもつてゐる社会的、時代的意義にはほどんど触れてゐないのであつた」(「多元的文壇相」前掲書)と、比喩までも青野と似たことを述べているのは興味深い。[*12] さらに「作家はその対象を単に「ありのまゝに」描くばかりでなく、それに何等かの解決を与へなければならない」(「「文学」と「感情」との関係」前掲書)など、ありのままに書けるということを前提・自明としていることも、青野と全く同じである。白鳥は『文学的戦術論』で展開されている〈書くこと〉という問題を度外視しつつなされている主張に対し、やはりかつての青野に対してと同様、批判を加える。「たとへば、ある画家が大宅壮一の肖像を描いたとすると、その肖像を見た者は、「何を描いた」と思ふと、もに、それが上手に書けてゐるかゐないかなど、「如何に描かれた」かの批判が、直ぐに」浮かぶではないか。つまり「内容と技巧は互ひに離しがたきもの」であり、それを度外視して両者を意識的・操作的に分けようなどと考えるのは、机上の空論に過ぎないというのである（「大宅壮一その他」『中央公論』昭五・四）。

あるいは『日本プロレタリア傑作選集』（日本評論社、昭五）所収の小林多喜二「不在地主」を評して白鳥は「上べの事件だけで、農民の人生苦が底から染み出てゐるところがない。すべて上つ調子である。私は読みながら、現実の記録とさへ思はれなかつた」と酷評している。坪内逍遙、硯友社、小杉天外など明治文学を振り返ってみると「写実につとめてはゐたが、描くところがまだ皮相を免れ」ておらず、「写実といふものは、たやすいやうで六ケしいものである」ということを思い知らされる。翻って「『不在地主』その他の最新の文学」をみれば、「作者の見る目が正確であり、作者の筆に狂ひがなかつたとは思はれない。自分自身の日常生活を描いてさへ、真を極めることは、容易でないのだ。時代や他人の実相がさう無雑作に書けてたまるものか」と思わせられたという（「『赤穂浪士』その他」『中央公論』昭五・三）。その批判の当否は措くとしても[13]、ここでも書くこと、知ることの困難という観点において論評をしているということがわかる。

よく引かれる言葉だが「私の文学は才気や感興によつて生れるのではなくつて、すべて努力によつて現れるのである。石や土を運んでゐる労働者の如く文字を運んでゐる労働者である」と白鳥は述べていた（「私の文学修業」『夕刊時事新報』大一三・九・六〜一四）。労働を描くプロレタリア文学者が、書くという自らの「労働」をなおざりにしている様相は、白鳥には滑稽なものに映ったのだろう[14]。あるいは、書くことに苦心し「努力」を続けて来た自身のキャリアと引き比べ、その書くことに対するあまりの屈託のなさに、怒りすら覚えているのではないか。

白鳥はこれまでの文学史を振り返り「自然主義文学の「迫真」にしても、いかばかりか真に迫つてゐたのであらう?」と疑問を呈し、ありのままな描写を志してきた自然主義文学の限界を指摘している。自身も「偶然自然主義の勃興期に遭遇」したので「専念一意、人間の真実を文字によつて現したつもりであつたが、私の摘抉した真実なんか、生やさしい平凡なものであつたと、今思つてゐる」と述べている（「雑文集」『中央公論』昭三・一）。文藝評論という現場で活躍し、文壇の事象に積極的に介入している白鳥だが、なぜ白鳥はそのような時期に、自然主義時代についての回想を記すのか。大正十五年においても、青野との論争を終えた白鳥は「私自身は、時として自分の平凡な体験を作品のうちに現さうとしてさへ、思ふやうに現し得られない憾みを何時も感じてゐる」と、その限界を述べている（「わが文学小観」『中央公論』大一五・一二）。こうした発言は明治四十年代の言説の単なる繰り返しではない。この言葉に続けて白鳥は「文学といふものは本来さう云ふもので、現実に対しては畢竟、「絵そら言」たるに過ぎぬのではあるまいか」という言葉を加えていることに注意したい。「文藝時評」における〈書けない〉〈知りえない〉という言明は、単に自身が至った不可能性の認識を述べているだけなのではない。では一体誰が書けるのか・知りうるのかという反語が含意されている。言い換えると、白鳥の一連の発言とは、自然主義全盛期に遭遇した問題——書くこと・知ることの不可能性をめぐる問題——が、軽視・無視されていることに対する異議申し立てでもある。それが「戦闘的気分」の幾分かを構成し、白鳥を論争家たらしめたのではないか。そしてこのような観点は敗戦後も、書くことに苦心した自然主義作家を描くことで、「上辷り」した小説が大量に流通している戦後文壇を暗に批判している『自然主義盛衰史』（昭二三）などの評論にまで持続しているのである。

注

＊1 『中央公論』では「文藝時評」という題目のもと、小見出しによって示されるいくつかの節によって構成されているものが大半である。以下、小見出しがあるものについては題目から「文藝時評」という言葉を省略して示す。

＊2 亀井秀雄「自己表現としての批評」（『岩波講座文学6　表現の方法6　研究と批評』上、岩波書店、一九七六）

＊3 臼井吉見「近代文学論争　11」（『文學界』一九五五・一）

＊4 保昌正夫「批評方法に関する論争」（『解釈と鑑賞』一九六一・七）

＊5　大澤聡『批評メディア論　戦前期日本の論壇と文壇』（岩波書店、二〇一五）

＊6　兵藤正之助『正宗白鳥論』（勁草書房、一九六八）

＊7　梅澤亜由美『私小説の技法　「私」語りの百年史』（勉誠出版、二〇一二）

＊8　亀井秀雄、＊2と同。

＊9　蓮實重彦「「大正的」言説と批評」（柄谷行人編『近代日本の批評Ⅲ　明治・大正篇』講談社文芸文庫、一九九八）

＊10　引用は廣松渉編訳、小林昌人補訳『新編輯版　ドイツ・イデオロギー』（岩波文庫、二〇〇二）による。

＊11　平野謙は「谷一ら若き福本イストの眼には、青野季吉らが「ブルジョア文壇への投降者」のようにみえてしかたがなかつたのである」と述べている（「昭和」『現代日本文学全集』別巻1、筑摩書房、一九五九）

＊12　大澤聡（＊5）は、青野が後には大宅のことを「桟敷をかへて、野次つたり「監視」したりしてゐるやうな、「局外者」的な態度を執つてゐる」（「文壇ジヤーナリスト論」『日本評論』昭一一・二）と非難していることに注目し、そこに文壇「参入の反転現象」がみて取れると指摘している。

＊13　例えば島村輝は「不在地主」の題辞にあるように「読者対象を「小作人」「貧農」といった農民に初めから限定してしまえば、「如何に惨めな生活をしているか」ということを描くことは、問題にならない」としている。むしろこの小説は「従来のリアリズム小説の方法から大胆に逸脱した「図式」化、「類型」化」の採用により「ヒトとモノ」とが「記号」として「価値に差異」がないということを示し、「別のレベルのもう一つの「現実」を構築」していることに特色がある、と論じている（『臨界の近代日本文学』世織書房、一九九九）

＊14　白鳥は「堂々たるマルクス学の大家でも、資本力の強い書店には引き摺り廻されるのである」（「文藝時論　新作家としての準備」『中央公論』昭三・一二）など、出版資本に対しては知識人、文学者も「微々たる」労働者でし

かなく、反資本主義をうたう人々もなぜかそのことを閑却している、としばしば述べている。このことについては終章で触れる。

第九章

戦後文壇と『自然主義盛衰史』

——回帰する描写の時代

1

三島由紀夫は敗戦後まもなくの自らの文壇デビュー時を回想して、文壇が活況を呈しつつあるにもかかわらず、「大家の原稿とりに熱心で」なかなか自分の原稿を掲載させてもらえなかった苦心を回顧している。そこでメディアに歓迎された「大家」としてあげられているのは永井荷風と正宗白鳥で「当時、新雑誌が次々と出てゐたが、多くは大家の原稿とりに熱心で、新人が待望されるほど時代は落着いてゐなかつた。荷風、白鳥などの大家の作品が、久々に純綿米の御馳走を供されるやうに、新鮮な魅力で人々をうつとりさせてゐた」と述べている（「私の遍歴時代」『東京新聞』昭三八・一・一〇〜五・二三夕刊）。

荷風と白鳥とは同年齢（明治十二年生まれ）であるので並べられているのかもしれないが、荷風はともかく白鳥の作品が「純綿米の御馳走」であるとか、それが「人々をうつとりさせてゐた」という記述は、今日では奇異に映るかもしれない。あるいは右の回想が発表されたのは白鳥の死の翌年であり、三島の脳裏に白鳥の名が浮かぶのも、さほど不自然なことではないかもしれない。しかし、確かに白鳥は戦後文壇においても一種の〈流行作家〉といっていい存在だった。敗戦以降、昭和三十七年の死に至るまで、旧作を編んだ作品集を含めて毎年矢継ぎ早に白鳥の著作が世に出ている。例えば昭和二十八年には『現代随想全集第九巻』（創元社）、『思想・無思想』（読売新聞社）など白鳥の旧作の評論・随筆を集めた書物が多数刊行されているが、そうした様相をして、時の「文藝時評」は「最近の白鳥ばやり」という表現をしている（齋藤兵衛「信長をめぐって――文藝時評――」『文學界』昭二八・一〇）。

敗戦後から昭和三十七年の死まで、白鳥とその作品への批評を概括してみると、悪評は多くない。そのような数少ない批判的な評価として、例えば「藝もなく老醜をさらしている」「老いの繰言である」と述べている花田清輝

（「文壇に〝歌笑〟ありや？」『西日本新聞』昭二五・四・一三夕刊）や、「ぼくなんか正宗さんは全然読みたいと思わないし、読んだことがありませんね」という座談会での野間宏の発言などがある（青野季吉・阿部知二・伊藤整・加藤周一・蔵原惟人・小林秀雄・白井浩司・中村光夫・野間宏・中島健蔵「現代文学の全貌」『文藝』昭二五・四）。いわゆる戦後派の作家・批評家たちは「八十越えて頭がしっかりしていて、構成力もあれば想像力もあるという作家は世界的に見ても珍らしいんじゃないですか」と述べている埴谷雄高などを例外として（埴谷雄高・中村真一郎・佐々木基一「創作合評」『群像』昭三六・一一）、白鳥に肯定的であろうが否定的であろうが、そもそも言及することすら稀であった。

こういった戦後派文学者における、白鳥ら自然主義作家への冷評や軽視が起こる要因について臼井吉見は「私小説や風俗小説をふくめて、自然主義的なリアリズム小説の敗退が決定的になつたということだ。（略）とりわけ戦後の批評活動はこの古い文学概念の批判と糾弾に向けられたといつていい」と説明している。しかし臼井は続けて「正宗白鳥のような自然主義の老大家」でありながら、小説「日本脱出」（昭二三）など、老年に至ってもなお文学的冒険を止めぬ白鳥への賛辞を述べている（「今年の文学界に期待するもの」『東京タイムズ』昭二七・一・八）。自然主義作家でありながら、その域にとどまらず、また自然主義という自らの出自に懐疑し続ける作家として白鳥を評価する論もまた、多く存在している。戦後派文学者からの冷評はおくとして、なぜ白鳥は戦後の文壇ジャーナリズムに受け入れられたのか。

白鳥が敗戦後の文壇において勝ちえた位置について、大杉重男は次のように興味深い見方をしている。「白鳥は自然主義作家の最年少として自然主義のスポークスマンのように見られていたが、その『作家論』を読むなら白鳥が自然主義や私小説の作家たちに対して辛辣苛酷であり、むしろ漱石に対して好意的であることは明らかである」というように、「夏目漱石中心史観」を立ち上げ、漱石らに劣るもの、あるいはその後景に退けられるものとして自然主義を配置したのが、他ならぬ自然主義作家・白鳥だったというのである。「白鳥は自然主義の擁護者というより葬送者であり」、昭和二十三年に白鳥が書いた『自然主義盛衰史』とは、「鎮魂の書を装いながら戦後ジャーナリズムへの適応を目指して書かれた」書物なのだという。[*1]大杉の見解を敷衍すれば以下のようなことも考えられる。自然主義を文学史上のヒールとして捉えたいという、戦後文壇の論調に白鳥自ら加担しているばかりではない。自然主義を日本近代文学史におけるスティグマ、やがて乗り越えるべき現象であったとして捉えること。そのような見解を自然主義作家自らが語ること。それは潔さや客観性という印象をもたらしたであろう。

実際、例えば日本の文学に巣食う私小説性を打破し、「想像力を十全に発揮する作家はいないか」(「未来への脱出路」『群像』昭三〇・九)と訴えた服部達[*2]のような批評家からも『自然主義盛衰史』は「自然主義文学に対するアムビヴァレント(愛憎二筋道)な態度を、独特な散歩風のスタイルで表現していて、たいへん面白い書物である」と高く評価されたりしている(「私小説の美学」『群像』昭三〇・八)。また先に引いたが「正宗さんは全然読みたいと思わないし、読んだことがありませんね」と述べていた野間宏も「正宗白鳥の作品のなかで、私がもっとも親しみをもって、繰り返すようにして読んだのは、その批評文、または「自然主義文学盛衰史」のような文章である」と述懐している。[*3]その意味では大杉のみるところの白鳥の戦略は功を奏したということになろうが、しかし白鳥は本当にことさらに自然主義をネガティブに捉えているのみなのか。つまり服部のいう「愛憎」の「愛」の部分を検討してみたい。

たしかに白鳥は「自分のした事を、何でも、臆面なく書けば、それが新時代の小説であると思ふ浅はかな文学観であるにちがひない」(『自然主義盛衰史』二)などと、自然主義文学についてネガティブな言及を繰り返しているようにみえる。そしてこうした発言は自然主義の標準を示すための典拠として参照され続け、またそれが本書のこれまでの〈使われ方〉でもあった。例えば大東和重は『自然主義盛衰史』などの記述から、白鳥は田山花袋「蒲団」の画期性の在り処を「自己の事実の「直写」であることに求め」ているとし、それが「蒲団」に私小説の起源をみるという（転倒した）見方の成立に貢献したと論じている。しかし「蒲団」の同時代評を精査すれば、告白性への関心は中心的なものでなかったことに気付かされる。「単なる個人的体験でなく、個人的な体験が時代の体験であり、また読者にとっても他人事ならぬ体験でもあること」が示されている作品であったために「画期的」であったのだとしている。*4 示唆に富む指摘だが、当の『自然主義盛衰史』の中で白鳥は、「蒲団」の価値を単に告白性だけにみているのではない。「日露戦役後」という時代の雰囲気にその所以をみている。「自我に目醒めんとしてゐた」「真面目」な知識人がそこに「共鳴」を覚えたのであり、これが「数年前に発表されてゐたら、一般の文壇がさして問題にしなかつた」だろうというのである。白鳥の「蒲団」をはじめとした自然主義の作品への理解はもう少し複雑なものであったのではないか。

　そもそも先の「浅はかな文学観」という言葉も、表面的に受け取るべきではないように思われる。そのような「浅はかな文学観」を抱いているのは誰か。自然主義文学をそのように捉えている人々をもそこに含んでいるのかもしれない。「文学観」を表現観と言い換えれば、誰も「自分のした事を、何でも、臆面なく」書くことなど困難なことであり、そのことを閑却していることも白鳥からすれば「浅はか」なのである。以下『自然主義盛衰史』を中心に、敗戦後に白鳥が記した文学的回想文を読んでいく。そこにおいて白鳥はやはり「直写」することの不可能性を執拗に述べていることがわかるが、そのような〈回想〉が敗戦後という時間に発せられたことの意味をも考察したい。

2

『自然主義盛衰史』（以下、『盛衰史』とする）は雑誌『風雪』に昭和二十三年三月から十二月まで十回に渡って連載され、同年十一月に六興出版部から刊行された。連載第二回である『風雪』四月号の「編輯雑筆」に「泡鳴、花袋、秋聲、藤村の線を身を以て縫つて来られた氏の回顧史であると共に、明治、大正、昭和を通じての日本文学生成史でもあり、貴重な文献でもあると信ずる」とある。また連載最終回の十二月号の「編輯雑筆」には「自然主義作品が後世に及ぼした功罪は評家の論に俟つとしても、この一時代が日本の文学史に厳存したことは否む由もなく、これを体験として述べられる氏の文は興深いものがあつた。文献としても今後得難いものになることであらう」とある。「功罪」であるとか「厳存したことは否む由もなく」といった表現に垣間見えるのは、自然主義文学を否定的に捉える見方の存在である。また「身を以て縫つて来られた」「体験として述べられる」とあるように、かつてあった自然主義、その同時代者としての白鳥の証言ということを強調しており、これは『読売新聞』(昭二四・三・二)「新刊」コーナーにある「自然主義文学の流れを経て唯一人生き残っている証人白鳥が冷徹な批評眼を光らせながら綴った文学史話、日本自然主義文学の赤裸々な姿がいかんなく描き出されている」というコメントでも共通している。「日本自然主義文学」は「流れ」去った。それを身を以て知っている「証人」は、もはや白鳥一人であるというのである。ここでも終わったこと、歴史化されたこと、そしてそれを直接体験した人の証言、ということを強調している。

実際『盛衰史』は以下のような象徴的な挿話から書き出されている。

徳田秋聲の記念碑がその郷里金沢に建設されたさうである。島崎藤村の記念堂がその出生の地木曽山中に建設されたさうである。これ等の文学者が尊重される時代になつたのであるか。往年の自然主義作家でも、傑れたるものは世人に敬意を寄せられる時代になつたのか。藤村も秋聲も、よはひ古稀を過ぎるまで生存して、その長い生涯の間執筆を怠らず、最後まで殆んど創作力の衰へを見せなかつたと云はれてゐる。二氏は、自然主義作家のうちで最も完成した、代表的作家であるやうに、文壇に於いて認められてゐる。それで、この二氏の死によつて、自然主義文学も一先づ結末を告げたやうに私には思はれるのである。（略）これからの文学は、時代の激しい変遷につれて、どういふ経路を取るか、未来の事は誰れにも分らないのであるが、在来の自然主義文学が復活して勢ひを揮ふことはないに極つてゐる。（二）

白鳥にとって知友であった自然主義作家は、もはや物故し「記念碑」「記念堂」という形でメモリアル化されている。それが象徴しているように「この二氏の死によつて、自然主義文学も一先づ結末を告げたやうに」白鳥には思われ、今後「在来の自然主義文学が復活して勢ひを揮ふことはないに極つてゐる」と言い切る。確かに自然主義文学をすでに終わったもの、死んだものとしてその記述をはじめている。「葬送者」（大杉重男、前掲）として自らを位置づけ、さらに唯一の生き残りとして自らを特権化しているともとれる。

また『盛衰史』における、自然主義文学に対する、ことさらなまでのネガティブな言及に対する批判も、しばしばなされている。例えば佐々木雅發は、確かに白鳥のいうように「生」「家」「黴」「新生」といった自然主義の諸作品には「人生の艱難を黙然と耐えてゆく人間の記録が息苦しいばかりに描かれている」が、そのような「艱難」の記録から「現在強いられている底無しの停滞を越えて、人間としての理想へにじり寄らんとするような精神の鳴動」は一向に現れない、という点に特色がある、としている。そしてこれらの小説の主人公たちは「艱難」をただ受苦的に、宿命として享受するだけである。しかしそれは藤村らの作品が持つ特性というばかりでなく「なによりもそういう精神の発見や創造への冒険を、記録するものの心が拒むのである」と述べている。[*5]「記録するもの」すなわち白鳥その人が、自然主義の諸作家・諸作品を「幻滅」「悲哀」といったいわゆる自然主義的観点において捉え、あるいは引き摺り下しているのではないかと佐々木は論じている。このように「虚無的否定主義者を装う鬼面」（片岡良一「「自然主義盛衰史」その他」『文学』昭二四・九）、ほとんど偽悪的なまでの書きようが、この書物の個性であり、またそれが限界や偏りでもあると指摘されてきた。

しかし、そのように白鳥は自然主義文学を、ただネガティブなものとしてのみ捉えているのだろうか。また自らを自然主義文学から超越した者として、その記述する立場を定めているのだろうか。以下『盛衰史』の記述を追っていくが、その前に白鳥の「文学雑感」（『新文庫』昭二二・七）という文章にまずは触れておきたい。なぜ戦後という時間に白鳥は『盛衰史』を語るのか、『盛衰史』の前史、導入ともいえる位置づけにある文章であると考えられるからだ。

3

「文学雑感」で白鳥は「終戦後、雑誌は夥しく刊行され、それにつれて新作の小説が夥しく出現し」ているが、「しかし、よく次から次へと新作と称せられる小説が出るものだ」と驚き、あきれている。「小説を作る上では人智の限りが尽されてゐる」のに、次々と小説が発表されていく。幼少時代から数多の小説を読んできた自分にとっては「これ以上どうにもならないで、同じ事の繰り返し」のように感じられるという。小説がオートマティックに生産され氾濫している中、白鳥が瞠目させられたのは八十三歳になる小杉天外が新作「くだん草紙」（『苦楽』昭二二・四）を発表したことだ。そして筆は天外についての追想に進む。白鳥にとって「はつ姿」（明三三）など明治期の天外の作品とは「硯友社と自然主義者の作品の間の橋渡しをしたやうな」存在であり、彼は「写実を徹底しようと志した」先駆的な作家だったというのである。しかし天外の作品は「功を奏」さず、「写実といふ小説技術も六ケしいものである」と考えさせられたという。

こうした天外への追想から、白鳥はあることに思い至る。戦後という現在にいたるまで、小説はひたすら量産されているが、これまでどのような小説も書けなかったことがある。それは「今の世の中をすぐれた写実の筆で思ふ存分に描写した」小説、「作者の主観をまじへない、有るがまゝの叙述であり描写」によって書かれた小説である。そのような小説があれば「さぞ面白い物が出来ることであらう」というのである。

しかしすぐさまその難しさについての言及を付け加える。丹羽文雄の徳田秋聲「縮図」評（『世界文化』昭二二・四）にある、秋聲ほどのリアリストもリアリストに徹しきれなかったという言葉を引いて、白鳥は「秋聲の写実、天外の写実。この他明治以降のさま〴〵の作家の写実が、どれもまだあやふやで真に徹するといふ程度に達してゐないのを、我々も認めなければならないのだ」とし、「写実といふものも六ケしいものだ。型に捉れないで、いき〴〵と周囲を描くことだけでも容易なことではないと、私は今更のやうに考へだした」と述べてこの文章を閉じている。

先に引いたが、かつて白鳥は花袋「蒲団」評の中で、小杉天外が「はやり唄」（明三五）の巻頭で述べた「自然は善でもない悪でもない、だから有のまゝに描けばそれでいゝと云つた説」を坪内逍遙や花袋の所説と並べて「最も意義あり、明治文学史発展の上に忘るべからざる者」であったと述べていた（「『蒲団』合評」『早稲田文学』明四〇・一〇）。白鳥は逍遥のほか天外や花袋らの影響を受け、「有のまゝ」な描写を志すが、しかしその不可能性に逢着した。そして敗戦後、天外の新作に触れて、描写をめぐる当為と不可能性の問題が席巻していたこの時代、自然主義全盛期前後のことが脳裏によみがえったのではないか。

そのような観点で『盛衰史』をみていくと、例えば逍遥と鷗外をめぐる論争について触れている箇所（一）で、白鳥が逍遥からどのような影響を受けているのか述べている点が注目される。「『小説神髄』の所説にしても、「没理想論」にしても、甚だ不徹底」なものだったが、しかし「物の真相に触れんとしたところがあった。記実を志し、有るがまゝに物を視んとした態度は、後年の自然主義と相通ずる」し、のちに「早稲田出身の青年文学者が自然主義に迎合するやうになつたのも、逍遥の『小説神髄』「没理想論」以来の、自然の経路」だったとしている。もちろん「早稲田出身の青年文学者」には白鳥自身も含まれる。世評では逍遥は「反逆性がない」「通俗作家」だと見なされているが、「記実を志し、有るがまゝに物を視んとした態度」は明治以前には存在しない態度であり、それは「旧文学」への「反逆」という側面を持つ。逍遥の主張とは極めて画期的なものであったと評価しているのである。

『盛衰史』において、白鳥が文学者を、あるいはその主張を肯定的に捉える否か、その観点とは「記実を志し、有るがまゝに物を視んとした態度」の有無によって貫かれているといっていい。先に引いた大杉重男の文章に「自然主義や私小説の作家たちに対して辛辣苛酷であり、むしろ漱石に対して好意的である」という指摘があった。確かに『盛衰史』でも「自然主義の重な作家は、創作家としての天分が概して豊かではなかつた」が、「これ等に比べると、夏目漱石はたつぷりした創作能力を生れながらにして有つてゐたと云つてい丶」（九）など、いたる所で漱石らに賛辞を述べているようにみえる。しかし白鳥は以下のように述べている。

花袋泡鳴をはじめ、藤村でも秋聲でも創作的才能は豊かでなかつた。それ故、コツ〳〵と現実の生活の悩みを書いて、人生の真実がおのづからそこに現れるやうになつたとも云へるであらう。漱石の如く、才にまかせて面白づくで書き流したものは、却つて真実を逸することがありさうである。（九）

漱石は苦も無く創作をしているといった言い方に対して、それは「驚くべき詮索不足の断定」であると片岡良一が批判しているが（「「自然主義盛衰史」その他」前掲）、確かに白鳥に漱石への誤解があると考えられる。明治四十三年に漱石が自然主義文学者に対し「此派の人々は現実を描くと云ふ」が、その結果「現実曝露の悲哀」や「客観の真相に着して主観の苦悶を覚ゆるといふ」ことに「一々賛成である」と述べている。

此苦悶は意の如くならざる事相に即し、思ひの儘に行かぬ現象の推移に即し、もしくは斯くあれかし、斯くありたしとの希望を容れぬ自然の器械的なる進行に即して起る矛盾扞格の意に外ならぬ。云ひ換れば客観の世界が主観の世界と一致をかくが為である。現実が吾れに伴はざるの恨みである。

（漱石「文藝とヒロイック」『東京朝日新聞』明四三・七・一九）

現実を〈ありのまま〉に書こうとすれば「客観の世界」と「主観の世界」の不一致に否応なしに向き合うことになる。自己と外部、言葉と事物の乖離をことさらに意識させられる。それが「悲哀」「苦悶」の内実を構成している。そう理解している漱石に、白鳥との距離はほとんどない。

ただしここで注目したいことは白鳥の価値判断の仕方である。つまり白鳥みるところの漱石がしているように、言葉が言葉を生むように「書き流す」のではなく、愚直に対象を記述しようとする態度の方に重きをおいているという点である。

洋行から戻ってきた島村抱月に、早稲田の同窓の先輩として期待を寄せていた白鳥だったが、「囚はれたる文藝」（明三九）を読んでみても「文藝が世界的に統一されるとか、東洋には東洋の文藝が起るべきだとかいふやうな、空漠たる議論は、当時青年であつた私などには、何の刺戟も与へなかつた」（一）。しかしその抱月が花袋の「蒲団」を評していった「虚偽を去り虚飾を忘れて、痛切に自家の現状を見よ。見て而してこれを真摯に告白せよ」といった言葉には「感銘」を覚えたという（二）。白鳥は抱月のどのような言葉には幻滅し、どのような言葉には感銘を感じるのか。その分かれ目は「真実」へ立ち向かっていく態度が示されているか否かにある。花袋や抱月のように

「真実」の追求を明言している文学者にばかり白鳥は賛辞を寄せるのではない。島崎藤村のようにそれとは明言していない文学者の作品から「たゞ真実を写さんと志したことから、かゝる作品を製作すること、なつたのであらう」（二）という態度を読み取り、評価しようとしていることも注目される。中でも「家」（明四三）を「事件が発展しないで、小説にも芝居にもならなかつたのだから、普通の小説読者には飽き足らぬ訳だが、事実がさうであるのなら如何ともし難い。自然主義作品の自然主義作品たる所以である」などという観点において「自然主義の最好の代表作」（五）と評価している。こうしたことから、白鳥が自然主義文学の意義をどのように捉えていたのかが浮き彫りになる。

漱石ら非（反）自然主義者との違いを説明して白鳥は「現実に徹せんとする態度と、藝術化せんとする態度との相違である」（二）としている。つまり白鳥にとっての自然主義文学の定義とは「記実を志し、有るがまゝに物を視んとした態度」、「現実」「真実」に迫ろうという態度のことだということになる。

そのように考える白鳥にとって、例えば森鷗外の「ヰタ・セクスアリス」（明四二）は、「この時の鷗外の製作態度は真剣ではなく、「自然派の連中が盛んに性欲描写をやるから、おれも書いて見た。どんなもんだい。」と遊び気分で鼻うごめかしたのであつた」（九）とあるように「製作態度」の「真剣」さの欠如において、自然主義文学とは似て非なるものだという認識にある。一方で白鳥は鷗外の作品のいくつかを「他人を描いても、客観的態度で人生の真実を描いて、自然主義の骨法を心得たものも少なくなかつた」とし、「渋江抽斎」（大五）などに対し「自然主義の理論を押し詰めた極致の作品」とまでいっている。しかし注意したいのは「骨法を心得た」とか「理論を押し詰めた」といった言い方である。そのような操作性、主体性を行使しうる点に、自然主義文学者との大きな差異をみているのである。

4

鷗外や漱石ら、いわゆる「才能」豊かな書き手とは対照的に「日本の自然主義作家と作品の一むれ」は、「世界文学史に類例のない一種特別のものと云ふべく、稚拙な筆、雑駁な文章で、凡庸人の艱難苦悶を直写した」(九)と白鳥は述べている。また、才能のない書き手の難渋する筆使いと「凡庸人の艱難苦悶」の人生とをアナロジーの関係で捉えている。「凡庸人の艱難苦悶を直写した」文学者とは、近松秋江、岩野泡鳴、秋聲らであり、花袋や藤村も含まれる。白鳥は「彼等は自分の行動や心理をよく小説の材料とした。自分で自分の身を喰つて生きてゐたものである」と表現しているが、白鳥自身も「小説の材料」にしばしばされた。「有りのまゝに」「直写」しているはずの彼らの作品だが、しかし白鳥は自らが見聞したことと作品で読まれることとの違いをしばしば感じている。白鳥はむしろそのズレに興味が惹かれるのだという。

ところで、この有りのまゝに書く事、敢然として真実を記録し描写せんとする事は、何処まで徹底してゐたであらうか。実際の人物を知つてゐるだけに、小説中の人物と照り合せて、さすがによく描いてゐると感心することはよくあるが、何処まで真実を語つてゐるかと疑はれることもあるのだ。私自身でも、有りのまゝに自分や身辺の事をよく書いてゐるやうに云はれることがあるが、実は、世間の思つてゐるほど自己告白をやつてはゐないのだ。そんなにアケスケと自分の所行を描出してゐる訳ではないのだ。故意に本当らしく見せかけて嘘を云つてゐる訳ではないのだが、書きたくないことは書いてゐないし、また一しよ懸命に本当の事を書いてゐるつもりでも、知らず〳〵真実を外れてゐることが多いのである。

他の作家はどうであらうか。他の自然主義作家達は、私よりも一層深く、有りのまゝの自己を描き身辺の光景をも叙述してゐるやうであるが、果して彼等の作品が真実に徹してゐるのであらうか。私は甚だ疑はしく思ふ。自分に都合の悪いところは除いてゐるであらうし、取扱ふ人物について知らず〴〵勝手な解釈を試みてゐるのではあるまいか。（六）

「一しよ懸命に本当の事を書いてゐるつもりで」いくら書いても「真実を外れてゐる」としか感じられない。それは自分ばかりではない。知友たちの書いたことと自らの見聞とを比較してもそのズレははっきり感じられる。誰もが「取扱ふ人物について知らず〴〵勝手な解釈を試みてゐる」に過ぎないという。それに加えて白鳥が注目しているのは「描写せんとする事」、「一しよ懸命に本当の事を書」こうとしていること……このような志向性、努力がどのような結果になっているか、ということである。自然主義全盛期において白鳥は、自然主義の異色な点を「その真相を見んと努力してゐる」という志向性において捉えていた（「随感録」『読売新聞』明四〇・一二・八）。そのような志向性は必然的に「逸してゐる」「間違つてゐる」という結果に陥る。そのため言葉の不可能性をしきりに述べるようになったというのが自然主義全盛期の白鳥であった。一見、六十九歳の白鳥はここでもおおよそ同じことを繰り返し述べているようにみえるのだが、興味深いのは以下のような記述である。

二葉亭四迷の談話筆記「私は懐疑派だ」（『文章世界』明四一・二）を取り上げて白鳥は「自然主義を追窮してゐる今、二葉亭の昔語りは、聞き棄てにならないのである」としている。「よし自分の頭には解つてゐても、それを口にし文にする時には、どうしても間違つて来る。真実の事はなか〳〵出ない」のだから「小説の上ぢや到底偽つぱちより外書ん」という考えに二葉亭は至る。ここまでは白鳥も同意するところである。ところが二葉亭は、「真実」は書けないからこそ、どうしても文学に対して「真剣にやなれない」し、また「真剣になれるといふ人があれば私は疑ふ」とまで述べている。だから文学とは所詮「第二義のもの」でしかなく、どんなに「真実」を書こうとしても、所詮それは絵空事と変わらないという。*6

「真剣に」知ろう、あるいは書こうというのが自然主義だとすれば、二葉亭はそのような態度も無意味なことだと否定している。こうした二葉亭の言葉に白鳥は「私は、数十年前の二葉亭の文学感想にも同感するのであつて、文学と人生の真実についても、稍々もすると懐疑に捉はれる」とするが、続けて以下のように述べている。

しかし、畢竟作り物語に過ぎないやうな文学に於いて、真実の世界の活躍を、実際界に於いてよりも一層いき〳〵と感得することがあるのだ。これは否定されないのである。日本の自然主義文学に於いて私は特にその気持を体験してゐる。秋聲秋江小剣泡鳴花袋、或ひは藤村などに、深いか浅いか、兎に角数十年間も接触して、その日常の談話や行動や人となりを直接に見聞きしてゐるので、その見聞と作品とを照らして、如何に真実が現れてゐるか、真実が見逃されてゐるか、意識的に嘘が入つてゐるか、無意識的に嘘が描叙されてゐるかを想像して、文学と人生とを私は味ふのである。傍観者たる私の想像であるから、これも真を逸してゐるであらうが、彼等の生存の世界が、私にはいき〳〵と映つて来るので、それがうそであれまことであれ、私をして人生を知得させるのに、他の何物よりも役に立つと云つていゝのである。（十）

所詮文学は「作り物語に過ぎない」。しかしそこにこそむしろ「真実の世界の活躍」が「感得」される。「これは否定されないのである」という劇しい言い方も目を引く。このことについて誰にも有無をいわせないというのである。自然主義文学であっても「作り物語に過ぎない」。たとえ「真実」を書こうとしても書けないし、そもそも知りえないのだから、自然主義文学者の書いたものであっても「真実」の代替物、フィクションに過ぎない。見聞きしたこと、書こうとしたことを言葉にしようとしても、絶えずズレていき、図らずもフィクションが形成されていく様相こそが、「生存の世界」のありようだというのである。「文学と人生とを私は味ふ」というが、単に文学だけをとしていないことに注目したい。彼らの書くことには「真実が見逃されてゐ」たり、意識的にか無意識的にか「嘘が」入り混じっているかもしれない。いずれにせよ、そこに浮かぶのは書こうとしても書けない自然主義作家達の姿である。彼らの生きることと書くことの重なりやズレ、その去就を想像して「いき〳〵と」した「真実の世界の活躍」を感じるというのである。言葉に翻弄されつつ、しかし言葉によって生きるしかない人間のありようを、自然主義作家達の人生にみて、「文学と人生とを」「味」わっている。

このように『盛衰史』の白鳥は「味ふ」ということを強調する。『盛衰史』で「秋江は私の事を立ち入つて作中に取り入れてゐるが、善悪如何に関らずよく間違つてゐる」(六)と述べているが、よく知られているように、明治四十三年頃に秋江と白鳥はある女性をめぐって三角関係状態に陥っており、両者ともその女性とのことを、あたかも競作であるかのごとく互いに書き合っていた。*7 しかし『盛衰史』の白鳥はこのことにまったく言及していない。つまりここで書く人としてではなく書かれた側として、あるいは一読者の立場に立って叙述をしている。高橋英夫は「驚くべき読みの好奇心と持久力を内に隠していた」「驚くべき読み手でもある書き手」、「孜々として書く人間でありつつ、同時に倦まずたゆまず人の作品を読む人間」としての白鳥を指摘している。*8 そこに白鳥と二葉亭を分ける大きな違いがある。書き手として言葉と対峙し、どこまでも「真実」なるものに拘泥するなら、二葉亭のような「懐疑」に立ち至り、ニヒリズムに陥ることは必至である。もちろんそのような言葉への「懐疑」を白鳥も共有する。しかし白鳥は読み味わうという局面を手放すこともしない。自らとおぼしき人物の登場する秋江の作品も、白鳥にとっては享受の対象なのである。表現することの不可能性という認識は共通しているが、片や文学を捨てた二葉亭と、生涯現役の文学者であり続けた白鳥との違いをそこに見出すことができる。

5

白鳥は『盛衰史』の中で、島村抱月の言葉「懐疑は何時でも終点を意味するものではないから、これに住ずる限り、必ず何等かの形、何等かの程度で終点を知らうとする努力若くは要望が残る。(略) 知れないものを知らうとする。このパラドックスがやがて造化の神秘なのであらう」(「懐疑と告白」『早稲田文学』明四二・九) を引き、「あの頃の自然主義の本領が」そこに「存在してゐたのである」(四) としている。知ろう・書こうと志向しない限り、「真実」を知ることと表現の不可能性に思い至ることはないし、また知りえない・書きえない世界への「神秘」を感じることはない。自然主義は「努力若くは要望」と不可分なものであり、その意味で決して消極的なものではない。「自然主義は否定の文学のやうに、私自身は解釈してゐて、実際さういふ傾向が、日本の文壇に於いても看取されてゐた」と白鳥自らいっているように、これまで自然主義文学を「否定の文学」と捉える見方が大勢を占めてきたし、この『盛衰史』を書く白鳥もそのように見なされてきた。しかし白鳥は続けていう。「が、しかし、今度諸家の作品を読み返して見ると、彼等の生きんとする努力は、強弱如何にかゝはらず、そこに存在してゐるのである」(七)。知りたい、見たい、そして書きたいという強固な志向性に支えられているのが自然主義の作品なのであり、白鳥自身も改めてそのことに気付かされて驚いている。

一方『盛衰史』には、回想という枠から外れる形で、以下のような戦後文学へのコメントがある。自然主義文学者が描いた「生きるための悩み」は、「敗戦後の今日の、生きるための悩みとは趣が異つてゐた。今日の作家は、彼等よりももつと深刻な生ける悩みを作品の上に現してゐる筈である。果してさうであらうか」。そして「今後の文学は、時世が時世だから、菊池(引用者…寛)風の朗らかな系統のものが盛んになりさうには思はれない。時世の悩みはおのづから作家の心に宿つて、その作品にしみ出るやうになるのではあるまいか」（八）と続けている。わかりづらい表現だが、自然主義が全盛だった頃に比して、現代は深刻な時代になりつつあるが、しかし現代の作品には第一次世界大戦後の菊池寛の作品のような「上辷り」したものがあふれており、今の時代の深刻さはいまだ作品に現れていない、といっている。

『盛衰史』を書き上げた後の白鳥は「寂寥無限」（『明治大正文学研究』（一）昭二四・六）という文章で「日本の近代文学史に於いては、自然主義文学運動は意味深いものであると新たに思ひ直した」と述べている。ここには自然主義文学をないがしろにしつつ展開される敗戦後の文学への批判が内包されているのではないか。「短い小説でも、読みづらくて読み通せないものが少なくない」（「終戦後の文学——文藝時評——」『新生』昭二一・五）とか「読みづらい上に、何のためにこんなことを書くのか、何の人生的意味、何の藝術的意味があつてこれを書くのかと、怪訝に堪へなかつた」（「文学時感」『丹頂』昭二三・六）など、特に名指しをしているわけではないが、おおよそ白鳥は「氾濫」する小説群（「戦敗国の小説」『中央公論』昭二四・九）に対して不平不満を述べていた。その中で「鈍重な『真空地帯』の丹念な叙述により、地獄の現実を一層身近に感ぜさせられる」というように、野間宏「真空地帯」（昭二七）についてその「丹念な叙述」を評価しているのが目を引く（「二つの反戦小説」『改造』昭二七・五）。「読みづらい」ということと「丹念」とは異なるのである。

敗戦後の白鳥は小杉天外の新作に触発される形で「有るがまゝ」に書くことを志した、いわゆる自然主義全盛期を想起し、『盛衰史』を書いた。そしてすべてを知り、書くことの不可能性とそれへの夢が『盛衰史』の根底にあった。そうした目を戦後の文壇に向けるとどうなるか。『盛衰史』から三年後、白鳥は天外との会談記を以下のように書き出している。

「この頃の小説をお読みになりますか。」と、私は声に力をこめて訊ねた。

「読みます。」と、九十歳に数年を余すばかりの天外翁は答へた。

「どうお考へになります？」

「書く事に親切がない。」実が入つていない、真剣味が足りないといふ意味の言葉が、淡々とした口調でありながら、疑ひを容れぬ、断定的の批判としてもらされた。

「私など、昔はそれは真剣にやつたものです。」

「さうでせうな。」私は、ほとんど半世紀も昔の、翁の風貌態度を鮮明に思ひ出した。明治文学史中のある時代が絵の如く、あるひは映画が回転してゐる如く目に浮んだのであつた。


（「小杉天外翁と語る」『読売新聞』昭二六・一・八）


天外が現代の小説をどう考えているか、「声に力をこめて訊ねた」というが「力をこめて」という言い方は、白鳥の文章においてはきわめて異例の表現ではないか。現代の小説に白鳥も不満を持っている、それは天外とも共有されるはずだと考えているのではないか。実際、天外は現代の文学に「真剣さ」の欠如、あるいは対象を書くことへの努力の欠如を指摘している。つまり自然主義的な志向性があたかもなきがごとくになっており、ひたすら「上辷り」した、あるいはいたずらに難解な作品が量産され続けている、そのことに天外も「断定的の批判」を与えているのである。そして引用部に続けて白鳥は「真実の描写を小説の上に試みんとした小杉天外の作品は、あの時代に清新なものとして文壇の注意をひいてゐた」と書き添えている。

『盛衰史』の末尾には「自然主義文学のやうな、いつまでも解決のない文学の境地に永遠にさ迷つてゐるのは遺憾であるが、それを如何ともし難いのである」とあるが、これは自嘲の類ではないだろう。続けて白鳥は「貧寒なる文学、愚かなる迷へる文学として、我が自然主義文学を回顧する外ないのであるが、さうかと云つて、この種の文学を踏みにじつて仁王立ちになつてゐるやうな、人間救護の、解決ある大文学はまだ何処にも現れてゐないではないか」（十）と述べている。自然主義文学を最低の鞍部で越えるな、というのである。

白鳥は自然主義全盛期を、あるいは「自然主義作家群の一員として文壇に生存してゐた」自身をも振り返って、次のような感慨を述べている。


私は「有るがまゝ」を描写する自然主義を徹底すると、何が有るがまゝかとの疑ひが起つて、神秘的の境地に達しさうな感じがしだした。有るがまゝを手軽に考へて、自分の目にうつり耳に聞えたゞけのものを丹念に叙述したつて、それは真の有るがまゝでないかも知れない。有るがまゝの人生、有るがまゝの宇宙は、なか〳〵捉へ難いのである。（「寂寥無限」前掲）

こうした言葉は自然主義文学に人々が抱いているだろう先入観を払拭するようなものになっている。「有るがまゝ」を追求した果てに「神秘的の境地」が訪れるというのだから、自然主義／反自然主義などといった対立関係を自明なものと見なすことはできない。積極性を高調する言説の隆盛や、私小説（心境小説）の矮小性をめぐる議論が盛んであった大正期から、プロレタリア文学が勃興し白鳥含む既成文壇が時代遅れと目された昭和期を経て、およそ一貫して自然主義文学はその内実が問われないまま仮想敵に仕立て上げられてきた。こうした状況は戦後文壇においても全く変わらない。だから、やはり白鳥はそのような状況に苦言を呈するのである。

そして先の言葉は、現実と幻想の混交、理性への懐疑といった白鳥の文学にみられるモチーフがなぜ生じたのか、そのことへの説明にもなっている。自然主義文学を志すこと。書くこと・知ることが懐疑され、その不可能性に直面してしまうこと。白鳥はこの両者を因果関係として捉えている。例えば白鳥について、一見リアリストであるがその本質はロマンチストであった、などといった論はこれまで多くなされてきた。いわゆる〈狂気もの〉などで描かれる現実や理性のゆらぎが、その非リアリストであることの証左であるとか、敗戦後の小説「日本脱出」のような、ある種の荒唐無稽な物語にそれは結実しているなど、白鳥存命中からすでにそのような評価はあった。[*9] 白鳥を論じることにおいて、白鳥と自然主義を引き離して捉えるべきという言い方は、ほとんど常套句と化している。しかし白鳥その人が、自身の文学のバリエーションの根幹に自然主義的当為があると捉えていたことは看過すべきではないだろう。

注

＊1　大杉重男「私小説、そして／あるいは自然主義、この呪われた文学」(『日本近代文学』第59集、一九九八・一〇)

＊2　服部の引用は『われらにとって美は存在するか』(審美社、一九六八)によった。

＊3　野間宏「「自然主義文学盛衰史」に触れて」(『正宗白鳥全集』第十六巻、月報、福武書店、一九八六)。ただし野間は同文で『盛衰史』は二葉亭四迷が新しい日本語を生み出していこうとする、その「苦悩」や「苦心」を易々と通過して描いている、と批判している。二葉亭に対する白鳥の評価については、後で触れる。

＊4　大東和重『文学の誕生　藤村から漱石へ』(講談社、二〇〇六)

＊5　佐々木雅發「正宗白鳥『自然主義盛衰史』について」(『国文学　解釈と教材の研究』一九六七・七)

＊6　白鳥は有名な「トルストイについて」(『読売新聞』昭一一・一・一一〜一二)の中で「二葉亭が、「文学は男子一代の事業となすに足らず。」と云つた壮語も、実は彼れが創作力の不足を自認したあまりの悲痛の言葉であらう

と、以前から思つてゐる。自由自在に筆が運んだら、そんなことを云ふ暇もなかつたであらう」と述べている。二葉亭の文学への懐疑には〈書けない〉という事態が根底にあった、としている。

*7　山本芳明「ある三角関係の力学――「動揺」と「別れたる妻に送る手紙」をめぐって　正宗白鳥ノート4――」(『学習院大学文学部研究年報』38、一九九二・三)で詳しく論じられている。

*8　高橋英夫「解説」(正宗白鳥『新編　作家論』岩波文庫、二〇〇二)

*9　中村光夫「ロマンチスト白鳥」(『文藝』昭二四・三)など。

終章

1

不思議なもので、生活の安楽や多少の名声が、憂鬱な私の心、いら〳〵してゐた私の神経を鎮めて、幽かながらも浮世の明るみを見せ、生存の楽みを嗅がせるやうに仕向けたのであつた。

つい先頃まで、「何処へ」を書き「地獄」を書いたりした私も「悪縁」を書き「微光」を書き、それ等に類似した幾つもの短編を書きつづけるやうになつた。男女関係について、女の心について私も多少理解し得らるやうになつた。二十代の「死の恐怖」から離れて、「死よりも強し」の経験をも得た。

（正宗白鳥「三十代」大六・一二執筆、『文壇観測』人文会出版部、昭二収録）

この文章の初出は不詳だが、〈ニヒリスト〉白鳥が安定や成熟に達したということを表しているとして、しばしば引用されてきた。このような回想を典拠として、白鳥の作家人生が一つ次の段階へと進んだと捉えられてきた。大正六年十二月に執筆とあるが、この時期とは、いわゆる〈執筆難〉を白鳥が感じつつある時期の始まりに重なる、ということに注目したい。この回想からは書くこと、知ることへの疑念や疎外感は少しも読み取れない。これまでみてきたように、少なくとも書くこと、知ることの不可能性という問題において、白鳥に〈成熟〉や〈成長〉はない。そのような問題は超克されることなく、しかし安易に〈超克〉しないことによって、白鳥の発想の根本にあり続け、そのことが白鳥の言説を個性的なものにしてきた。書くことへの不満と不信を語り続けてきた白鳥と、その結果生まれた自作にある種の満足を表明する白鳥。このギャップはどのように捉えたらいいのか。

言葉や認識の限界を言いつのってきた白鳥だが、それとは裏腹に、というべきか、膨大な数の著作がある。先に引いたが「私の文学は才気や感興によつて生れるのではなくつて、すべて努力によつて現れるのである。石や土を運んでゐる労働者の如く文字を運んでゐる労働者である」と白鳥は述べていた（「私の文学修業」『夕刊時事新報』大一三・九・六～一四）。不可能性の自覚や疎外感を抱きつつ、書き続けなければならないという職業的文学者としての白鳥。その日常とはどのようなものであったか。自然主義全盛期において白鳥は以下のような談話を残している。

いつか島崎（藤村）さんも言はれたし、又国木田（独歩）君も言はれたやうに覚えて居るが、我々は人生を知る為に人世を研究するのであつて、必ずしも小説を書く為に人世を研究するのではないといふことであつた。けれども、私はさうでない。私は何方かといふと小説を書かなければならぬから人生を研究するといふ方である。現実はきらひだから、現実を知るといふこともいやだ。然かも小説を書く必要がある上は、現実を見るといふことも止むを得ない。現実は見まいと思つても、現実の上に立つて居る以上、現実は直下に見えるのである。（「行く処が無い」『文章世界』明四二・七）

「現実は直下に見える」というが、そのような「現実」とは、能動的に捉えようとして「見える」「現実」なのではない。受動的に、否応なしに触知されるものとしての「現実」なのである。白鳥にとって「小説を書かねばならぬ」という生活の「必要」、そのような記述の遂行において、否応無しに迫ってくるものとして「現実」はあると述べている。こうした「現実」の見方に、大正期の楽天的に社会参加を言いつのる他の文学者らとの違いがある、と第四章では述べた。

「現実」は触知されても、それは十全に言語化できない。言葉とは当たり前ながら他者との交通のためにある。言葉が伝わるか否か、時に人は不足や不満、不安を感じるというのがコミュニケーションの実際である。「入江のほとり」における辰男の造形や（第六章）、自作の戯曲の上演に対する好評をよそ目に、作品が作家の手を離れ流通していく様をみる「人生の幸福」上演後の白鳥の言説からも（第七章）、その不足や不安が読み取れる。〈書けない〉という連呼のうちから、以上のような問題に直面している白鳥の姿が浮かび上がる。

しかし白鳥は書くことと書きたいこととの距離を常に漸近させようという実践を日常としている文学者なのである。やはり自然主義全盛期に白鳥は「私が文学をやつて居るのは、やり度い為でもなければ、自信のある為でもない。只余儀なくやつて居るのである」（「如何にして文壇の人となりし乎」『新潮』明四一・八）など、自身が小説家であることについての消極性や不満をしきりに述べている。このことは〈書けない〉という連呼と相補的なのである。認識―言表のレヴェルでの疎外と、そのような疎外に苛まれながらも作品を他者に売る（社会的に流通させる）ことでしか生存しえないという〈疎外〉にも苛まれていた。「ひとりではそもそも生存しえないが故の、意識と生活との乖離であり、その生存の社会性が不可避的にもたらす、意識と生存（存在）との乖離」*1にも白鳥は直面していたのではないか。

2

文学者であることへの居心地の悪さ。それが頂点に達したのは大正六年から八年にかけての、いわゆる〈執筆難〉と呼ばれる時期であった。〈執筆難〉とはすでに指摘があるように、むしろ旺盛な執筆活動がもたらした「濫作の後遺症ともいうべき疲れ、種切れ」、小説というジャンルを書くことへの倦怠であった。*2こうした〈執筆難〉の予兆が読み取れるのは、傑作としてしばしば名を挙げられる小説「牛部屋の臭ひ」（『中央公論』大五・五）発表前後のことである。

「牛部屋の臭ひ」発表の前月に白鳥は「電報」（『文藝雑誌』大五・四）という小説を発表している。小説家とおぼしき「私」は妻と共に東京を出て故郷に帰省している。作中「私」は、故郷という場所について「人の世の真（まこと）の姿を此処で見ることが出来るのだつた」と述懐する。一方東京には二十年いたのにもかかわらず、その生活では「上面ばかり見るだけで、知人との関係だつて生温いものだつた」という。「私」は「故郷」でなら「人の世の真の姿」をみることができるというのである。ここにおいて「私」は〈書けない〉〈知りえない〉という問題圏にはない。故郷のことなら「幼少から熟知してゐる」から書ける、という発想にある。本当に「真の姿」を「熟知」しているなどと誰がいえるのか。人は「真に」知りえるのかという、かつて白鳥を苛んだ原理的な問題は、ここでは閑却されている。これは白鳥を見舞ったある種の弛緩と捉えるべきではないか。

小説末尾、「東京の上つ面の人生を撫でまはしてゐるよりも、何故幼少から熟知してゐる同じ村の人々の生涯に目を据ゑなかつたか」そのように「窃かに考へたりしてゐた」「私」のもとへ、電報が届けられる。


　私は飛び起きて、マッチの光で電報の封を切つて見た。

「セウセツゼヒタノム×××」

「何だ。……詰まらんことだ。」と笑つて、私は直ぐに寝床へ入つたが、その片仮名のために目が冴えて、容易に寝つかれなかつた。

「こんな物のために、おれも東京と幽かに縁がつながつてゐる。……」

　私は壁一重隔てた牛部屋にゐる小千代一家の事などを、紙の上の材料として目に浮べた。たゞ紙の上の材料として……。


（「電報」）

このように「私」は小説を書くために「牛部屋にゐる小千代一家の事」を「たゞ紙の上の材料として」想起している。なぜ「紙の上の材料」という言葉が繰り返され、強調されているのか。「牛部屋にゐる小千代一家の事」という対象を写し取ることを考えているのではなく、「紙の上」に言葉を構成し、組み立てることの方を思念しているのではないか。ちなみに「小千代」とは、「以前私の家の牛小屋であつた所」に住む「眼病で盲目になつた六十あまりの老婆」であると書かれており、「牛部屋の臭ひ」におけるお夏（菊代の母）に対応していることがわかる。このように「電報」は、翌月発表された小説「牛部屋の臭ひ」を予告しており、かくして「牛部屋の臭ひ」は執筆され、発表された。すでに多くの指摘があるが、「牛部屋の臭ひ」は語り手が高みから菊代らを対象化し距離を置いて語るという構造になっている。追い詰められ、思い余った菊代が盗難未遂をして終わるというプロットとあいまって、「宿命観」（ＸＹ生「五月の文壇」『新公論』大五・六）、「例の作者の虚無的の人生観」（中村星湖「五月の小説」『早稲田文学』大五・六）が前面に出ていて、登場人物はその人生観を描くためのあたかも傀儡と化しているといった評は同時代からあった。最近の研究では、例えば田中俊男は本作の語りのあり方について「ガイド的な旅人の視点」にあると捉えている。[*3] 坪井秀人は嗅覚という観点に着目しつつ「菊代には体臭という人格さえ奪われている」と指摘している。[*4]「牛部屋の臭ひ」の書き方とは、「紙の上」に構成されるだけの書き方、あまねく描写するという志向性から退いた立場からなされた書き方になっている。写すのではなく「紙の上」に構築するという態度と、濫作という事態とは一直線につながる。

先の「電報」の「紙の上」の件について坪井秀人は「自然主義作家の露悪趣味の発露」、「隣り合わせの貧しい家族の物語が、電報一枚で遠く離れた東京の〈文壇〉に招集をかけられ、《紙の上》に編成されていく。ここにはまさに作家をめぐる倫理的な問題が生じている」と述べているが、[*5] この件からは、貧しい一家を小説の材料としてのみ思い浮かべる酷薄な「私」のありよう、そうした自身への屈託もまた読み取れる。人間や物事を小説の題材としてしかみていない、そのことを自嘲的に、あるいは露悪的に語っている。

昭和期の文藝時評において、世の文学者たちが、文学者でありながら書くことへの問題意識を欠いたまま言論を行っているさまに、白鳥は批判的なまなざしを向けていたと第八章で論じた。この論点と並行して白鳥が盛んに述べていたのは、自身が文学者であることに対する自意識の表明であった。例えば白鳥は文藝時評を始めて以来「「時評」などをやつて来たのが悪かつたのだが、この頃は生活は例の如く隠退的でありながら、「文壇」といふものが、濃厚に目さきにちらついていけない」（「文藝時評　断片語」『中央公論』大一五・一一）と述べている。先に引いたように自然主義全盛期の白鳥は「小説を書く必要がある上は、現実を見るといふことも止むを得ない」（「行く処が無い」前掲）と述べていた。大正末期の白鳥もやはり「文壇人」として「何かを見つけよう」（「文藝時評　文学と宗教」『中央公論』大一五・五）という心づもりで生きている。依然白鳥は自身が文学者であることを自明視できないでいるということでもある。

そしてそのことが出版資本、ジャーナリズムの動向に左右されている（自らも含まれるところの）文学者のありようについての言及につながっている。例えば昭和三年に白鳥は以下のように記している。多くの文学者は政府の言論弾圧を問題とするが、言論を圧迫するのは政府だけではない。「大雑誌社や大書店の意向に置かなければ、文筆で衣食し文筆業者として成功することが、六ケしくなるに違ひない。数年来、大雑誌社大書店の威力が文壇人を圧迫しかけてゐることは、私自身も感じてゐる」（「文藝時評　新作家としての用意」『中央公論』昭三・一一）。ところが多くの文学者、言論人は、その言葉を載せ流通させる出版資本、ジャーナリズムについて、なぜ問題化しないのか。このような疑問を呈している。

大正十五年の文藝時評では、雑誌の刊行ラッシュのもと「文学は隆盛を極めてゐる」かに思えるが、そのような中白鳥は「かういふ文壇に身を置いてゐると、心が慌しくなつていけない」と思い、「ユックリ書いてゐられた」

十数年前を懐かしんだりしている（「断片録」『中央公論』大一五・七）。周知のように大正十五年には『現代日本文学全集』（改造社）、いわゆる円本の刊行を契機として、出版界は活況を呈した。そのような好況はやがて白鳥にも、二度におよぶ世界旅行（昭三～、昭一一～）という形で恩恵をもたらした。しかし昭和四年（一九二九年）の世界恐慌に代表されるように、不況の波が出版界にも押し寄せる。昭和六年の文藝時評で白鳥は『中央公論』など総合雑誌が、伸び悩んでいる売れ行きを伸ばすために文字通りの〈総合〉雑誌化、「百貨店式な編輯術」（千葉亀雄「現代雑誌の趨勢と雑誌記事の推移」『綜合ヂャーナリズム講座』第一二巻、昭六）が採用された結果「創作欄が数年前に比して著しく縮小されてゐる」ことを指摘している。[*6]「こんな僅かな雑誌の狭い創作欄を当てにして、多数の作家が続々新作を産出することを考へると、むしろ悲惨な感じに打たれる。既成作家がこの頃何も書けなくなつたと非難されてゐるが、それは、書けなくつたと云ふよりも、書きたくても発表する場所がなくなつたと云つた方が当を得てゐる」……このような状況にあるとしている（「文藝時評　三月の雑誌」『文藝春秋』昭六・四）。世の批評家は既成作家が書けなくなった、行き詰まったとしているが、そうさせたのは作家個々人の問題というより、メディアのほうに要因があるというのである。このように、書くという行為の物理的な側面を問題としているばかりでなく、周囲を取り巻くメディアの変動にもまなざしを向けている。

3

言葉への不信を述べ、返す刀で言葉を何ら問題として見出さない文学者に苦言を呈する。あるいは表現の不自由さを拭えないまま、文学者として生きてきたことの奇妙を何度も述べる。そのような自己認識が、表現を不如意なものにする元凶の一つとしてメディアをみるという見解をもたらした。

そうした言説群にあって、以下のような文章は異色なものに映る。

十年前偶然大磯に閑居することになつてから、いつの間にか、本でも読まうかといふ気になつたのだが、この頃は、小説に対する興味が旺盛になつた。少年時代にもまさつて、「小説といふものはこんなに面白いのか。」と、はじめて小説といふものに接したやうに感ずることもあるのだ。肉体の衰弱や非社交性のために、據ろなく読書に親しんだのであり、他に娯楽のないため、読書に興味を有ちでもしなければ、無聊に堪へられぬためでもあるが、五十年の人生の経験と、数十年間執筆の経験とが、古今東西の小説の味ひを一層深くしたことも事実である。

（「小説賛美」『文藝春秋』昭六・一一）

大磯に移転したのは大正九年だが、その時読書は「無聊」をかこつためのものだった。それが「この頃」、つまり文藝時評のために諸雑誌の創作に目を通す日々を送っている今、白鳥は改めて小説の面白さを発見したという。小説を読む悦びを「一層深く」させるのは「数十年間執筆の経験」だったとしているのも興味深いが、読むことについて、その悦びをあからさまに語っているのである。実はこの時期「小説は面白いものだと私は思つてゐる」（「『盲目物語』」『文藝春秋』昭六・一〇）など、白鳥は小説（を読むこと）への〈愛〉を繰り返し述べていた。

「小説賛美」で、小説を書くことについて「この道ばかりは止められない」という谷崎潤一郎の言葉を引いているが、同じく作家である白鳥は「自己の天分を信じてはゐなかつたし、執筆に興味を有つたことも稀であつたし、死後に自己の作品と印税は残したくないと切望してゐるくらゐ」だと述べている。自分の書いたものなど消えて無くなればいい――この類の言葉は、白鳥の文章にしばしば見受けられる。しかし同文ではすぐに続けて、書くことはともかく「小説を読むことなら、谷崎君同様「この道ばかりは止められない。」のである」と明言している。

読むことの悦びを白鳥は述べているが、白鳥の読む対象とは、他者の作品ばかりではないことに注意したい。ここに先に示した問に答えるヒントがある。「文壇的自叙伝」（『中央公論』昭一三・二〜七）などによって、昭和期以降白鳥は、自伝的、回想的な文章の書き手として存在感を発揮していく。第九章で論じたように第二次世界大戦後においても白鳥は、明治文学史の「生き証人」という立ち位置を要求され、「白鳥百話」（『文藝』昭三七・四〜一〇）など、晩年までその回想がメディアから求められ続ける。[*7]

小林秀雄は白鳥の回想的文章について「五十年の文筆生活を回顧すれば、まるで、己れの持つて生れた性質に出会ふ為に、人生を逆に歩いたやうなものだ」と記している。[*8] 小林の言葉を踏まえて前田英樹は「白鳥の「批評家魂」に、まずもっとも強く曝されていたのは、彼自身の小説にほかならなかった」と述べている。[*9]「文壇的自叙伝」で白鳥は「処女作を「新小説」に発表してから三十五年。こまかに計算したことはないが、短い小説を三百以上は書いてゐさうだ。それ等のものが千種万様の人間や事件を書いてゐるのではなくて、大抵同じやうな事を書いてゐるのだ。自分ながら退屈である」と述べている。つまり「退屈」だといいつつも、結局のところは自作を読んでいるのである。とりわけ長い作家生活を送り、自伝的な回想を求められる白鳥にとっては、自作もまたテクストの一つであるのだ。

しばしば引かれるが、「事実と想像」（『中央文学』大六・四）では「当時から今に至るまで、『泥人形』ほど私に取つて厭な感じをさせてゐる作はありません」「殊に、旧作を読み返して、あるひは追想して、溜らなく厭に感ぜられるのは、『何処へ』とか『落日』とか、これに類似した多くの作物です」と述べられている。「厭」と思ったとしても、自作を読んでいるのである。あるいは、読んだからこそ「厭」という感想が生じるのだ。

なかでも「牛部屋の臭ひ」についての述懐に注目したい。同作が発表されてからそれ程時間の経過していない「事実と想像」においては「幼年時代から私の熟知してゐる家庭で、材料が豊富なのに、私の筆が萎けて十の一も書けなかつたのが遺憾です」というように、書けなかったことへの不満を表白している。また「女主人公には前の亭主の子供があるのだが、私は自分には子供を有つた経験がないのから（ママ）、それを除いたのでした」というように、ありのままではないということを、つまり対象の選択と選別の上に「牛部屋の臭ひ」は成立しているということを、自身振り返っている。

しかし第二次世界大戦後、白鳥自身による「牛部屋の臭ひ」の「解説」には「努力して五年十年、小説をもつて生活費を稼いでゐるうちに、次第に筆使ひが上手になつたらしい。「牛部屋の臭ひ」「死者生者」の頃になつて、やうやく、藝術らしい藝術が出来上るやうになつたと云つてい丶。（略）こ丶に収めた三篇はどれも「私小説」ではない。客観的の小説、本格的の小説と云つてもい丶やうなものである」（『死者生者』日本文学選16、光文社、昭二二）とある。発表時近くに述懐していた選択と排除という事態については、全く言及されていないことが目を引く。書くことをめぐる苦闘は老年の白鳥において忘却されたのだろうか。

この「解説」の翌年三月より『自然主義盛衰史』の連載を始め、書くことに苦闘した自然主義作家たちを描いていくという経緯を踏まえれば、単に忘却したととるべきではないだろう。第九章で述べたが、かつて白鳥はある女性をめぐって近松秋江と対立関係にあり、そのことを互いに作品に書き合っていた。しかしそれを読み直す老年の白鳥は、三角関係の当事者として自身をみておらず、一人の読者としてそれらの作品に向かっていた。「事実と想像」（大六）と「解説」（昭二二）の間にある距離や隔たりには、時間の経過ばかりではない、書く人と読む人という相違がある。昭和二十二年の白鳥において「牛部屋の臭ひ」はもはや「私小説」ではない。作者の手を離れた、一つの独立した作品として読めたのだ。

大正六年から八年にかけて〈執筆難〉に見舞われた白鳥は、戯曲や文藝時評という他のジャンルへ進出することで、危機を脱却しえた。*10 文藝時評の執筆という、書くばかりではなく自覚的に読むことを日常とする生活は、白鳥に文学への熱意を復活させた。批評家、すなわち読む人としての自身を再認し、やがて回想の書き手としてジャーナリズムに迎えられる中、自作までも読む人になる。そのような流れの中で白鳥は文学への〈愛〉を再発見したのである。読むことから書くことへ、さらにまたそれを読むことへという循環を生きた白鳥は、その読むことの悦びゆえ、書くことからの疎外を抱えつつも、長きに及ぶ作家活動を遂げることができたのではないか。

世に作家志望が増えていることを取り上げて白鳥は、その人たちから「文学愛好といふ」ことは微塵も感じられないことを嘆いている。「古今の傑作を鑑賞することではなくつて、たゞ、やたらに、自分の書いたものを発表し、人に読んでもらひたいといふ」自己顕示欲、出世欲しか、そこに見出すことはできない。読みもせず、ただ書いて名を挙げようとする人々に向け白鳥は「小説も、一つの藝であるから、大成するには技術の鍛錬が必要」であり、「それには、古今の傑作を熟読することが必要である」と苦言を呈している（「無名作家へ（既成作家より）」『東京日日新聞』昭八・六・一六〜一九）。読んだからこそ人は書くのである。この言は、自身のこれまでの文学的営為に対する自己言及にもなっている。

「花より団子」（『中央公論』昭三二・五）という随筆がある。白鳥が七十八歳の時に発表したものだが、「正宗氏が、己れの性分天分に直かに触れてゐる処がある」[*11]と小林秀雄が評し、引用したことで知られている。小学生の白鳥は「花見の記」という作文の課題を課され、桜の花を熱心に見つめた末「桜はどうしてこんなに綺麗なのだらう」という疑問にかられる。「花見の記を書かうとしたが、書かうとすると頭がごちや〳〵して何も書けさうでなかつた」。白鳥は作文を白紙で出すが、先生から「何か書きなさい。今は桜の盛りぢや。花は桜木、人は武士と云ふことを君も聞いとるだらう」とか「花より団子。君も団子の方が好きなんだらう。花見に行つて団子をたべたと書いたらいゝぢやないか」といわれ、「先生にさう云はれると、私はその通りに書かうか」と、ようやく思えた。そのつもりで筆を執っていると「桜の花が団子のやうに見えだした」。「団子が咲いた〳〵と書いた」作文を提出し、先生が

「い、点をつけて呉れた」。「団子が咲いた」という発想は個性的であるし、そして作文を書いた後日、桜の花を「二握り三握り、むしやく〵」食べ、「綺麗なものを腹に入れたといふ気持」に浸る白鳥もまた奇矯だ。ここで注目したいのは、そのような個性的な発想や奇矯な振る舞いに至る前に、「先生」の言葉、先行する言葉が介在していたということだ。他者の言葉を発条にして、個性的な発想、文章が誕生したのだ。あたかも白鳥文学の源泉が描かれているかのようである。

注

＊1　対馬斉『人間であるという運命　マルクスの存在思想』（作品社、二〇〇〇）

＊2　武田友寿『「冬」の黙示録——正宗白鳥の肖像』（日本ＹＭＣＡ同盟出版部、一九八四）

＊3　田中俊男「「敍景」の意義——正宗白鳥「牛部屋の臭ひ」論——」（島根大学『国語教育論叢』第22巻、二〇一三・二）

＊4　坪井秀人『感覚の近代』（名古屋大学出版会、二〇〇六）

＊5　坪井秀人、＊4と同。

＊6　当時の総合雑誌における編集方針の転換と、それが文壇にもたらした影響については平浩一『「文芸復興」の系譜学——志賀直哉から太宰治へ』（笠間書院、二〇一五）を参照。平は、こうした出版資本の動向が「純文学」の危機に直結しているとし、「資本主義社会・消費社会の「商品価値がそのまゝ社会的価値をあらはす」という「神話」の中に、作品・作家・文壇の方が巻き込まれ、利用された」という「現象」を指摘している。

＊7　ちなみに、絶筆となった「白鳥百話」をめぐっては、その編集を担当した田邊園子による回想「作家の死　正宗白鳥とつね夫人」（『女の夢　男の夢』作品社、一九九二）がある。晩年の白鳥がキリスト教への〈回帰〉を表明し

たということは未だ喧伝されているが、それを覆す可能性のある、重要なエピソードを田邊は記されている。死を前にした白鳥が「植村環は善良な人だがチャラッポコをいう。わしは、すべてを捨ててキリストにつくほど大量ある人間ではない」と発言し、それをつね夫人が記録していた。結局この発言は、植村環牧師を慮ったつね夫人の意向により、雑誌に掲載（正宗つね「病床日誌」『文藝』昭三八・一）するにあたって割愛されたという。また植村が新聞紙上の追悼文で白鳥が罪を悔いて「アーメン」と唱和したと書いたが、それに対して白鳥の養嗣子が「うそですよ」と一言「言い放」ったという。瓜生清は田邊のエッセイの重要性をつとに指摘していたが（「正宗白鳥「今年の秋」論」『福岡教育大学紀要　第一分冊』第52号、二〇〇三・二）、白鳥とキリスト教という議論において、なぜか田邊の証言について触れられることは少ない。こうしたところにも、この論点に対する世の関心のありようが透けて見えるようである。

＊8　小林秀雄『白鳥・宣長・言葉』（文藝春秋、一九八三）

＊9　前田英樹『定本　小林秀雄』（河出書房新社、二〇一五）

＊10　〈執筆難〉の時期にありながら、白鳥が懸賞小説の審査員を次々に引き受けていることに、佐藤ゆかりは注目している。「募集目的を外さず、そのときに〈ちょうどい丶加減〉で選考する」というような、堅実な「仕事」ぶりであったことを指摘し、白鳥の「文壇遊泳術」、文壇的職業人としての「仕事観」を浮き彫りにしている（「正宗白鳥の仕事観――懸賞小説審査員の場合――」『国文白百合』48号、二〇一七・三）。こうした観点によって白鳥の文業を振り返ることは、今後の大きな課題であると思われる。

＊11　小林秀雄。＊8と同。

あとがき

言葉や認識の限界に直面した白鳥。その問題は白鳥においてどのように推移し、展開していったのか。こうした観点によって新たに見えてくるものも、本書で多少は指摘できたと思うが、取りこぼしたテーマも多くある。漢詩と白鳥、戦争と白鳥、メディアと白鳥……。多くの著名な作品に触れることもできなかった。今後の課題とさせて頂くしかないが、逆にいえば、白鳥研究はまだまだやらなければならないことがたくさんある、という思いはさらに強まった。

白鳥の作品を初めて読んだのは、十九歳の時だった。当時私は新聞奨学生をしつつ、ある地方の大学に籍を置いていた。新聞販売店の仕事で〈満足〉してしまい、大学からは次第に足が遠のいた。朝刊と夕刊の配達の間、それこそ無聊をかこつため、名前だけは知っているが読んだことのない作家の作品を読んでいこうと思い立った。その頃新潮文庫から復刊のシリーズが出ており、日本文学は茶色の、外国文学は青色のカバーで、装丁も気に入ったのでいく冊かを贖ったが、そのうちの一冊が白鳥『生まざりしならば・入江のほとり』だった。読んでみて「入江のほとり」の辰男に対する栄一の、その冷酷さが強烈に印象に残った。そして辰男についてなぜか、何とかしてあげたい、救済したい、という思いを抱いた。多くの先達がそうであったように、私も辰男に自分を重ねたのだろう。

やがて大学を移り、「教育学部国語国文学会」という文学研究のサークルに入った。そこで「入江のほとり」のその後の辰男を考える、というような発表をした。こうして白鳥作品について考えたり、論じたりするようになった。卒論では明治四十年代の白鳥を、と思って準備を進めたが、山本芳明先生の一連の白鳥論を読み、脱帽。結局明治四十年代からは撤退して「入江のほとり」に絞って、なんとか提出までこぎつけた。

書けない、知りえないということを白鳥がさかんに述べてきたことに気づき、それを起点に白鳥の作品をたどっていこうという構想を抱いたのは、ようやく修士課程も終わりのころだった。しかしその後も、怠惰な私の歩みは遅々として進まなかった。学部四年から博士後期課程三年までご指導頂いた東郷克美先生は「白鳥はね、これは大作家だよ」としばしば仰っていた。半分は私を励ますおつもりであったのではないか、と考えてしまうのは私の自惚れかもしれない。ともあれ東郷先生から伺った数々のお言葉はいつも励みになり、頭の中に鳴り響いている。教員生活を送る今もなお、東郷先生だったらこのような時どうなさるだろうか、ということを思わず考えてしまう。御著『佇立する芥川龍之介』の校正を同期の能地克宜君とともにお手伝いさせて頂いたことがあったが、今回白鳥論をまとめてみて、「多分に」ならぬ、多大な影響を東郷先生の芥川論から受けていることを改めて思い知らされた。本書の題目について、正宗白鳥という字面の美しさを活かすように、というご助言も頂いた。結局このような味も素っ気も無い題目になってしまったが、本書の達成度ともども、我が凡才ぶりをお詫びするしかない。また東郷先生はこの度、出版社の紹介の労をとってくださった。

本書は二〇一六年に早稲田大学大学院教育学研究科に学位請求論文として提出した「正宗白鳥研究」に加筆、訂正を施したものである。審査にあたってくださった石原千秋先生、東郷先生、山本芳明先生、そして主査の千葉俊二先生に、感謝の言葉を申し上げたい。公開発表会の場では厳しいお言葉も頂き「目には涙が浮んだ」（「入江のほとり」）。そのご指導・ご助言にどれだけ応えられたか、浅学菲才を恥じるが、ご学恩に報いるため、本書をまとめるにあたって加筆、訂正に努めた。

学位論文提出に至るまで、千葉先生に何度もご相談、ご指導をお願いしたが、嫌な顔一つせず応じてくださった。ちょうど千葉先生はその時期『谷崎潤一郎全集』の編纂でご多忙であり、今思い返すと自分の厚顔ぶりに冷や汗がでる。千葉先生の「これどういうこと」「わからない」というお言葉は、拙論の弱いところを的確についており、大変怖く、そしてありがたかった。

東郷ゼミの先輩、同輩、後輩の皆さまにも感謝申し上げたい。ゼミの場ばかりでなく、ゼミ終了後、高田馬場の居酒屋での議論（だけではないが）も楽しく、またそういった場で得たことなしに本書はありえなかった。

そして現在の職場の愛知淑徳大学文学部国文学科の皆さま。学生諸君と文学談をざっくばらんにでき、そこから刺激を受けることができるという環境は、今時そうないのではないか。また、私が不甲斐ないゆえ、同僚の先生方にはご迷惑をおかけ通しで、胃を痛め、頭を抱えておられる先生もいらっしゃるかもしれない。衷心からお詫び申し上げる。久保朝孝先生はいつも学位論文のことを心配して頂いた。研究助成のことから研究者としての心構えまで、色々ご教示頂いた。小倉斉先生はお目にかかるたびに叱咤激励（叱咤が六割）して頂いた。明敏・鋭敏な小倉先生からすると、私の愚鈍ぶりを見て黙っていられないのだろう。本書をまとめるにあたって様々なご助言を頂いた。小倉先生の一言で一挙に展望が開けるという経験が何度もあった。

このような地味な本の出版を引き受けてくださった、翰林書房の今井静江氏に深くお礼申し上げる。自著を出版できることも信じられない気持ちであるが、あこがれだった翰林書房から出して頂けるということも未だ信じられない思いである。

最後になるが、好き勝手に生きることを許してくれた両親と、いつも力になってくれた妻の朴文梅に感謝したい。

本書所収の論文執筆の際に、市原国際奨学財団の平成二四年度研究助成を受けることができた。
また、本書の刊行にあたっては、愛知淑徳大学の平成二九年度出版助成を受けた。

二〇一七年八月三〇日

吉田竜也

初出一覧

序章
書き下ろし

第一章　正宗白鳥と短歌
『愛知淑徳大学国語国文』第38号（二〇一五・三）

第二章　〈書けない〉小説家――正宗白鳥の明治四十年代
東京大学国語国文学会『国語と国文学』（二〇〇五・八）
原題「〈書けない〉小説家――正宗白鳥の「盲目」――」

第三章　書くことへの自意識――正宗白鳥と石川啄木
早稲田大学教育会『学術研究 国語・国文学編』第57号（二〇〇八・二）

第四章　正宗白鳥と政治――文学者の政治参加と〈大逆〉
『早稲田大学大学院教育学研究科紀要　別冊』11号―2（二〇〇四・三）

第五章　自然主義と〈狂気〉――「半生を顧みて」の位置
書き下ろし

第六章　「入江のほとり」の言語論――「英語」が編制する「世界」
早稲田大学国文学会『国文学研究』第150号（二〇〇六・一〇）

第七章　モダニスト正宗白鳥――「人生の幸福」をめぐって
日本文学協会『日本文学』（二〇一六・七）

第八章　「文藝時評」における書くこと――青野季吉との論争を中心に
『愛知淑徳大学論集――文学部・文学研究科篇』第41号（二〇一六・三）

第九章　戦後文壇と『自然主義盛衰史』――回帰する描写の時代
『愛知淑徳大学国語国文』第37号（二〇一四・三）

終章
書き下ろし

正宗浦二 27-28
正宗鹿野 29
正宗つね（つ禰） 7, 20, 249
正宗得三郎 26
正宗直胤 29
正宗雅敦 29
正宗律四 26, 143, 160, 161
松浦辰男 25, 30-32, 34, 40-41, 43, 44, 45
松尾尊兊 104, 117
松崎天民 87
松澤俊二 30, 44, 45
松田福松 161
松本鶴雄 28, 35, 43, 66, 161, 185
真山青果 75
マルクス 193, 199, 248
丸山幸子 43, 44
三島由紀夫 213
宮島新三郎 174
宮本忠雄 133, 139
向軍次 152
本居宣長 249
森鷗外 7, 19-20, 220, 223, 224
森田草平 7, 137
森戸辰男 201
森本巌夫 169
森山重雄 106, 109, 110, 117, 118

や

柳井まどか 144, 161, 162, 180, 187
柳田國男 30, 34-35, 41, 43, 45
山縣五十雄 151
山口誠 162
山田檳榔 123, 135
山田孝雄 132
山田順子 168, 186
山本健吉 19, 20, 191
山本権兵衛 97
山本芳明 12-13, 21, 52-53, 58, 66, 67, 72, 78, 90, 91, 122, 123, 139, 167, 182, 185, 187, 233
由井正臣 116
横光利一 175, 176
与謝野鉄幹（寛） 30, 54-55, 104, 117
吉崎志保子 45
吉田精一 14, 21, 67

ら

頼山陽 28

わ

篗田将樹 44
和田謹吾 22

196, 215-216, 217, 220, 221, 222, 224, 226
チェホフ 185
近松秋江 100, 224, 226, 227, 246
千葉亀雄 172, 243
千葉俊二 19
塚本章子 105, 114, 117, 118
対馬斉 248
土屋文明 29
綱島梁川 82, 85
坪井秀人 85, 91, 241, 248
坪内逍遥 31-32, 40, 41, 206, 220-221
坪内祐三 8-9
出木良輔 162-163
寺田透 139
土岐善麿 88
徳田秋聲 16, 51, 67, 95-97, 105, 116, 168, 170, 174, 185, 186, 217-218, 220, 221, 224, 226
十束浪人 143
トルストイ 9-10, 91, 101, 232

な

内藤千珠子 91
永井荷風 7, 19, 50-51, 191, 213
永井聖剛 55, 67
中河与一 175
仲木貞一 173
那珂孝平 175
中島河太郎 117
中島健蔵 214
永平和雄 172-173, 186
中村憲吉 29
中村古峡 122, 134-137, 139
中村弧月 100
中村真一郎 214
中村星湖 59, 100, 135, 241
中村光夫 214, 233
中村武羅夫 174, 195
中山弘明 97, 117
夏目漱石 7, 19, 104-105, 117, 122, 214, 221-222, 223, 224, 232
南日恒太郎 163
新田篤 137, 139
仁平政人 186
丹羽文雄 220
野間宏 214, 215, 229, 232

は

橋田東声 117
蓮實重彦 101, 102, 117, 198, 208
畑中蓼坡 173, 177, 179
服部達 215, 232
花田清輝 213
埴谷雄高 214
馬場孤蝶 104-105, 110, 114-115, 117-118
原武哲 19
土方与志 187
日比嘉高 56, 67
兵藤正之助 15, 21-22, 193, 208
平井金三 152
平出修 105
平岡敏夫 20
平浩一 248
平野謙 19, 191, 208
ピランデロ（ピランデルロ） 176, 187
広津和郎 202
廣松渉 208
フォイエルバッハ 193, 199, 201
福田武三郎 86
福間良明 161, 162
藤井淑禎 132, 139
藤澤令夫 17-18, 22
二葉亭四迷 12, 225-226, 227, 232-233
古井由吉 146, 161
ブレヒト 187
フローベル 101
ポウ 185
星加輝光 20
保昌正夫 192, 207
細谷博 10, 20
堀木克三 198
堀口俊一 161, 162
本田満津二 187
本間久雄 59, 99

ま

前田英樹 245, 249
正岡子規 30, 71
正宗敦夫 18, 26, 28, 29-30, 32, 34, 35, 40, 44, 45, 160, 185

183, 184-185, 186, 192
神崎清 107, 108, 118
管野須賀子 86, 91, 108
菊池寛 228-229
岸田国士 173, 174, 197
木股知史 90
木村洋 12, 21, 90
久津見蕨村 87
国木田独歩 238
久米正雄 167, 170, 173, 174, 175, 195, 196
クラテュロス 18
蔵原惟人 214
黒板勝美 158-159
桑原武夫 39
ゲーテ 185
高淑玲 89
幸徳秋水 106, 108, 109, 110, 113-114, 118
紅野謙介 116
紅野敏郎 108, 118
小杉天外 40, 54, 206, 219-220, 229-230
後藤亮 20, 28, 29, 35, 43, 44, 113, 118
小林多喜二 206
小林秀雄 8-10, 20, 91, 143, 185, 191, 214, 245, 247, 249
小林昌人 208
小林洋介 137, 140
小宮豊隆 107, 110
近藤典彦 91
コンラッド 150

さ

西行 200
齋藤三郎 71, 89, 90
齋藤一 150-151, 162
斎藤秀三郎 161
齋藤兵衛 213
堺利彦 102-104, 115
佐久間保明 21, 44
櫻井良樹 117
佐々木亜紀子 135, 139
佐々木基一 214
佐々木徹 139
佐々木雅發 13-14, 21, 33, 66, 122, 139, 218, 232
佐藤吉内 149
佐藤卓巳 161
佐藤春夫 7, 19, 170, 191
佐藤ゆかり 249
里村紹巴 184
佐野袈裟美 100-101
ジェイムズ, ウィリアム 132
シェンケーヴィッチ 21
志賀直哉 10, 167, 196, 248
篠弘 38, 45
島崎藤村 16, 72, 102, 204-205, 217, 218, 221, 223, 224, 226, 232, 238
島田清次郎 187
島村輝 86, 88, 91, 208
島村抱月 57, 222, 228
ジョーンズ, ダニエル 152
白井浩司 214
絓秀実 108, 118
勝呂奏 44-45
ストリンドベリ 185
千田是也 187
相馬御風 62, 99-100
相馬庸郎 11, 21
曽根博義 136, 139

た

高崎正風 30
高田保 179-180
高橋英夫 16, 20, 22, 121, 138, 162, 227, 233
高見順 20
高山樗牛 82
田口道昭 83, 91
竹内瑞穂 139
竹内洋 161
竹越三叉 7
武田友寿 167, 185, 248
武野藤介 89, 174-175
竹盛天雄 122, 139
太宰治 7-8, 248
立花寛一 169, 186
田中俊男 147-148, 161, 241, 248
田邊園子 20, 248-249
谷崎潤一郎 7, 19, 25, 197, 244
谷一 204, 208
田山花袋 16, 25, 30, 31, 40, 43, 53-56, 65, 72, 74, 83, 84, 85, 95, 102, 105, 117, 118, 121,

人名索引

あ

青野季吉（第八章以外） 185, 214
赤羽淑 45
秋田雨雀 176
芥川龍之介 7, 25
明智光秀 184
姉崎嘲風 73
阿部知二 214
阿部由香子 186
安藤宏 168, 186
生田長江 102-103, 104, 115, 117, 195
井口時男 161, 162
石川啄木（第三章以外） 20, 41, 108
石川巧 186
石坂養平 101, 117
石田忠彦 19
石濱金作 171, 172
泉鏡花 50-51
磯佳和 43
市川八百蔵 113
一柳廣孝 148, 161, 162
伊籐整 214
伊藤典文 90, 161
井上通泰 32, 34
猪野謙二 20
岩崎正 78
岩野泡鳴 79, 121, 138, 217, 221, 224, 226
上田博 71, 75, 81, 89, 90, 91, 104, 117, 118
上田敏 7
上田穂積 186
植村環 249
植村正久 29-30
魚住折蘆 81
臼井吉見 16, 22, 192, 207, 214
内村鑑三 11
宇野浩二 176, 182, 195, 202
梅澤亜由美 196, 208
瓜生清 20, 22, 59, 62, 67, 139, 149, 161, 162, 187, 249
ヴント 132
海老井英次 19
大江健三郎 8, 20
大木志門 168, 186
大笹吉雄 169, 186
大澤聡 192, 208
大嶋仁 15, 17, 22
大杉重男 22, 214-215, 218, 221, 232
太田静子 7, 20
太田正雄 55
大東和重 67, 215-216, 232
大本泉 22, 66, 76, 90, 122, 139, 143, 161
大宅壮一 205-206, 208
大山郁夫 201
岡倉由三郎 162
岡田眞 29
奥野政元 19
小栗風葉 54
小山内薫 80
小田切秀雄 19, 191
越智治雄 11, 21
オニール 173
尾上菊五郎 19, 113
尾上梅幸 113-114
小野田多久造 26-27

か

香川景樹 29-30, 32, 44
片岡鉄平 171
片岡良一 219, 221
片上天弦 55
片山倫太郎 186
桂太郎 97
加藤周一 214
兼清正徳 44, 45
加能作次郎 135, 170
鹿野政直 116
上司小剣 102, 105, 108, 113, 143, 226
亀井秀雄 187, 191-192, 196-197, 207, 208
唐木順三 91
柄谷行人 117, 208
河上徹太郎 20
川端康成 167, 168, 169, 174, 175, 178, 182-

【著者略歴】
吉田竜也（よしだ　たつや）
1974年北海道生まれ。早稲田大学教育学部国語国文学科卒業。同大学院教育学研究科教科教育専攻博士後期課程満期退学。博士（学術）。早稲田大学教育・総合科学学術院助手、都内私立中学校・高等学校非常勤講師などを経て、現在愛知淑徳大学文学部国文学科講師。
論文：「印刷労働者と文学――徳永直の〈誇り〉の位相――」（西早稲田近代文学の会『文学1920年代』2005・4）、「会話表現をめぐる問題と正宗白鳥「微光」――雑誌『新潮』連載「会話を書く上の苦心」を軸に――」（『愛知淑徳大学国語国文』第35号、2012・3）ほか。

正宗白鳥論

発行日	2018年 2 月20日　初版第一刷
著　者	吉田竜也
発行人	今井　肇
発行所	翰林書房
	〒151-0071 東京都渋谷区本町1-4-16
	電 話　(03) 6276-0633
	FAX　(03) 6276-0634
	http://www.kanrin.co.jp/
	Eメール●Kanrin@nifty.com
装　釘	須藤康子＋島津デザイン事務所
印刷・製本	メデューム

落丁・乱丁本はお取替えいたします

ISBN978-4-87737-421-1